西方人文论丛

Collection of Western Humanities

埃伦·迪萨纳亚克
物种中心主义美学研究

Research on Ellen Dissanayake's
Species-Centrism Aesthetics

郝娟◎著

四川大學出版社
SICHUAN UNIVERSITY PRESS

图书在版编目（CIP）数据

埃伦·迪萨纳亚克物种中心主义美学研究 / 郝娟著.
成都：四川大学出版社，2025.4. --（西方人文论丛）.
ISBN 978-7-5690-7755-1

Ⅰ. I01

中国国家版本馆 CIP 数据核字第 2025BD9114 号

书　　名：埃伦·迪萨纳亚克物种中心主义美学研究
　　　　　Ailun Disanayake Wuzhong Zhongxin Zhuyi Meixue Yanjiu
著　　者：郝　娟
丛 书 名：西方人文论丛

丛书策划：侯宏虹　张宏辉　余　芳
选题策划：罗永平
责任编辑：罗永平
责任校对：张伊伊
装帧设计：墨创文化
责任印制：李金兰

出版发行：四川大学出版社有限责任公司
　　　　　地址：成都市一环路南一段 24 号（610065）
　　　　　电话：（028）85408311（发行部）、85400276（总编室）
　　　　　电子邮箱：scupress@vip.163.com
　　　　　网址：https://press.scu.edu.cn
印前制作：四川胜翔数码印务设计有限公司
印刷装订：成都金阳印务有限责任公司

成品尺寸：148 mm×210 mm
印　　张：11.75
插　　页：1
字　　数：255 千字

版　　次：2025 年 5 月 第 1 版
印　　次：2025 年 5 月 第 1 次印刷
定　　价：68.00 元

扫码获取数字资源

四川大学出版社
微信公众号

绪

论

一、研究对象和选题意义

1. 研究对象

埃伦·迪萨纳亚克（Ellen Dissanayake）是美国华盛顿大学音乐学院客座教授，主要研究艺术的起源和本质问题。她本科毕业于华盛顿州立大学音乐学专业，在此期间曾选修过生物学的相关课程。本科毕业后，她嫁给了一名有抱负的生物学家约翰·F. 艾森伯格（John F. Eisenberg）。婚后她做了十多年的家庭主妇，抚养了两个孩子。虽然并未攻读硕士和博士学位，但是她经常协助丈夫做一些秘书的工作，例如与研究生交谈并整理出详细的谈话记录，因此她对于生物学理论颇为精通。家庭主妇的生涯结束后，她在丈夫的鼓励下攻读马里兰大学艺术史硕士学位。在此期间遇到了她的第二任丈夫，斯里兰卡的牙科教授迪萨纳亚克（S. B. Dissanayake）。

1970 年，迪萨纳亚克来到了斯里兰卡定居。4 年后，她受到英国生物人类学家德斯蒙德·莫里斯（Desmond Morris）的邀请，为其编辑的一本艺术和生物学的书籍撰稿。为了获取艺术和仪式方面的资料，迪萨纳亚克主动提出为莫里斯在英国的秘书工作，以此换取进入牛津大学图书馆的机会。最终，迪萨纳亚克获得了 6 个月的研究经费。这段经历给予她丰富的积淀，回到斯里兰卡她便开始新书的撰写。仿佛特别受上天眷顾，她的第二任丈夫分别在 1979 和 1982 年被派驻到尼日利亚和巴布亚新几内亚工作，这恰好给予她观察非西方世界艺术与仪式的机会。在世界各地的小型部落社会又生活了十五年，积攒了丰富的人类学经验，但是，直到此时，她一直都是一个"私下里的学者"，并未进入学术圈。直到她的第二本书《审美的人：艺术来自何处及原因何在》（下文简称《审美的人》）出版并大受好评，事情才有了转机。在此之后，她为艺术教育机构做了一百多场付费讲座。

1993年，迪萨纳亚克获得了在爱丁堡大学人文高等研究院与科尔温·特热沃森（Colwyn Trevarthen）一起研究母婴关系的机会。正是在此期间，她开始集中研究母亲－婴儿的相互关系与艺术之间的联系，并最终写出了《艺术与亲密》（*Art and Intimacy*）一书。值得一提的是，迪萨纳亚克开始运用达尔文主义的进化论思维思考人类艺术时，进化心理学这门学科还不存在。要等行为学理论出现颓势的时候，进化心理学才作为它的继承者出现，而那已经是迪萨纳亚克写作第一本书之后了。

迪萨纳亚克的作品不仅受到了艺术教育者的喜爱，同时也受到了多位进化心理学家的好评。社会生物学的创始人之一爱德华·威尔逊（Edward O. Wilson）、麻省理工学院教授史蒂芬·平克（Steven Pinker）以及新墨西哥州立大学的杰弗里·米勒（Geoffrey Miller）都对她称赞有加。在运用进化论解决艺术问题这方面，她的确是颇有勇气。

具体而言，迪萨纳亚克的专长是运用达尔文主义的生物进化论来解释人类的审美和艺术现象。就教育背景来看，她一方面受到进化论的影响，强调人性的生物性和普遍性；另一方面也受到现代人类学的奠基人马林诺夫斯基（Bronislaw Malinowski）的影响，强调文化与人的内在需求不可分割的联系。马林诺夫斯基也是受进化论影响颇深，长期致力于解决人类学与科学相结合的问题，由此看来，迪萨纳亚克美学理论的底色就是达尔文主义以及行为学理论。在迪萨纳亚克眼中，人类的文化，尤其是前现代时期的仪式和艺术，是人的生物学属性，即人的本能需求的外化；不是文化塑造了人，而是人进化出了文化的需求，文化本质上是生物进化的一部分。这也就是为什么人处于文化中会感觉到幸福和满足。迪萨纳亚克在此一开始就预设了人类普遍本性的存在，这与生物学、人类学的最新发展是相一致的。

　　作为一名研究艺术理论的学者，迪萨纳亚克创造了"审美的人"（homo aesthetics）这一概念。这一概念意在表明审美，或说艺术是人的一种与生俱来的自然本能。从物种进化的角度来看，这一行为本身有着强烈的目的性。审美的人所进行的艺术活动是人类生存的必需，艺术的价值在于制作艺术的过程给人带来的归属感、充实感、掌控感，以及用"使其特殊"（making special）的方法强化生活中有重大意义的事件所带来的内在满足和价值感。这样一种生物学的思路给界定"艺术"这一概念提供了一个别样的角度。对艺术的这种功能主义的理解与后现代主义的理解截然不同。迪萨纳亚克认为，"后现代社会中的艺术并不履行这些功能，至少在它们在前现代社会中履行的功能程度上是如此，这不是因为一个抽象概念有一些缺点或脆弱之处,而是因为其制作者居住在一个人类的永久关注被人为地伪装、否认、繁琐化、忽视或被放逐的世界——这在人类历史上是史无前例的"①。后现代主义艺术反对专业的艺术技巧,在反对绘画和雕塑艺术地位的同时进一步地反艺术、反审美,最终导致人类"行为"意义上的艺术丧失了合法性。这一结果最大程度上背离了艺术对人有用这个观点,将艺术陷入一种远离大众的孤立境地。尽管迪萨纳亚克声称反对人类识字以来建立的艺术概念,但是在其所处的当代美国语境之下,她主要反对的是以纽约当代艺术为中心的艺术评价体系。

迪萨纳亚克进行理论建构的方法则是达尔文主义和行为学理论。事实上,行为学理论包括了达尔文主义,它是达尔文主义的完善和推进。在具体的研究过程中,迪萨纳亚克结合她在第三世界国家工作和生活的体验,在纷繁多样甚至迥异的民间习俗、典礼仪式、装饰造型当中发现了某些全人类在艺术制作和欣赏上相似的方面。与此同时,她力图构想出艺术行为进化的完整过程,尤其是它最初在石器时代的祖先那里是怎样被进化所选择的。她最近的书籍和论文中又有新的观点,那便是婴儿期母婴之间的相互关系对婴儿往后诸阶段艺术能力形成起决定性的作用。在与特热沃森的合作中,迪萨纳亚克得出了婴儿阶段母亲与婴儿主体间非语言的互动有助于艺术和爱的能力形成的结论,这就将艺术的功能进一步具体化

---

① ［美］埃伦·迪萨纳亚克:《审美的人:艺术来自何处及原因何在》,户晓辉译,北京:商务印书馆,2004年,第35页。

和现实化了。艺术的形成既依赖于远古时期的适应性选择，也依赖于后天非语言的训练和培养。这种解释具有一定程度上的真理性，因为对于美的事物的欣赏在人类社会中是如此的具有普遍性，音乐、舞蹈、绘画、雕塑，它们在绝大多数人中都能够引发相应的情感反应。用人类的物种本能来解释这种现象的普遍性具有很大的启发意义。但是，值得思考的是，艺术的创作和欣赏所需要的能量层级是不一样的，创作比单纯的欣赏需要更大的天赋以及对于艺术对象的形式更为敏锐的感知。创作过程对主体的依赖程度更强，更加考验个体的天赋和技艺的熟练程度。因此，物种中心主义美学在解释大多数人对艺术的感知和欣赏方面没有问题，但在解释少数天才的创作才能，尤其是对既定艺术法则的创造式颠覆时，就显得缺乏阐释力。也就是说，只要涉及主体性，涉及人的精神力量，涉及少数人才能体验到的精神的自由游戏这种实践，物种中心主义美学就只能将之斥为一种虚假的建构。要知道，物种中心主义美学体系的逻辑结果是不承认人的主体性的，它从根本上肯定的是人在应对环境时的被动性，艺术以及与之密切相关的仪式活动很大程度上都是对个体情绪的调节。

迪萨纳亚克并非以这种角度展开艺术研究的第一人。继达尔文在《人类的由来》当中将艺术当作具有进化价值的行为，认为其对人类的性选择有重要意义以来，已经有数位生物学家和生物人类学家沿着这个思路思考艺术的本质问题，他们提出艺术对人类有着根本性的意义，是人的自然本性的一部分，并非可有可无。但他们的理论思考很多都是立足于生物学学科知识的探索，而非从艺术学科解决自身根本问题的角度来对待这个任务，因此，在理论的完善程度和合理程度上都有一些或多或少的问题存在。而迪萨纳亚克正是在这些方面不遗余力，将生物学的解释构造得更为细致和合理，将种种假设都进行一番推演，将最有可能接近真相的结论保留下来。

迪萨纳亚克将她的理论主张命名为物种中心主义美学，为了阐明这一理论，她在 20 世纪八九十年代写作了《艺术为了什么》（*What is Art for?*）、《审美的人》以及《艺术与亲密》三部作品，并发表了数十篇论文。《艺术为了什么》和《审美的人》主要是从进化的选择价值这个角度来说明艺术的本质和功能，其预设的论述对象是远古时代部落社会当中不识字的人的艺术行为，而《艺术与亲密》与之思路则完全不同，它聚焦母亲与婴儿之间的亲密关系的特征，认为这一前语言阶段的母婴之间的亲密互动是孩童以后艺术能力形成的酝酿期，是一个至关重要的准备阶段。人类的婴儿在一出生就已经配备好了进入亲密关系的一系列"倾向"，在与母亲长达数月的交互关系中，这种倾向便可以顺利地发展为与另一个个体的配合与回应的种种行为。而在这种酝酿和配合的演练期间，对节奏、强度、形状、频率等类似于艺术表现手段的识别和辨认已经悄然开始了。按照这种理论猜想，那些艺术能力较强的人除了先天遗传方面的优势，还在婴儿期这一重要阶段得到了母亲充分的关爱，使得自身已有的艺术倾向得到了语言习得之前更为自然的舒展。最近几年，迪萨纳亚克又出版了两本书，一本是《美国西部早期岩画艺术：几何图形之谜》（*Early Rock Art of the American West：the Geometric Enigma*），继续探讨艺术的起源问题；另一本是以意大利文出版的论文集，汇集了她近些年来重要的七篇艺术研究的论文。

2. 选题意义

翻开现有的任何一部美学史，读者都会看到对于某一地域各个历史时期特有的审美倾向，以及数位代表性美学家思想的介绍和评论。于是便不难想到这个长长的脉络要从古希腊的柏拉图开始，历经亚里士多德，中世纪的托马斯·阿奎那，再到后来的夏夫兹博里、狄德罗、维柯、康德、黑格尔，直到现代的克罗齐、卢卡奇。他们或对西方文艺观影响长达两千年之久，如亚里士多德；或对美学这一学科的基本形态和内容框架有着至关重要的影响，如康德；或是干脆认为美学的问题是属于价值判断的领域的，是无法说清的，最好的办法是对它不做讨论，如维特根斯坦。他们作为哲学家在自己的哲学框架内穷尽了毕生之所学，尽管其观点都很有说服力，但也只是从一些特定的角度说明了审美比较明显的、存在于表面的特征。美学最基本的问题——"美是什么"，到现在依旧没有得到有效的解决。

西方美学自柏拉图以降都有着浓厚的形而上色彩。通常来说，那种在哲学史上占有重要地位的哲学家大都建构出了他们自己的美学思想。由于哲学本身的抽象性，以及西方哲学自古希腊以来身心二分的哲学框架，美学自始至终都是排斥身体、排斥人类动物性的感官层面，从而将审美建构成一种与身体欲望无关的纯属灵魂和精神层面的高级思维活动。在身体与灵魂、感性与理性的对立中，西方哲学重理性的传统使得身体与感性的地位远远比不上灵魂与理性。在古希腊，哲学家们在讨论"美是什么"这样的问题时通常会从抽象思辨的方式来入手，这样一种思考问题的方式从一开始就决定了解决美学问题的困难性。

两千年来，没有任何一种美学体系能将审美的本质问题彻底解决。到了康德这里，尽管他在哲学史上第一次严格而系统地把"审美"划分为一个独立的领域，也即人类心意中的一种特殊状态——情绪，并且做了极其详尽的分析，但问题依旧存在。康德宣称审美是无功利的静观，是无目的的合目的性，是在纯形式中得到主观的愉悦。"康德把审美的人从他的整个人的活动，他的斗争的生活里，他的经济的、社会的、政治的生活里抽象出来，成为一个纯粹静观着的人。"① 凡是掺杂了概念、内容的鉴赏判断，就不是纯粹的审美判断。这种求"纯粹"的追求使他将一切社会生活都排除在审美鉴赏之外，只赏玩自然和艺术作品的"单纯形式"。但是，古往今来的多少伟大作品，文学如《荷马史诗》、莎士比亚悲剧，雕塑如《拉奥孔》，戏剧如《等待戈多》，都包含着丰富的社会生活内容。若是没有生活的阅历，以及对人生酸甜苦辣、悲欢离合的痛彻体验作为准备，是无法理解其伟大之所在的。也就是说这些作品本身就

① ［德］康德：《判断力批判》（上），宗白华译，北京：商务印书馆，2016年，第217页。

包含着生活中的各种经验，因此也同时要求对生活本身有颇多体悟的接受者理解这些内容。正是在这种接受中，作品的意义与价值对接受者彰显了出来。这些经过对作品的阅读、通过理智的参与而获得的意义和感受，对我们的人生有着重要的价值和影响，它或充实人格，或净化灵魂，或产生面对苦难的勇气，总之，它能对我们产生不可估量的积极作用。可到了康德这里，因为它们牵涉"内容"便不被认为是"纯粹美"，不属于他所划定的审美领域里的最高境界了。

　　康德的三大批判都是在用"批判"的方法弄清楚何为纯洁的悟性，纯洁的意志，最后是纯洁的美感。就美学而言，那便是"他要把一切杂质全洗刷掉，求出纯洁的美感"[①]。他如此做的思想前提是认为人的这几种认识的机能是截然分隔开的，每一种都是单纯而独立地行使其职能的。求美的美感必然与求真和求善的悟性、意志是不同的，如此推演下去，一旦美感中混杂了与善和意志相关的内容，他的美学体系就不能自圆其说了，美和真、善之间的区别就难以清晰地建构出来了。从这种矛盾中可以看出康德美学对美的解释是出自一种抽象的哲学推理，是一种从人类心灵认识能力想象性的设计出发而来的批判，并非来自实际的艺术创作以及具体的审美实践。这种想象性一开始就决定了康德美学浓厚的形而上学特质。

　　西方哲学之下的思辨美学并非在真空中谈审美和艺术问题，它

---

① ［德］康德：《判断力批判》（上），前引书，第213页。

作为资产阶级话语权的阵地之一有着维护统治阶级的政治倾向性。在康德的美学体系中，只有少数精英或天才才能拥有享受审美愉悦的天赋，他们才有资格对艺术的好坏进行裁决。审美能力和创造力是先验的，是某一类人（天才）先天就带有的想象力、悟性、精神和鉴赏力的高度发达的融合。这种观点自然而然地导致了审美和艺术上的精英主义趋向。具有良好趣味的精英永远掌握着艺术鉴赏和评论的话语权，占绝大多数的普通民众被看作缺乏批评和鉴赏能力的庸人，只配跟在精英的后面对那些他们既不理解也不喜欢的复杂技巧大加赞赏。此种观点当前已经被视为一种资产阶级的审美意识形态。虽然它对后世产生了极大的影响，但是其本身的合理性常常遭到质疑。如果事实真如康德所描述的那样，那么又如何理解文学和艺术发展演进中的复古倾向，以及史前艺术、民间艺术当中民众高度的参与性？民众创造的艺术就与"艺术"一词毫不沾边？

从上述例子中，我们看出作为近代以来第一个资产阶级美学体系，同时也是影响极其深远的一个美学体系，其中是有多少问题存在，更何况那些昙花一现，且论证不够严密的美学体系是有多大的偏颇。究其根本，还是由于这种纯哲学的思辨活动是很容易出问题的。思辨是一个抽象推理的过程，在严密的论证当中，此种思维活动能够最大限度地保证形式和逻辑上的正确和合理性。它总是以某个确定的假设为逻辑起点，通过审慎的演绎来得出一个一开始无法预知的结论。但在尚未开始思辨之时，选择何种假设为逻辑起点实则至关重要。如果是选择了一个错误的逻辑起点，那么论证过程再正确，也只不过是与真理渐行渐远。这一历经数世纪的思辨传统既重视逻辑的正确性，同时又与近代以来形成的以实证为基础的自然科学相对立，于是便不可能去主动吸纳自然科学当中已经被证据证实了的结论，其最终的结果就是将研究封闭在人文科学的圈子之内。

康德及其之后的认识论哲学家主要是通过思辨的方法来研究艺术和审美，这种哲学的方法与 19 世纪中后期逐渐流行起来的科学方法形成了鲜明的对立。与完全依靠概念的哲学方法不同，近代以来以实证为基础的自然科学运用各种实验和仪器对审美活动展开一种物理学意义上的研究，从神经反应的角度来看待审美现象，将审美还原为基础的神经元之间的电反应。但是，这种方法看似科学却无视审美和艺术的文化属性，走到了与思辨美学相对立的另一极。由于反对的声音过多，这种从自然科学出发来研究审美的方法始终处于非主流的状态。

当代分析哲学从概念的澄清入手，一方面认为哲学上的问题最终都可以归结到概念的混乱上，另一方面又指出美学问题因涉及价值判断而应当对之保持警惕。像"美""艺术"这类概念很大程度上是对人们觉得好的事物和好的特质的一种形容。在维特根斯坦眼中，我们似乎是把一切令我们感觉良好的东西都称为"美"。美食，美景，美人，美德，这些都令我们感觉良好，要么从感官上，要么从精神上。面对价值判断的问题，维特根斯坦的策略是对它不讨论，但这么做的最终结果就是对美学这一学科的否定和取消。但若是不止步于此，而是将"美"视为感觉良好的一种形容，且顺着"感觉良好"的思路继续思考下去，思考为什么会感觉良好，是不是大多数人都感觉良好，这种感觉良好对我们人类有什么用处，就会很自然地将美学研究拓展到迪萨纳亚克的物种中心主义美学的领域中来。"晚期维特根斯坦和言语——行为哲学家认识到，我们是目的和利益的生物，的确也考虑到语言在这个世界上如何被使用。但是，就我所见，他们的理论中并不包含把语言当作一种生物适应的认识。"① 可见，维特根斯坦在后来已经有了从物种角度思考语言行为的倾向，只不过并不具备完整的进化论生物学的学科认识。

如果说哲学和美学界对艺术的思考相呼应，20世纪的艺术界也在用艺术实践来质疑传统的艺术定义。反传统的艺术现象层出不穷，大大颠覆了人们对艺术的既定认知。现代主义及其升级版后现代主义开始反对"美"，反对以法国为代表的欧洲传统"美术"。第二次世界大战后，美国为了与欧洲争夺文化方面的话语权，开始大力提倡并资助与写实相对的抽象表现主义的绘画作品，这加速了传统美术的解体。一时间各种新奇古怪的玩意儿层出不穷，都说自己是"艺术"。小便器在美术馆展览，粪便被密封在罐头中展出，用垃圾和旧报纸制成的雕塑，用各种器具伤害自己身体的行为艺术，这些东西着实令人费解，更不要说激发审美的感受了。我们甚至可以说这些事物在很大程度上是丑的，可它们却偏偏陈列在博物馆、

---

① ［美］埃伦·迪萨纳亚克：《审美的人：艺术来自何处及原因何在》，前引书，第340页。

美术馆里，等待着欣赏，等待着评论。在后现代，一个物品之所以成为艺术品，根本找不到一个能够加以衡量的"本质"，似乎它成为艺术只取决于你怎么看待它，以及它被陈列在哪里，或者是批评界的意见。

　　同时，艺术不再是依靠技艺和训练才能完成的高度专业化的活动，而是可以由各行各业的"业余"人士共同参与的项目。像在美国以及欧洲流行的概念艺术、装置艺术以及行为艺术，它们不需要传统艺术所要求的那种纯熟的技艺，甚至要表现出对技艺的厌恶和憎恨。例如，立陶宛籍美国艺术家马修纳斯（George Maciunas）曾表演过砸碎一把小提琴的行为艺术，这其实象征着欧洲传统艺术被"砸烂"。而在 1962 年的激浪音乐节上，几个穿着讲究的绅士表演了一场将一架钢琴砸烂的行为艺术。那么，砸烂琴键的声音是否真的比钢琴演奏的声音更悦耳，更像是艺术？看似花里胡哨的后现代主义艺术其实并不怎么受大众的欢迎，它们也并不标榜自身的审美价值。这些打破了艺术惯例的所谓艺术作品不仅远离了"美"，也远离了千千万万渴求艺术的普通人，最终成为艺术家、投机商和博物馆之间联手打造的艺术"商品"。对"何为艺术"的话语权自始至终都掌握在一个无形的"艺术界"手中。就后现代主义艺术的状况而言，"艺术"取代"美术"，成为具有别样意义且具有合法性的概念。其结果就是艺术的边界变得模糊，绘画、雕塑等传统视觉艺术面临着解体的危险。

　　同一时期的后现代主义思潮非但没能使对美学问题的解决得到

根本性的改善，反倒使新的问题层出不穷。正如彭锋在《艺术中的常量与变量——兼论进化论美学的贡献与局限》一文当中所说的："我们必须承认，多元论和相对论对于僵化和盲目的本质主义的冲击，的确推动了美学和艺术理论的发展，让沉寂的美学变得活跃起来。但是，多元和相对、开放和活跃，只是为解决问题清除了障碍，它们本身并不等于问题的解决。事实上，后现代主义'无可无不可'的态度早已令人厌倦。抛弃简单的相对论，从不确定中寻找确定性，成为当代美学中一股新的势力。"① 后现代主义哲学思潮助推后现代主义艺术朝着反艺术、反审美的方向越走越远，加上艺术界对这一类型作品的吹捧，导致传统欧洲美的艺术的观念体系在话语权上面临着巨大的危机。

在上述背景之下，迪萨纳亚克将生物进化论作为重要的理论资源引入到美学研究之后，接着辅之以文化人类学的相关研究成果，以及自己多年在第三世界国家的田野考察的具体经验，将艺术解释为一种使人"感觉良好"的行为。"感觉良好"一词虽然简单，却包含了制作艺术应当是对自己和他人具有情绪价值这一观念。迪萨纳亚克首先将人看作一种生物性的存在。但凡生物所具有的普遍性行为一定对其生存有决定性的意义，人作为自然界生物中的一种，其所具有的每一种行为或倾向都并非仅仅是后天教化的结果，而应当看作物种演化的产物，都有着进化的选择价值，它在终极目标上

① 彭锋：《艺术中的常量与变量——兼论进化论美学的贡献与局限》，《文艺争鸣》2020 年第 4 期。

有助于人类在生存和繁衍后代的层面获得更大的成功。就艺术而言，过去的做法往往是将它看作已经完成了的作品，它是一幅静态的画，一个雕塑，一首歌，一个图案精美的陶罐。而在物种中心主义美学这里，艺术被看作一种行为，这个创作艺术的过程本身比最终创作出来的成品更为重要。一方面，早期人类的艺术行为有展示身体、吸引配偶的效用；另一方面，人们通过制作类似于"超常之物"的艺术品来表达对实际生活中重大事件的关切。

迪萨纳亚克曾自信地认为，物种中心主义美学的研究思路能够将"美是什么"这个美学的终极问题彻底解决，从而使艺术真正发挥它对人类的积极影响，当看待艺术的视角转变了之后，就能使在以往看来根本无法解释的问题迎刃而解。当审美和艺术创造成为人性中至关重要的一部分，那种精英主义的观念将会受到真正的挑战，那种脱离了生活，脱离了人生重大关切的奇怪的艺术将会重新得到评价。在艺术创造的行为当中，人感到一种快乐的满足，一种对生活、对自我的掌控感，一种油然而生的归属感，这些都有助于处于现代性当中的人生活得更幸福。物种美学认为人的生存既需要满足种种直接的肉体冲动，也需要体验到意义感。这二者皆需要艺术和仪式活动来进行调节，从远古时代部落社会就是如此，今天亦当如此。可我们当今的社会由于工具理性的发达，科学对神话、神秘主义的祛魅，导致人的感性、人的本能冲动在很大程度上无法找到缓和和发泄的途径。基于此，迪萨纳亚克认为应当再次使艺术行为成为人的生活当中的一种习惯，恢复它曾经在人的日常生活中的地位。在物种中心主义美学体系中，上面的种种叙述仿佛描绘出一个幸福的乌托邦，只要艺术成为人的生活的一部分，人的后现代主义式的漂泊无根的落寞感觉仿佛就能够被一网打尽，通通扔进垃圾箱。事实真如此吗？

与此同时，在今天提倡身体美学的学者眼中，物种中心主义美学似乎能够解释康德美学所不能解释的难题。这里之所以说"似乎"，是因为物种中心主义美学虽然在某种程度上能够对文学艺术的本质进行解释，但它是否真正反映了其本质，则无法得到验证，并且这种解释本身的价值也是值得怀疑的。前面我们谈到，康德美学在面临具体的艺术作品的解释时有一种深深的无力感。它无助于在现有的美的艺术的领域内形成一个有效的、具有说服力的价值评价体系。而对于艺术领域内最需要动用理智来进行欣赏和评判的文学艺术，就更丧失了对其存在的合理性进行阐释的有效框架。而我想追问的是，即便迪萨纳亚克能够提出对此问题的某种体系化的、雄辩滔滔的解释，关于价值判断的难题就因此而解决了吗？事实上在物种中心主义框架内有关文学艺术价值的评价问题是一个非常棘手的难题，作为一种以生物学为基础的美学理论，不可能指望它对于纯粹精神层面的文化产品有过高的评价，因为这种类型的作品对我们人这个种属在物种层面的价值并不突出。我们看到康德对文学艺术最为精彩的阐释便是对何为天才的说明。在他看来，只有天才才能创造出伟大的艺术，而他为什么能创造出这等作品则是不可知的，这就像是一种神启，神灵只把最完美的心灵的形式赋予天才，让他不受过往陈旧艺术法则的束缚，不断开创新的美的形式。如果说这是一种解决问题的神秘主义的方式，那么迪萨纳亚克则是在以一种科学实证主义的精神，即以进化论生物学来解决美学的问题。而实际上，在生物学框架下，旧的问题没能得到解决的同时，新的问题又接踵而至，科学实证主义精神有可能会导致艺术批评概念无法有效地建立起来。

迪萨纳亚克的理论存在着四个问题。第一，她预设"艺术"是一个不需要质疑的非家族相似性的概念，她通过行为学的方法将艺术行为实体化。尽管 20 世纪 50 年代保罗·克里斯特勒在《现代艺术体系》中表达了有关"艺术"这一概念的建构性观点，但这一观点并未得到迪萨纳亚克的正面回应。而事实上，她通过"进化的适应性"这个概念所归并起来的人类艺术的门类，其实与近代美学中被建构起来的"艺术"概念中包含的门类是高度一致的。也就是说，迪萨纳亚克正如克里斯特勒批判某些不自知的滥用"艺术"概念的人时所说的那样，沿用了主体性的美学创立之初所确立的艺术概念。将绘画、雕塑、建筑、音乐以及诗歌看作艺术明显是对旧有观念的继承，但迪萨纳亚克对此的解释是，它们是由于皆具有进化的意义——使人"感觉良好"，才被划分在"艺术"这一概念之中的。显然，这一回答给人的感觉不尽如人意。在美学当中，"艺术"是一个事后追加型的概念，即我们今天对于它的任何言说都是在厚厚的滤镜之下所进行的，原始社会根本就没有这样高度复合型的名词。

第二，迪萨纳亚克在说明艺术有什么用，以及审美的人的有关观点时，所选用的材料和所举的案例基本来自两个方面：一是早期社会小型部落的原始艺术，其中包括穴居时代洞穴内的壁画，日常生活中用到的装饰性器皿，仪式当中对身体的装饰和舞蹈，葬礼中具有诗歌性质的悼词；二是人类在婴幼儿阶段与母亲之间的亲密互动，包括有节奏的摇动，为了召唤母亲帮助而发出的啼哭，母亲的笑脸对婴儿的回馈，等等。这些看似平常的行为在迪萨纳亚克眼中具有非凡的意义，正是它们令婴儿内在的艺术潜力在经验的现实世界得到初步展开。然而，从上述两个方面来寻求艺术的本质以及审美的人是如何形成的这两个问题的答案，存在一个不可忽视的问题，那就是凭什么起源时期的有关艺术何为的观念就应当放之四海而皆准，成为今天这个已经远离了原始艺术的后现代社会所应尊奉的艺术概念，这样做的合理性在哪里？同时，从艺术产生的源头，以及从人类诞生的源头——初出母腹来寻找某一概念的定义这种思维，其实犯了尼采以及福柯所批判的那种从源头来看待和规定事物的错误，即它忽视了事物在漫长的发展过程中所经历的一系列偶然事件，而这些事件于当下对事物本质的界定是不可或缺的：要么是事物的实际发展已经超出了旧有概念意涵所能囊括的最大限度，要么是事物的走向已经与原初概念背道而驰。

第三，在迪萨纳亚克的运思方式之下，今天的艺术哲学所探讨的核心概念之一——"艺术作品"就变得无足轻重了，过往的艺术哲学所探讨的"艺术理念""艺术理想"这两个概念也有受到"识字过度"影响的嫌疑。正是上述原因，导致物种中心主义美学在艺术批评概念的构建方面显得贫乏和无力。如果挖掘这一情形背后更为深刻的原因，那就是迪萨纳亚克美学自身强烈的实证主义精神所导致的认识论的缺失。从认识论的搭建，到美学体系的建立，再到批评概念的建构可谓环环相扣，如果在最初的阶段就没有形成有效的认识论，那么艺术批评概念乃至艺术批评的实践也就无从谈起。对此，本雅明有极为深刻的认识："要确定艺术批评概念，没有认识论的前提就如同没有美学前提一样，是不可想象的；这不仅是因为后者包含着前者，而首先是因为批评包含着认识因素，无论人们把它视为纯粹认识还是看作与评价相联系的认识。"[①] 这段话是针对早期德国浪漫派的艺术批评概念有感而发的，但是对于本书的研究亦有很大的启发。在本雅明看来，早期浪漫派的艺术理念离不开浪漫派的弥赛亚主义，离不开宗教意义上的神秘主义，即认识论的构建实际上不可缺少神秘主义的维度。正是浪漫派的认识论包含有宗教神秘主义的维度，才使这些概念能够焕发出长久的生机和活力。在对德国浪漫派的最主要人物弗里德里希·施莱格尔进行研究时，本雅明发现了这样一则材料："这里所拒绝的是一种完善的人类的理想在无限之中实现的想法，而所要求的更多是现在在时间内的、在凡世的'上帝王国'……在存在的每一点上的完善，在生活的每一阶段都已实现的理想，这一绝对要求是施莱格尔的新宗教产生的

---

① ［德］瓦尔特·本雅明：《德国浪漫派的艺术批评概念》，王炳钧、杨劲译，北京：北京师范大学出版社，2014年，第2页。

基础。"① 德国浪漫派的这种精神内核有一种强烈的救世主义精神，用本雅明的话来说就是"浪漫派的弥赛亚主义"。

第四，最重要也最根本的问题是，迪萨纳亚克美学思想包含艺术创作意义上主体的缺失。艺术终归是属人的一种活动，正如浪漫主义文艺观所讲到的，艺术需要的是天才、情感和想象，而这几种素质绝非人类当中的每一个个体都能具备，只有那些杰出而非凡的个体，即康德意义上的不可效仿的天才方能集三者于一身，也唯有这样的人才能创造出冠绝古今的伟大艺术。但是，迪萨纳亚克将主体性哲学对于人的力量的基本预设视为谬误，对她而言，人是不可能违背自然而与自然相对抗的，人的一切行为都只不过是有助于其肉体的当下生存，当下、即时的需要的缓和是人类行为最直接的动因。即便是在讨论艺术创造这样高度主体性的活动时，她仍旧没有从主体内在意识的角度，从特殊个体的想象、情感的角度探讨思维和意识当中发生了什么，而是通过将艺术视为人类种属广泛的、具有普遍性的、动物学意义上的行为，从而将艺术特殊性、个性化的一面抹去了。当一种行为在群体中每个人的身上都存在从而变得毫无稀缺性时，它所产生的产品——艺术作品的意义与价值就显得无关紧要了。正如迪萨纳亚克所言："我自己的倾向是寻找相似之处，而不是绘制不同之处，我的方法是基于一般生物进化的原则，特别

---

① 转引自瓦尔特·本雅明：《德国浪漫派的艺术批评概念》，王炳钧、杨劲译，北京：北京师范大学出版社，2014 年，第 4 页。该段落节选自莎洛特·平古德《弗里德里希·施莱格尔的审美学说脉络》，收入"慕尼黑大学博士论文"第 53 页，斯图加特，1914 年。

是人类进化的原则……人类个体成员可以杂交，任何社会的个体婴
儿都可以被培养成其他社会成功的成年成员，这一事实表明了我们
本质上的基本统一性。"① 正是这种"求同"思维导致了艺术极具独
创性和主体性的一面在其理论当中毫无立锥之地。于是，上文所说
的"审美的人"主体性的缺失可以解释为：艺术创造和欣赏依赖于
人的主体性——无论是意识层面理性的主体性还是无意识当中的非
理性的主体性，普遍意义上的审美活动本身离不开人的主体性的高
度参与，甚至要依赖人的主体性的发挥；但是迪萨纳亚克所建构的
生物学意义上的审美的人又是完全没有主体性的，它只有自然主义
意义上的被动性以及顺应自然的惰性。这就是说，迪萨纳亚克所建
构的艺术概念更接近于粗糙和未完全分化的原始艺术，从根本上而
言，她是试图用原始艺术的概念代替近代西方自浪漫主义至现代主
义的那种精英主义的艺术概念。正如本雅明在其博士论文《德国浪
漫派的艺术批评概念》的绪论中所指出的："本书要指出的是浪漫
派的文学理论或艺术理论的基本缺陷。"② 本研究的核心内容亦不是
对迪萨纳亚克美学思想当中的关键概念进行创新性的阐释，而是对
其理论当中审美主体性的缺失这一弊端所展开的批判。

---

① ［美］埃伦·迪萨纳亚克：《审美的人：艺术来自何处及原因何在》，前引书，第35页。
② ［德］瓦尔特·本雅明：《德国浪漫派的艺术批评概念》，前引书，第5页。

二、国内外研究现状综述

1. 国外研究现状

当前国外对迪萨纳亚克的研究主要集中在期刊论文、学位论文和一些访谈、书评当中。目前在网上能找到的是一篇介绍性文章、一篇书评、一篇批评性质的期刊论文，以及两篇国外的学位论文。《艺术性动物》（*The Artistic Animal*，2011）较为详细地介绍了迪萨纳亚克的教育经历和生活经历，以及她的物种中心主义美学的基本思想，尤其是达尔文主义的理论基础。在这篇文章当中，作者还勾勒出迪萨纳亚克与三位生物学家之间思想的交锋，以及与三位文学批评家之间的理论思想的继承关系。其中最引人注目的是《心智探奇：人类心智的起源与进化》的作者史蒂芬·平克对其将艺术视为有独立进化价值的人类行为进行了质疑。平克认为艺术是人类其他适应性行为的副产品，因为如果要说明艺术有独立的进化价值就必须证明艺术是可以想象到的为达到此种价值的最为有效的途径，而这其实是比较困难的。另外值得注意的是迪萨纳亚克提到了俄勒冈大学英语教授约瑟夫·卡罗尔生物学诗学的构想，他认为这能够给当前的文学批评一个比福柯、德里达所构建的后结构主义更好的批评框架。

《审美的人：艺术来自何处及原因何在》是理查德·安德森对迪萨纳亚克这本同名著作的书评。文章介绍了该著作整体的框架和中心论点，同时提出了不少问题，如艺术在非西方文化中是否是构成整体所必需的，是否所有的文化都有艺术存在，西方艺术相比较而言是否更有意义、更加空洞，等等。最后，安德森高度肯定了这部著作的价值，认为它提供了一种关于艺术问题的批判性思考。

《埃伦·迪萨纳亚克的进化论美学》是斯蒂芬·戴维斯 2005 年发表在《生物学与哲学》杂志上的一篇论文，全文就迪萨纳亚克的进化论美学提出了三点批评：首先，这一理论无法解释艺术作品审美价值的差异；其次，艺术与繁殖成功之间的关系被过分夸大以至于不能解释艺术的生产、本质以及接受；最后，迪萨纳亚克所谈论的艺术似乎并非我们通常理解的艺术，这两者在概念上有一些错位。在正文中，他提出了两个核心的问题：艺术究竟纯粹是文化的，还是在其核心涉及生物性的成分；如果将艺术视为进化的直接标靶，那么这种进化究竟要达到何种标准的生物选择意义上的成功。这两个问题对迪萨纳亚克的理论来说是至关重要的。戴维斯在文中详细阐明了自己的疑问，具有很强的批判性，可以成为完善物种中心主义美学的重要借鉴。

在学位论文方面，在 CALIS（China Academic Library & Information System）硕、博士学位论文中心服务系统当中可以搜索到两篇和迪萨纳亚克有关的国外学位论文。一篇是《对迪萨纳亚克艺术理论及其对艺术教育影响的研究》（"An investigation into Ellen Dissanayake's theories about art and their implications for art education"），这篇写于 2002 年的论文现在无法通过文献传递见其全貌。另一篇是涉及迪萨纳亚克理论的博士论文《艺术的变革力量：一项自我研究》（"The transformative power of art：A self-study"）。这篇写于 2003 年的论文只是在第二章"理论框架"中的人类行为学理论这一小节当中着重介绍了迪萨纳亚克其人以及她的人类行为学思想，分别有以下几个小标题：埃伦迪萨纳亚克和人类行为学；埃伦·迪萨纳亚克：背景信息；艺术与游戏；艺术与仪式；艺术作为人类行为；艺术的起源；艺术作为一种普遍倾向；使其特殊；为了生活的艺术。在对上述标题展开详细介绍之后，作者只是将迪萨纳亚克的行为学思想作为自己的理论工具加以借鉴，而并未对其思想进行更为深刻的批判性思考。

　　2. 国内研究现状

　　国内对迪萨纳亚克的研究很大程度上是围绕已经翻译过来的《审美的人：艺术来自何处及原因何在》这部作品展开的，或者是对它的主旨和内容框架进行梳理，或者是直接对该著作中的物种中心主义美学思想进行评介，再或者就是直接将国外研究迪萨纳亚克的文章翻译过来。《艾伦·迪萨纳亚克的进化论美学》这篇文章就是对国外学者评介文章的译介，该文章的学术价值已经在上一部分的国外研究现状当中有了介绍，这里不做赘述。袁春红《生物学美学：物种中心主义艺术观——埃伦·迪萨纳亚克〈审美的人〉简析》就是按照章节的顺序将全书的写作思路和框架整理出来，在归纳概括每一章节的主要内容的同时对作者的理论立场、理论假设、理论证明的过程做了详细介绍。全文始终以这一本著作为依托，梳理和总结的文字居多而缺乏有新意的批判性思考。

评介性的文章有多篇。苏东晓的《评埃伦·迪萨纳亚克的审美本质观》一文首先将迪萨纳亚克的审美本质观与马克思在巴黎手稿当中对审美的看法建立起了某种继承性的关联，紧接着又将之与人类学家列维－斯特劳斯对审美这种现象的民族学研究路径做了对比，指出了斯特劳斯研究方法的优缺点，进而高度肯定了迪萨纳亚克从生物学层面解决这一问题的创新性和价值，指明了物种中心主义美学在反对西方美学传统的功利－审美线性发展说上所具有的颠覆性。然而作者并没有仅仅停留于对这种新的思路的赞赏，而是提出其理论在审美相对性现象如何产生的内在规则的探索方面有所不足，并且建议运用人类学家格尔茨的"深描"方法来使这方面的研究得以完善。

王宗峰《穿越文明的休克疗法——浅论埃伦·迪萨纳亚克的物种中心主义艺术观》是一篇颇富激情的评论文章。此文在介绍迪萨纳亚克物种美学的基本思想的同时，通过大量引用《审美的人》当中的原文来说明迪萨纳亚克的艺术观所带来的对于后现代主义悲观的艺术观的纠正或说替代。作者不乏痛心地指明，在后现代社会当中，人作为个体丧失了过去曾有的那种归属感、确定性，人的双脚似乎已经脱离了坚实的大地，一切尽是虚无、虚幻、无意义，离开了成长的家园，漂泊在价值相对主义的世界当中，造成了现代人难以名状的焦虑和无所适从。而迪萨纳亚克的物种美学则是要重新建立起确定性，让人们拥抱信仰，重获归属感，从而生活得更加快乐和充实。在进行了上述介绍之后，作者又对这一思想进行了极为深入的思考，颇具启发意义。他指出，这种理论的良善发心是清晰可辨的，但是这种理论所允诺的那种前景是否不过是又一个乌托邦而已？在一个集体当中个体的确定性和归属感的获得势必要以牺牲主体性和人道主义倾向为代价，这究竟是否值得？这是否是一种倒退？迪萨纳亚克口口声声反对后现代主义那种"识字过度"的倾向，但是她的物种中心主义美学本身不也是高度文明化的环境当中"识字过度"的产物吗？她又如何为自己理论的合理性、合法性进行辩护？这些问题在我看来都极其尖锐，直击要害，对于反思迪萨纳亚克的理论很有借鉴意义。

《审美的人》一书的中文译者户晓辉的《美学：从形而上学到知识》（2005）是一篇书评。该文章先介绍了近些年来国际美学研究的明显趋势是从形而上学的纯思辨、纯理论转向了文化和应用的具体现实层面，并且人类学的视野也被借鉴到美学研究当中，迪萨纳亚克《审美的人》就是在这样的背景下诞生的。户晓辉谈到迪萨纳亚克的物种中心主义美学带来了美学研究认识论意义上的"哥白尼转向"，将艺术看作人类进化而来的行为而非静态的、已经成型的作品，对于反思传统西方美学的局限、打破狭隘的精英主义艺术观具有十分重要的意义。为了更好地阐明艺术对人类而言的选择价值，迪萨纳亚克将美学理论、生物进化论、文化人类学、心理学以及人类发展理论结合起来，形成她的物种中心主义美学基本形态，以此对抗在她看来已走向死路的混乱无序的后现代主义艺术观。

然而，与此同时，她的理论也存在着诸多问题。其一就是忽略了人类进化可能的其他设想，仅把达尔文主义当作最科学的理论基础，殊不知达尔文的进化论也只是一种在文化中形成的理论猜想。其二，作为以进化论生物学为思考路径的艺术理论研究者，迪萨纳亚克非常反对康德的"审美无功利"说，她试图用自己的经验论来反对康德的先验论，但是，正如户晓辉在文中指出的，经验美学和先验美学属于不同的逻辑形态，用前者反对后者并不合理。作者进而提出经验美学如何考虑自己的哲学基础以及与先验美学的关系的问题，在我看来，这个问题对于物种中心主义美学的整个逻辑体系能否有效至关重要。

户晓辉的《审美人类学如何可能——以埃伦·迪萨纳亚克〈审美的人〉为例》是一篇反思性极强的文章。这篇文章以《审美的人》一书为案例来说明审美人类学研究应有的基本形态。该文尽管不是专门针对迪萨纳亚克展开的研究，倒也通过对主题的阐发，也即通过论述审美人类学这一学科应有的特征顺带点出了迪萨纳亚克在此项研究中所存在的问题。如果说审美人类学以对传统美学研究的反思为出发点，那么迪萨纳亚克的反思则是不够的。具体来说便是，尽管已经意识到过往人类学研究在描述非西方社会的文化和习俗时，西方学者总会将自身的幻想投射到研究对象身上，使得对象所呈现出来的是一种扭曲的、虚假的形象，对象成了按照研究者的特殊视角而形成的一种建构，迪萨纳亚克依旧在自己的研究中，尤其是写作中没能避免这种倾向。由于肩负着对后现代文化进行批判的使命，迪萨纳亚克在对非西方的小型部落社会中的艺术和审美进行描述时特意将其浪漫化了，换句话说，即迪萨纳亚克将这种生活方式极为落后和原始的部落社会建构为一个充满诗意和理想的、对人的生存而言非常完满的一个社会。这在本质上是对真实情况的扭曲。这里的问题就在于迪萨纳亚克对自己的方法论前提的反思还不够，在研究过程中对对象的建构性还需要更为细致的留心。此外，户晓辉还指出迪萨纳亚克在对康德的先验美学进行批判时对自身理论的哲学基础和出发点的认识还不够，这体现为在其著作中并未有清晰的论述。而这实际上关涉这种批判最终是否有效。总体来看，这篇文章反思的深刻性是已经介绍过的几篇论文中最强的。

国内目前并没有专门研究迪萨纳亚克及其物种中心主义美学的博士论文。由此看来，目前国内的迪萨纳亚研究还非常不成熟，甚至可以说处于起步阶段。当前其理论著作译成中文的只有《审美的人》一部，《艺术为了什么》和《艺术与亲密》都还没有译介过来，更不用说《美国西部早期岩画艺术：几何图形之谜》这本著作了。这种译介资料匮乏的现状极大地限制了国内学界对迪萨纳亚克的研究，使得现有的研究成果呈现出只注重其翻译过来的一本著作这种现象，进而使得其研究极度缺乏系统性和有价值的批判性思考。

三、研究的创新点、重点和难点

本研究的创新点在于它将是国内首部研究迪萨纳亚克的专著。它摆脱了以往研究当中以归纳和梳理为主要特征的研究路径，聚焦迪萨纳亚克物种中心主义美学理论主体性的悖论问题。在此理论的内部，"审美的人"概念主体性的缺失与艺术创造对主体性的内在要求构成了尖锐的矛盾或悖论。西方美学曾在主体性哲学的潮流中将主体推到一个崭新的高度，其间，浪漫主义运动更是将天才、情感与想象视为艺术创作的根本。在从启蒙哲学到浪漫主义的过渡中，以反思性为中心的认识论得到了继承，而这又为后期浪漫主义以及 20 世纪以来的艺术哲学提供了理论创新的资源。具体来说，本书的创新点就在于从艺术哲学的角度，从主体性以及认识论的角度对物种中心主义美学展开批判。因此，我对主体概念、主体性哲学的变迁以及艺术哲学当中的主体进行了细致梳理。在对主体概念的考察和辨析中，不同层面的"主体"含义慢慢清晰起来。"主体"通常意味着自我同一性，即自我的一致性、稳定性、连贯性，后现代主义对"主体"概念的解构反倒从另一个角度强化了对主体的这种印象。根据休谟、尼采和后现代主义哲学的观点，主体并非实体，它是变化的、无法预知的，是与身体有关的存在。但是，这种对主体自我同一性的解构所集中针对的是意志自由的观念，而这一观念以及随之衍生的意志在现实中外化为行动的观念实际上只不过是"主体"的一个面向。

从启蒙哲学到浪漫主义，主体意志的问题都是重要的参照点。然而这里面的问题在于，意志的问题是如何从认识论哲学转而进入艺术哲学的领域的。对此，我的研究结论是：从德国早期浪漫派试图将哲学与文学相结合的努力，到费希特、谢林对意志以及无意识的挖掘，再到黑格尔美学对绝对精神以及人的主体性的强调，德国观念论美学最大限度地挖掘和肯定了"主体"在艺术创作中的作用。在这一流派看来，艺术创作，尤其是诗歌创作是主体天才、想象与情感共同作用的结果，其中不可知的天才与可知的努力相辅相成。同时，由于同费希特和谢林哲学之间或借鉴或批评的关系，早期浪漫派对主体性哲学中的意志及其实践问题也有所回应，而这些都对后来的黑格尔有所启发，他在费希特哲学的基础之上重新阐释了希腊悲剧的含义——不同的伦理或价值观之间的对抗，这可谓是对现代悲剧最精辟的概括。

这就是说，对于主体以及主体性的问题，即主体的自我同一性问题，我们并不应该把从尼采到后现代的这条脉络所呈现的对主体性的解构当作唯一的、最终的真理；而应该在中西方美学和艺术哲学的对照中，重新肯定主体性的中心地位。主体性是自认识论转向以来讨论艺术问题最具合法性的路径，即便在今天依旧是如此。在现象学中，主体和客体之间的弥合归根结底还是一个主体如何观察和体验对象的问题，艺术问题的核心就在于主体如何调动主体性从而对材料进行加工进而形成艺术作品。从这一视角出发，迪萨纳亚克的物种中心主义美学无法囊括和解释今天的许多新兴艺术形式和它们的价值。例如，如今流行的所谓"后摄影"，若强行将它纳入生物进化论的框架内，考虑它在人类进化过程中是如何被选择的以及它对于人类生存的实际价值，就显得匪夷所思。事实上，如果换一个思路，从主体性的角度出发对它展开研究，就能获得有意义的结论。后摄影这种艺术形式通过媒介的变化改变了人对世界的感知方式：对象与客体自始至终都不过是被动性的存在，只有具备主体性的人才能重塑对对象的认知，才能从更为独特的角度去理解世界。因此，对于物种中心主义美学的批判对于重新认识实用主义美学以及所谓的身体美学这一理论主张具有重要的意义。

　　本书的研究难点包括五方面。其一，迪萨纳亚克的专著和论文绝大部分都是英文，因此需要研究者能够通过原著来理解这一复杂的理论体系。其二，这一理论涉及广泛的生物学知识，尤其是生物进化论，它需要能够按照进化论的思路对进化的过程展开想象，因此研究者必须具备较强的推理能力，才能在研究过程中游刃有余。其三，这一理论还涉及人类学、心理学、神经科学等多个学科，这种跨学科的理论研究模式需要研究者对涉及的每一个学科都有足够的认知储备，尤其是熟知这些领域的基本研究对象和方法。其四，本书的写作风格需要与自然科学的研究保持适当的距离。由于涉及大量的生物学知识，本书的实际写作当中很有可能会显得科学主义的痕迹太重，而这种科学主义的痕迹不仅与这部研究艺术理论的著作在风格上格格不入，也与我个人的观点相左。其五，对主体概念、主体性哲学的变迁以及艺术哲学当中的主体进行细致的梳理需要掌握大量的材料并进行艰难的思辨。

　　四、主要研究方法

　　本书主要采用概念分析，不同理论之间的比较研究，以及行为学的推演三种方法。迪萨纳亚克艺术理论当中所谈到的"艺术"这一概念看似简单，其内涵却和我们今天所处的后现代语境当中所理解和感受到的艺术概念有极大的不同，这就需要对"艺术"这一概念进行仔细梳理和分析。在梳理艺术概念形成和发展历史的过程中，我们将能看到今人对何为艺术的理解是多么晚近的现象，今人将艺术捧上神坛又是建基于怎样的哲学基础，以及艺术所可能具有的本质。在此背景之下，迪萨纳亚克物种中心主义美学的艺术定义才能更强烈的凸显出来。只有先将迪萨纳亚克所理解和讨论的艺术定义界定清楚，才能准确把握她所阐述的行为学究竟为何物。

不同理论之间的比较研究之所以重要，是因为迪萨纳亚克的理论先天地就对过往的诸多美学理论形成了剧烈的冲击，这种冲击从理论上看是致命的，但在现实中却并未真正撼动以往艺术观的绝对地位。也即达尔文主义在人文领域攻城略地的过程中举步维艰，并不能被主流完全接受。这种现象在社会层面的成因需要研究者特别加以关注。达尔文主义、人本主义以及后现代主义之间错综复杂的关系是一个值得研究的问题域。

最后，进化论生物学的推演其实是这一研究所要具备的最为基础的素养。尽管迪萨纳亚克花了很大的工夫来还原艺术作为一种人类行为被进化的过程，但其理论也只是一种对进化过程可能性的猜想和演绎，它在细节上较真实的进化过程必然会有遗漏或错误，因此就需要在掌握生物进化论推理原则的基础上，研究者能够自行推导演化过程，并将之与迪萨纳亚克的推理过程进行比照，从而判断其推理的合理性。

五、主要研究思路和框架

本书主要分为三部分。

第一部分为绪论，阐明研究对象、研究价值及方法。这一部分首先介绍迪萨纳亚克的学术生涯，她在物种中心主义美学研究过程当中的学术成果，以及她对艺术的主要观点。其次，分析国内外迪萨纳亚克研究的现状，指出过往研究的优缺点，指明未来研究的创新点，阐述研究内容和框架。

第二部分为正文。这一部分分为四个章节：

第一章为物种中心主义美学的方法论基础。在第一节，陈述物种中心主义美学最主要的方法论基础是生物进化论，并对迪萨纳亚克所使用的进化论进行理论上的溯源和考察，弄清它和达尔文本人及新达尔文主义之间的关系。同时指出文化人类学、心理学、神经科学等辅助方法在其理论中的地位。在第二节，阐明人的自然属性和文化属性之间的关系。这一问题的核心之处在于究竟在何种程度上能够把人看作一种生物。在这一节中，将引用当前最权威的生物人类学家的观点来回答这个问题。在第三节，探讨美学研究当中引入生物进化论的合法性。美学研究历来都是以形而上学为主流，在当前生物学和神经科学研究成果的冲击下，美学是否需要一场研究范式的革命，这种范式的转换是否具有合法性，需要仔细加以探讨。

第二章为物种中心主义美学的基本观点。围绕艺术对人类生存的进化价值这一核心，迪萨纳亚克构建出了一个物种中心主义美学的体系。本章分两节，第一节是"物种中心主义美学的基本概念"，第二节是"艺术与亲密"。在第一节，通过对"感觉良好""使其特殊"和"做了的事情"这三个概念相互作用的原理的阐释，勾勒出一种进化论视角下的艺术观。在反人类中心主义、反精英主义的态度中，迪萨纳亚克竭尽全力地证明艺术对于人类物种的生存价值。最终，艺术被拉下精英的神坛，成为一种人人具备的生物本能。在第二节，阐述物种美学对于母婴互动和艺术这二者之间关系的新发现。母婴之间的互动是人类长大以后各种精神生物学需求的发源地。无论是对亲密关系和归属感的渴望，还是对意义的寻求、对动手实践的喜爱，都在婴儿与母亲的双向关系中得到了酝酿和发展。首先，迪萨纳亚克拓展并完善了人类精神生物学需求的种类；其次，她将"使其特殊"概念重构为"苦心经营"，极力凸显艺术活动对人类全副心理和生理机能的调用；最后，她提出了"认真对待"艺术的主张，提倡在后现代社会意义缺失的氛围下通过艺术活动的苦心经营重建生活的意义感和价值感。尽管对人类怀有强烈的人道主义关怀，但是迪萨纳亚克所说的"艺术"始终是与原始艺术的概念相叠合，而这种艺术概念其实是与所谓的精英艺术形成了互补而非对立。

　　第三章为物种中心主义艺术观。这一章主要对"艺术"的观念和作用加以说明。艺术观念与对人性的认识密切相关。既然迪萨纳亚克的物种中心主义美学的中心论点是，艺术是一种对人而言具有选择价值的行为，也有是说物种美学的人性观是与近代主体性哲学建立在截然不同的基础上的，那么就需要在讨论过往理论对人性有怎样的认识的基础上来看待其艺术观，即把她所讨论的"艺术"放在更大的历史背景中来看待。在第一节，阐述中西哲学，以及20世纪以来生物学、人类学对人性的代表性观点，并陈述物种美学进化论的人性观。在第二节，就近代艺术观念的形成以及艺术与真理的关系展开论说，并最终形成对迪萨纳亚克行为学艺术观的评价。首先，呈现美的艺术观念形成的历史，是如何被建构出来，又是如何被世俗广泛接受。其次，梳理艺术与真理之间关系的历史，呈现出艺术地位的变化。在第二节的最后部分，强调迪萨纳亚克美学理论体系中的科学主义特征并做出评价。在她那里，艺术是一种普遍的人类行为和倾向，艺术从本质上而言是对每一个个体都有用的拯救其生活的方式。美的艺术的观念是启蒙时期美学家的一种人为的建构，它是资产阶级意识形态的重要组成部分。而在后现代语境中，艺术概念遭到了解构，它越发变得难以界定。古代、近代、后现代三个阶段的艺术观念差异极大，在后现代的解构之后，如何重构艺术和美学成为一项巨大的考验。

　　第四章为物种中心主义美学中审美与主体的关系。在认识论哲学的背景之下，物种美学一方面提倡"审美的人"这一概念，另一方面却又不承认近代认识论意义上的主体。这导致审美的人最终不过是通过本能进行审美，通过艺术调节自身情绪的机械唯物论意义上的人。为了更清晰地呈现出物种美学中审美和主体的紧张关系，分四节来论述。第一节,"主体作为近代西方美学理论的基础"。近代以来西方主流美学将人的主体性作为美学思辨的大前提,因此弄清何为主体、何为主体性哲学最具代表性的观点对于本章的研究必不可少。第二节,"解构哲学对美学中主体观念的冲击"。主体观念的解构成为 20 世纪后半叶欧美哲学的流行趋势,其中,后结构主义以及后现代主义对主体性哲学的基本预设进行了挑战,动摇了从不涉及身体的主体意识层面探讨美学和艺术问题的合法性。主体在哲学层面地位的动摇为迪萨纳亚克从身体和本能的角度出发研究美学提供了更大的可能性。第三节,"审美与主体的关系"。审美从本质上来说就是主体的审美,脱离主体谈审美和艺术创作无论是在理论还是实践的层面都是站不住脚的。就此,西方主体性哲学的集大成者黑格尔将精神性作为艺术美的终极来源具有极强的真理性。第四节,"物种中心主义美学审美主体的缺位"。从进化论出发的美学不可避免地会走向身体的一元论,而这与艺术和审美的文化属性相背离。主体处于文化中,文化滋养着主体,文化的品质和厚度决定着艺术和审美的高度。物种美学将文化也还原为生物本能,实际上就否定了文化的独立发展以及对主体精神的决定作用。

最后一部分为结语,对全文的论述及主要观点加以分析和总结。物种中心主义美学试图将原始艺术作为"艺术"概念的核心意涵,这就否定了文化以及由文化所滋养的主体在艺术创作中的中心地位。同时,对于达尔文进化论的坚持使得迪萨纳亚克在行为学的道路上越走越远,导致物种中心主义美学走上了物理还原论的道路，这就使艺术理论的研究走向了科学主义的极端。为了避免美学研究非此即彼的倾向，应当在精神和身体这二元之间找到一个合理的位置。

第一章

物种中心主义美学的方法论基础

　　迪萨纳亚克物种中心主义美学的理论基础是建立在达尔文进化论基础上的行为学（ethology）以及进化心理学。行为学是进化论生物学的一个分支，它运用达尔文的进化论来对动物的行为进行解释，行为的适应性和选择价值是该理论考察的重心。该理论的应用对象原先是动物，但 20 世纪 60 年代以来，随着生物人类学和进化心理学的发展，它也被用来揭示人类的行为。尽管这一理论在解释人类行为时能够将在其他视角下被遮蔽的真相揭示出来，但由于极度忽视社会历史文化对人性的重塑，它遭到了许多学者的厌恶和反感。而当它被运用到美学领域当中的时候，种种新的问题暴露出来，这就使得对它的批判性考察成为必要。在行为学之外，迪萨纳亚克还运用文化人类学理论考察了世界现存的诸多小型部落社会中日常生活和仪式活动中有关审美和艺术的方面，从中得出了不同种族与民族之间在审美和艺术制作方面具有共通性的结论。文化人类学在 20 世纪 60 年代之后受结构主义思潮的席卷，开始注重在不同的社会中寻找人类文化生活的相同模式和结构，因此，迪萨纳亚克所运用的方法在很大程度上已经决定了其结论的走向。物种美学是一种在所有人类中寻找审美共通性的理论，它在理论诉求上与列维－斯特劳斯的结构人类学有异曲同工之妙。但是，如果它在寻求人类这一物种审美共通性的同时拉平了不同艺术作品之间价值，甚至最终完全忽视了"作品"这一在艺术哲学看来极端重要的方面，那么这种美学理论就需要更为谨慎的对待。

第一节　行为学的内涵和边界

迪萨纳亚克的物种中心主义美学最大的特点是将生物进化论作为理论基础，通过追溯艺术在早期人类社会中的选择价值，即它为何被选择继而成为一种普遍的人类行为来说明其本质。这样一种解释艺术本质的思路与主流的艺术理论可谓水火不容，因为它认为艺术是人类的一种生物学意义上的"行为"，其存在有着着眼于实际生存的功能，尤其关涉人类的生存和繁衍这两项最基本的活动。正是由于将人看作自然界动物中的一员，那么人所从事的艺术活动也就没有万物之灵长过去被认为所具有的那种特殊性和神圣性，它与自然界鸟类求偶时的舞蹈以及某些灵长类动物的音乐能力本质上是一致的，都是由于具备进化价值而被选择的生物行为。这样一种将人类看作大自然千千万万物种中的一员，并从进化论的角度为其设立本质的思路，是一种自然主义意义上的本质主义。它与近代主体性哲学统摄下的美学观念格格不入，尤其是与席勒的《审美教育书简》所构建的审美主体极端对立。尽管在写作的过程中并未明确提到这部作品，却也不代表迪萨纳亚克对此没有清醒的意识。除此之外，尽管物种中心主义美学一再对后现代主义艺术理论的艰深晦涩加以抨击，但若是从审美主体性的角度来看，物种中心主义美学与后现代主义同样反对以意识和思维为核心要义的主体。简单来说，物种中心主义的对手并非后现代主义，而是那种强调心灵、灵魂、主体的哲学、心理学和美学流派。

但凡强调主体性的美学，尤其是强调主体的个体性的美学，就会与物种美学格格不入。现象学就是其一。举例来说，由于现象学的研究旨在弥合主体与客体之间的鸿沟，而为了达到这一目的，它着力从主体的角度来探察人的意识是如何观察和认识事物的。具体到现象学美学，那就是从意识的角度来研究主体是如何观看对象，并且重塑对象和世界的。在这一派的观点看来，主体是存在的，但主体并不是像镜子一样去"反映"和呈现对象，而是经过了意识的一系列复杂的加工，最终呈现出打上了主体烙印且已经失去了客观性的意识中的对象。之所以说物种中心主义美学的对立面是重视意识能动性的美学理论派别，是因为在前者的理论当中，根本没有一个能动的、重塑现实的主体的存在，也就是说它并不去深入挖掘并且承认主体意识中发生的审美过程，甚或根本就否定了意识的有效性，更为极端的情况则是认为意识具有强烈的欺骗性，而语言则是构成这种欺骗的帮凶。这种对主体性的极端否定使得物种中心主义美学成为一种边缘的、非主流的美学思想。

迪萨纳亚克在《审美的人》一书中回答了"为什么要物种中心主义"[①] 这一问题，并且将她的美学理论奠基于行为学（ethology）之上。在导论的开篇，她通过阐明托马斯·曼小说中的主人公名字

———————————

① 参见《审美的人：艺术来自何处及原因何在》第 1 章导论"为什么要物种中心主义"第 20—21 页。

Tonio Kröger 混合了北欧父亲与南欧母亲的相异特质这个例子来说明自己的艺术理论试图将生物学与艺术这两种传统上极端对立的学科门类融为一体的意图。在迪萨纳亚克看来，实现这一目标的最大困难就是该观点与时代氛围之间巨大的矛盾，但若这种矛盾性因时代氛围的变化而逐渐缓和下来的话，物种中心主义美学的传播将会变得容易。对此，她说道："我不愿把陌生的观念抛撒在布满流行偏见和误解的土壤上，而是将首先试图清理和准备地基。有些时代对于某些观念来说时机已经成熟，据此看来，在观念不能被认可的时代，或者因为这些观念与四处弥漫的流行信仰体系是矛盾的，或者因为它们'超前于时代'，还没有足够直接或容易理解的关系项来评价它们。目前的状况既两种情况都是，又两种都不是。"①这段话的意思是，从生物学的角度来看待艺术的起源和本质尽管正面临着众多艺术家和人文社科类学者的强烈反对，但是时代氛围的混乱和不确定性给予了激进思想生存的一席之地。20 世纪 60 年代是从现代思想到后现代思想发生转变的过渡时代，在这样一个新旧交替的时代里，旧的思想没有完全失去合法性，而新的思想又暂时没有获得绝对的话语权，于是就形成了容纳不同观点和话语的空间。正是在这种各路思想竞相角逐的情况下，大胆而激进的理论观点才能够拥有被认真对待的可能性。

　　迪萨纳亚克抓住了科学在当卜语境中所具备的优势地位，判断

---

① ［美］埃伦·迪萨纳亚克：《审美的人：艺术来自何处及原因何在》，前引书，第 21 页。

自身的物种中心主义作为以科学为基石的美学理论必当能够成为一种不会被轻易泯灭的声音。对此，她曾颇为清醒地说道："西方流行的知识范式在很大程度上仍然是西方科学范式，所以我的行为学观点并不和它相矛盾而且还在那里得到稳固的确立。"[①] 尽管科学以及与之相伴随的思维方式已经遭到了诸多学者的诟病，但眼下并没有什么别的思维方式能够凌驾科学之上。科学观念已经在事实上为一种科学化的艺术理论降世做好了铺垫，至少这一新理论在遭到攻击时能够有底气做出为自身辩护的行动。事实上，如果所谓的"科学"已经成为人们信念及行为的最后依据，那么，以科学的名义、用科学的理论对艺术的起源和本质所做的一切推理都会因"科学"观念本身的政治正确性而成为人们不得不相信的真理。

一、行为学的发展历程

研究物种中心主义美学，首先必须懂得它的理论基础"行为学"。狭义上作为学科的行为学（ethology）是 20 世纪中后期兴起于欧洲生物学界的一个主要以动物行为为研究对象的学科门类。从定义的发展可见出行为学所受时代风潮的影响。粗略地来看，它是"研究动物个体和动物社群为适应内外环境变化（刺激）所做出的反应的学科"[②]。而按照 N. 廷伯根（N. Tinbergen）的定义，所谓

---

① ［美］埃伦·迪萨纳亚克：《审美的人：艺术来自何处及原因何在》，前引书，第 21 页。
② 田朝晖：《行为学、行为科学与行为主义辨析》，《湖南大学学报》1999 年第 4 期。

行为学就是"研究动物行为的功能、机制、发展和进化的一门学科"①。在 2009 年出版的《神经科学百科全书》（*Encyclopedia of Neuroscience*）中，行为学的定义是："生物行为的比较研究，包括在自然环境下生活的人类。"② 2021 年出版的《考古学百科词典》，对该词的定义有更进一步的解释："能够提供关于人类行为假说的动物学研究。行为学家对于行为的过程更感兴趣，而非特殊的动物族群。他们通常在大量不相关的动物中研究一种行为模式（例如攻击性）。"③ 就这些定义而言，尽管它们提到了人类行为，但行为学主要还是立足于动物行为的研究。它是通过对动物的研究间接地启发对人类物种的研究。在我国学术界，与英文 ethology 这一词相对应的是"动物行为学"。加上定语"动物"就从根本上划定了该学科的研究范围——将"人类"排除出视线，这从一个侧面体现出将人视作动物的观念将会遭遇怎样的伦理挑战。

从发展阶段来看，从 20 世纪 30 年代到 70 年代是古典行为学发展的全盛阶段。其学科创始人是荷兰生物学家廷伯根和奥地利生物学家康拉德·洛伦茨（Konard Lorenz）。1973 年，当廷伯根、洛伦茨以及另外一位学者卡尔·冯·弗里施（Karl Von Frisch）共同

---

① N. Tinbergen, "On aims and methods of Ethology", in *Zeitschrift für Tierpsychologie*, Vol. 55, No. 4, 1963.

② Marc D. Binder, Uwe Windhorst, Nobutaka Hirokawa, *Encyclopedia of Neuroscience*, New York: Springer Berlin Heidelberg, 2009.

③ Barbara Ann Kipfer, *Encyclopedic Dictionary of Archaeology*. Second ed. Cham: Springer International, 2021, p. 454.

获得了诺贝尔生理学和医学奖的时候，行为学实际的发展早已超出了其古典阶段。廷伯根和洛伦茨两位创始人在五六十年代出版了一系列书籍：《本能的研究》（1951），《所罗门王的戒指》（1952），《动物的社会行为》（1953），《人与狗》（1954），《银鸥世界》（1960），《动物的行为》（1965），《动物与人类行为》（1965），《攻击性》（1966）[1]。其中，洛伦茨有关人类行为的《攻击性》成了畅销书。这些著作在涉及动物行为的同时也涉及了人类行为的问题，但是对人类行为的探讨始终饱受争议。洛伦茨由于曾经和德国国家社会主义之间的关系以及对于劣等种族的优生学观点而受到学界的质疑，廷伯根更早写作的《本能的研究》一书由于指出"一些通常被认为是动物的典型过程如何也在人身上被发现"[2] 而在后来的几年间受到了激烈的批评。

从学科发展史的角度来看，尽管行为学自 20 世纪 50 年代起就已经有了将其方法应用到人类身上的尝试，但是这一学科的主流仍旧是研究动物行为。对人类行为的关注始终保持在较小的范围内。同时，行为学的发展并非一帆风顺，而是遇到了不同程度的转折和危机：70 年代中后期，行为生态学（behavior ecology）和社会生物学（sociobiology）两大学科脱胎于行为学的学科迅速发展起来，大有取代早期行为学的趋势。这两门新学科之所以有资格向行为学

---

① 参见田朝晖：《行为学，行为科学与行为主义辨析》，《湖南大学学报》1999 年第 4 期。
② 转引自 Marga Vicedo, "The 'Disadapted' Animal: Niko Tinbergen on Human Nature and the Human Predicament", in *Journal of the History of Biology*, Vol. 51, No. 2, 2018.

进行挑战，是由于行为学"已不再提供例如理论的一致性、领军的人物以及明确的身份这类具有强烈学科性的标志"①。但是，并不是说这两门新兴学科都同样成功："行为生态学通过重建理论核心和共同体的知识意识的策略，扮演了行为学合法继承人的角色，而社会生物学未能利用其公众吸引力获得学科地位。与此同时，动物行为学改变了它的学科身份，涵盖了动物行为的所有生物学研究。"②这就是说，行为学的衰落主要是由于其学科自律性的衰落，而其继承者则恰好巧妙地重建了这方面的优势。行为学的边界愈发模糊，导致一系列新的困难：行为学涉及生物学、生理学和医学等不同的学科，不同的行为主义者基于自身专长及所信奉的理念来展开具体的研究，这导致了定义何为"行为学"以及"行为主义者"的困难。这就是为什么理查德·布克哈特（Richard W. Burkhardt）仍然要在论文《评论：行为学历史中的新方向》中讨论如何界定这二者的问题。

　　布克哈特在论文中引用学者莱曼（Daniel Lehrman）的观点指明定义何为行为主义者的困难，而这种困难从一个侧面反映出行为学的衰落。1970 年，莱曼在讲话中提道："单纯从学术上的隶属关

①　C. Stuhrmann, "'It Felt More like a Revolution.' How Behavioral Ecology Succeeded Ethology, 1970 — 1990", in *Berichte Zur Wissenschaftsgeschichte*, Vol. 45, No. 1 — 2, 2022.
②　C. Stuhrmann, "'It Felt More like a Revolution.' How Behavioral Ecology Succeeded Ethology, 1970 — 1990", in *Berichte Zur Wissenschaftsgeschichte*, Vol. 45, No. 1 — 2, 2022.

系来判定一个人是否是行为主义者已经远远不够了，应当去知晓一个人是否认同任何物种的行为模式——例如其形态学结构，都是在其与自然环境中的需求相联系的过程中进化而来的；同样值得参照的是，学者们的问题意识是否在某种程度上被处于自然环境中的动物行为所规定。"① 在他看来，行为学最终落实为一种思考问题的态度和倾向，无关你所在的学科领域。在实际当中，这一情形为人文学科研究者在自身学科内部应用行为学方法做了铺垫和辩护。

　　这种定义上的困难和模糊性也可以从研究行为学历史的学者那里得到解释。行为学在脱离了经典行为学阶段之后，随着 20 世纪 70—80 年代的自我反思期的结束，最终迈向了 80—90 年代的又一次转折。原本的生物学家们开始转变为历史学家，转向了对行为学学科史的研究。在梳理了学科史之后，有学者认为可以从整体上将行为学看作一个"没有束缚"（unbound）的学科。在《行为学的历史：方法，地点以及无束缚学科的动力》一文中，索菲亚·格雷夫（Sophia Gräfe）和科拉·斯图尔曼（Cora Stuhrmann）这样说道：

　　　　历史学家和动物行为学家在过去几十年的工作表明，动物行为学从来不是一个整体的、有凝聚力的框架，而是社会动态、战略议程和偶然发展的结果，包含不同的方法和不同的理论前提。它的学科边界是多孔的、可渗透的。

---

① Richard W. Burkhardt, "Commentary: New Directions in the History of Ethology", in *Berichte Zur Wissenschaftsgeschichte*, Vol. 45, No. 1–2, 2022.

因此，我们建议从一开始就把动物行为学理解为一门不受约束的学科。这使我们能够为其进一步的解放增添新的视角，特别是通过观察那些不被认为是行为学主流的研究人员，以及被认为是其经典阶段之后的研究人员……同样，也出现了对研究对象和问题的限制的挣脱，如将人的行为或动物的认知纳入动物行为学的研究范围。①

然而，行为学最近几十年的发展趋势以及上述这种对行为学的宽泛理解并不有助于我们理解迪萨纳亚克物种美学当中所运用的行为学。迪萨纳亚克的学说主要运用的是经典行为学，即廷伯根和洛伦茨思想所主导的作为严格学科的行为学。二人从根本上致力于行为学学科的自律性，从研究方法上来规定什么是必需的。掌握他们所确立的核心方法，才能帮助我们弄清迪萨纳亚克对人类艺术行为的看法。

如果说西方 20 世纪 80—90 年代相关领域的风潮是将行为学直接嫁接到别的学科上，用行为学的视角来看待人类文化现象，也就是说它在解释实际存在着的现象时具有较强的阐释力，那么现如今，"行为学"这一概念甚至已经在哲学类著作中出现。2019 年，布鲁姆兹伯里学院的学者杰森·卡伦（Jason Cullen）出版了《德勒兹和行为学：纠结的人生哲学》一书，将德勒兹的全部形而上学

---

① S. Gräfe, C. Stuhrmann, "Histories of Ethology: Methods, Sites, and Dynamics of an Unbound Discipline", in *Berichte Zur Wissenschaftsgeschichte*, Vol. 45, No. 1−2, 2022.

再阐释为行为学的（ethological）。无疑，这里是在人类行为的主体间性这个维度来使用"行为学"一词的。卡伦通过这个词来说明德勒兹的哲学是以人类行为的形成机制为枢纽的，只不过人类行为在这里并不具有较多生物进化层面的意义，而是侧重于社会和符号层面的影响。在此，行为学一词的使用已经极其宽泛了，它从狭窄的动物学领域跨越到哲学领域，并成为阐释哲学家思想的关键词。这一方面表明了人文学科与自然科学在问题意识上的重合之处，另一方面也说明人文学科的研究已经在很大程度上不得不将自然科学的研究成果当作自身研究的背景，甚至用自然科学的关键概念来提炼和诠释人文学科研究结果的核心内容。尽管卡伦的这本书有点名不副实，与其说是"德勒兹和行为学"不如说是"德勒兹的行为学"，但是它将行为学与法国哲学家德勒兹的名字相并列这一行为本身就表明了行为学一词在跨学科方面的适用性以及人文学科对该词的接纳态度。

二、行为学对人类行为的思考

通过梳理行为学发展历史上的关键人物，会发现 20 世纪 70 年代起，已经有一部分较为知名的行为学家开始将研究对象从动物转移到人的身上。从总体上来看，学院派的行为学与生理学和医学的联系更为紧密，其研究必然同时涉及观察和定量实验。由于研究对象主要是动物，其所面临的伦理压力也较小，但是直接研究人类行为的行为学则不然。从西方学术史和学科史的角度来看，并没有所谓的"人类行为"一说，只有人及其"活动"的说法。过去，与人有关的问题主要由哲学家来解决。在他们的话语体系中，人类有认知、道德和审美三大基本"活动"，这些活动使人区别于自然界的其他动物。而到了19世纪，对人的研究又增加了"人类学"。在人类学学科内部，体质人类学主要是通过研究人类的骨骼来解释人种的差异，文化人类学则侧重于从群体性的宗教信仰、神灵崇拜、婚姻和经济制度以及语言的角度来解释人的活动，即无论是体质人类学还是文化人类学都不是从生物进化论的角度来看待人，其研究的出发点终归是将人视为文化的存在。

20世纪中叶以后，受生物学的影响，人类学家在上述两种路径之外也创立了运用达尔文进化论研究人类行为及其文化的分支学科——生物人类学。而在这一学科名下，又设有更为细化的学科：生物社会人类学、人类遗传学以及人类行为生态学。这一新的生物学思路不仅自成一家，甚至将达尔文主义运用在文化人类学上。罗伯特·博伊德（Robert Boyd）和理查森（P. J. Richerson）于1985年出版的《文化的起源和进化》（*The Origin and Evolution of Cultures*）一书就是这种运用的一个实例。不得不说，与其说这是跨学科研究，不如说这是生物学对社会科学的一场入侵。

在生物学领域内，有三位行为学家开始将行为学方法应用于人类，他们分别是艾雷纳乌斯·艾布尔－艾贝斯菲尔特（Irenäus Eibl-Eibesfeldt）、德斯蒙德·莫里斯和芭芭拉·霍尔德（Barbara Hold）。这三人中，前两者在业内取得了较大的成就。如果说艾贝斯菲尔特主要是在学院派的人类行为学领域产生了较大的影响，那么德斯蒙德·莫里斯则是在畅销书领域大展身手，深入浅出地运用动物学方法探讨人类行为的生存价值。在此值得一提的是，无论这两人的名声大小如何，成就如何，他们都师出名门。艾贝斯菲尔特是洛伦茨的得意弟子，德斯蒙德·莫里斯则是廷伯根的学生。

迪萨纳亚克物种美学所运用的行为学理论直接来自英国的生物人类学家德斯蒙德·莫里斯。出于自身职业的原因，莫里斯更多面向大众，尤其是那些对人类行为学感兴趣的人。他将行为学的方法运用于一种在廷伯根那里并未深入开展的人类行为研究当中。在理论书写过程中，迪萨纳亚克与其老师莫里斯更为接近，即淡化那种高度科学化的风格，投向一种人类学甚或文学的书写方式。借助行为学不断壮大的声势，德斯蒙德·莫里斯凭借自身理论和实践两方面丰富的经验大胆地将行为学理论拓展到人类身上，尤其是运用到探讨人类艺术活动上。对于为何要展开这一研究，他这样解释："美学专业的学生往往缺乏关于人类生物学和进化的知识。因此，他们无法看到艺术冲动是如何在我们远祖的部落社会中第一次崭露头角，同样他们也无法看到在今天，这种冲动是如何开出令人惊叹的艳丽花朵，在我们的周围处处绽放，只有当我们首先考察并了解到艺术的这些生物学根源，我们才能充分领会这些高级的艺术表达形式的微妙之处和细致差别。"① 莫里斯在老师的启发以及自身多年的观察基础上对人类艺术的行为学研究非常有自信，他认为这是一块尚未被好好开垦的处女地。

但是，莫里斯对于人类艺术行为的看法有其独到之处。通常来说，在将行为学理论运用到人类身上时，行为学家很容易犯将人类行为与动物进行简单类比的错误。由于受到"人是动物"视角的驱动，人们便很容易去对比人和动物之间相似的方面，将人的所有行为的动机都比附到动物的动机上去。而莫里斯则认为，在解释人类行为时应当重点关注人类与动物相区别的方面，应当将人类的艺术行为视为"人"这个物种所独有的，是能够标记"人"的行为，而非与其他动物处于同一层面的纯粹的无意识行为。这种倾向在《裸猿的艺术：三百万年人类艺术史》的前言"何为艺术"中明确表达了出来："在我过去的著作中，我已经关注过人类同其他动物在某些方面的相似性的问题。我审视了在现代社会中仍然存在的我们人类的原始行为模式和态度：我们的性与养育行为、我们的衣食住行，以及游戏和斗争。在审视这些行为时，我有意忽略了我们生活中与其他动物不同的方面。但是现在我想重点关注那些能够证明我们是独一无二的生物的方式中的一种——艺术。对我来说，在所有

---

① ［英］德斯蒙德·莫里斯：《裸猿的艺术：三百万年人类艺术史》，赵成清、鲁凯译，北京：中国友谊出版公司，2016年，第8—9页。

能够将我们同其他生物区分开的活动中，艺术的演变是最迷人的一种。"① 也就是说在行为学的研究中，莫里斯认为即便是面对物种之间具有相似性的行为，也应当尽量去关注它们相异的方面，去考虑此物种与彼物种在相似行为上不同的原因是什么，不同的程度有多大。可以说这种思维暗藏着维护人类艺术行为之价值的可能性。

20 世纪 60 年代，莫里斯出版了专著《艺术生物学——巨猿与人类关系的制图行为研究》（1962），开始将具有普遍性的行为学运用到灵长目动物身上。同时，他还发表了一系列论文，如《私人美学》（1961），《猿和艺术的本质》（1962），《艺术生物学》（1962），《艺术的社会生物学》（1976）等，进一步将行为学的思路扩展到人类艺术上。② 在"裸猿"三部曲第三部《亲密关系》一书的序言里，行为学的方法得到了更为清晰的表述："我的研究方法是在动物行为学（ethology）领域训练有素的动物学家的研究方法。本书的范围限定在人这种动物，我的任务是观察人们的所作所为，而不是他们说什么，甚至不是他们所说的自己在做什么，而是看他们实际上在做什么。"③ 这一界定通过把人们在做什么和他们的意识（语言）认为自己在做什么区别开来，更为有效地阐述了行为学方法的关键。只不过它们二者对"行为"这一概念的看法与 20 世纪的心理

---

① ［英］德斯蒙德·莫里斯：《亲密关系》，何道宽译，上海：复旦大学出版社，2010 年，第 8 页。
② 参见 ［英］德斯蒙德·莫里斯：《裸猿的艺术：三百万年人类艺术史》，前引书，第 309 页。
③ ［英］德斯蒙德·莫里斯：《亲密关系》，前引书，第 1 页。

学一样，动物学领域应当把人看作动物的一员，理性和语言在这个新的思维框架中就变成附属性的存在物了，行为学家甚至要穿透人类语言的迷雾才能找到行为背后更为隐秘的动机。

第二节　行为学理论的方法与核心问题

迪萨纳亚克的物种中心主义美学借用了行为学理论，但是行为学在不同发展阶段的侧重点有所不同。在《审美的人》和《艺术为了什么》这两本书里，迪萨纳亚克主要运用的是经典行为学理论，即从洛伦茨、廷伯根到德斯蒙德·莫里斯这一脉的行为学。这几人的行为学有如下几个特点：继承了传统博物学注重观察的传统，主张研究自然状态下动物和人的行为；有着强烈的人文关怀，在将研究对象从动物迁移到人的身上时，其研究立足于让人类的生存更适宜于自身的生物特性，将现代性问题中人的孤独、焦虑等问题追溯到生存环境对于人的压抑之上；在解释人类行为时注重行为的进化适应性，也就是行为的选择价值，因此它与达尔文主义的思路基本一致。归结起来，经典行为学及其对人类行为的解释还处在一个较为外在和宏观的层面，并未将人的行为还原到物理学神经反应的地步。因此，经典行为学与 20 世纪以来受到科学影响的人类学具有相通之处。而迪萨纳亚克正是对这两者之间的相通之处有着清晰的认识，从而将行为学与人类学大胆地结合了起来，让行为学来辅助审美人类学的研究。在上面讲到的行为学的几个特点中，对物种中心主义美学最有意义的是生存价值这种思维方式，其次才是动物学的观察法。整个物种中心主义美学就是围绕着生存价值来讲艺术的本质和定义，艺术如果对人类没有明确的生存价值就不会被选择，也就不会存在。同时，观察法在研究动物时要求将动物的生活作为一个整体来看待，这就意味着当它的对象变为人类时，研究者需要摆脱自身文化的偏见来看待他民族的艺术和文化现象，即放弃那种文明–野蛮、进步–落后的二元对立思维，进入对象文化的内部来捕获各种细节，这对于审美人类学研究具有重要的意义。在确定了人的生物进化属性的同时，物种美学不得不面对的是生物属性和文化之间具有怎样的关系，以及文化属性能否在根本上影响和塑造人，能否超越生物遗传的控制的问题。因此在本节，也将讨论文化进化和基因进化之间的关系问题。

一、生存价值和因果关系

在写于 20 世纪 80 年代的书中，迪萨纳亚克所运用的行为学方法接近于廷伯根在论文中所提到的观察法、生存价值以及以生存价值为思考轴心的对原因进行推导的方法——"因果关系"。本质上来看，后两者相辅相成，可看作以达尔文主义为基础的进化论的方法。但在后来写就的《艺术与亲密》一书中，迪萨纳亚克所运用的方法则又与行为主义心理学极为相似，她对于母婴关系的强调，对于后天训练的重视又接近于一种对个体发生学（ontogeny）的重视，即她开始从后天习得的角度来研究艺术行为的发生学。考虑到她一直强调自己坚持行为学的方法，我们认为她使用的是脱胎于行为学的进化心理学而非行为主义。

　　事实上，物种中心主义美学保留了行为学当中的"生存价值"（survival value）和"因果关系"（causation），以及生物的行为模式及其隐含机制是一种"器官"（organs）的基本观念。归根结底，生存价值的研究也是某种程度上的因果关系类型的研究，因为它们的思路皆反对主观主义和目的论，即那种单纯从人的观察能力出发的研究方式。人的主观经验，尤其是观察能力具有很大的局限性，因此行为学家力争在尽量避免人类思维的过分拟人化特征的同时，从观察和实验的双重角度来理解生物现有行为的价值。通过断言，无论是生存价值还是因果关系的研究都可以通过观察和实验来验证，行为学研究的科学性得到了保证。

　　在行为学那里，生存价值这一概念是与"自然选择"（natural selection）相区别的。生存价值着重于行为的结果，而自然选择注重行为得以形成的真实过程。自然选择发生在物种"过去"的历史之中，它是一个实实在在的过程，经过了那个特定的时间点以后，人们对它只能假设和猜测，无法通过科学的方法来验证。"生存价值"指的是物种在今天可以观察到的无论是形态上还是生存上的个体化特征，它是已经形成了的自然选择的结果。这就是说，它们研究的出发点不同：一个是立足于结果，另一个是立足于原因。但是，无论从二者中的哪一方开启自己的研究，都不可避免地与另一方碰面。一旦选择了"生存价值"这个出发点，人们最终会不可避免地再次回到生存价值的过往形成这个问题上，也就最终又回到因果关系的问题上来："如果我们同意把生存作为我们研究的起点，我们的问题将只是因果关系；我们会问：动物——一个不稳定的、'不可能的'系统是如何设法生存下来的？这两个领域将融合成一个领域：对生存的因果关系的研究。的确，从逻辑上讲，生存应该是我们研究的起点。然而，由于我们不能忽视这样一个事实，即我们直接观察的是行为而不是生存，出于实际的原因，我们就必须从这里开始。事实已经如此，我们就必须既研究因果关系又研究结果。"① 如此一来，生存价值与自然选择这两个概念最终都趋向了对行为的因果关系的研究。

迪萨纳亚克在其美学当中一再提到的"选择价值"实际上指的就是行为的生存价值。洛伦茨通过其个人的巨大影响力迫使那种深具客观性的、注重生存价值的研究方法被越来越普遍地采用。迪萨纳亚克在《艺术为了什么》和《审美的人》中使用的方法归结起来就是从生存价值的角度来构建因果关系的方法。从方法的承袭来看，廷伯根将洛伦茨早期行为学研究中的"因果关系"确立为该学科的基本方法之一，此后德斯蒙德·莫里斯从他这里继承了这一方法并运用于畅销书的写作，最后便是迪萨纳亚克在掌握莫里斯的行为学思想的基础上将之运用到对人类艺术的研究中。从生物学发展史来看，这种方法并不新鲜。达尔文在《物种起源》和《人类的由

---

① N. Tinbergen, "On aims and methods of Ethology", in *Zeitschrift für Tierpsychologie*, Vol. 55, No. 4, 1963.

来》中均谈到，能够使生物更好地适应环境的特质才能够在演化中被保留下来。这实际上就已经在说生存价值的问题了。因此，洛伦茨和廷伯根二人对生存价值的看重从某种程度上看是在复兴达尔文主义当中有关生物的进化适应性的重要内容。

　　客观来看，方法的变化伴随着的是研究焦点的变迁。而研究焦点的变迁又是由于对当今人类艺术能力之形成过程的现实追溯。这带给我们的问题是，行为学理论最具标志性的核心内容是什么，这一内容在运用到对人类与社会之间关系问题的分析时，它怎样催生出一种对于语言和文明的批判。如果说从进化和适应性的角度去思考几百万年前人类的进化过程显得有些虚无缥缈，那么这实际上是由行为学研究本身的限制性所决定的。此前我们曾提到，研究动物行为学起家的学者芭芭拉·霍尔德在投身到人类行为学的研究时，将研究对象设置为学龄前儿童。之所以如此，很大程度上是因为这一年龄段的儿童的语言能力还处于形成阶段。语言尚未达到成熟就意味着其行为并未受到人为的形塑，那么也就保留着动物性的人最一般、最普遍的特征。把这一思路迁移到迪萨纳亚克身上，就会发现，此前的两本著作《艺术为了什么》和《审美的人》皆是从距离现今极其遥远的进化史的角度来分析人类艺术行为。尽管有行为学领域的研究成果来支撑这一尝试，迪萨纳亚克对生存价值和因果关系的联合使用所得出的关于艺术的结论却始终无法直观地加以验证，这在实用主义盛行的美国其实是有着相当大的弊端的。如果说展开一种可以直接观察到并且可加以验证的研究势在必行，那么紧接着就需要对现实中个体的发展阶段进行选择。由于人类的文化进化与基因进化严重错位，唯一的选择便是两种进化的错位不那么严重的阶段——婴儿阶段。

二、文化进化与基因进化

文化与自然的关系问题在 20 世纪七八十年代的英美学术界是一个较为突出但又极其敏感的话题。这两个概念的并置并不代表它们在人文领域内具有相同的分量。文化实际上是"语言"的代名词，而"自然"则沦为了对既定现实合理化的借口。无论是社会习俗的"自然"，还是人类内在本能的"自然"，在批判理论的眼中皆是权力和政治运作的结果。这种情况之所以出现，是因为随着人文学科批判理论的发展，"自然"实际上成为一个语言建构的概念，它具有政治性。也就是说，作为实体的自然本身是不存在的，存在的只是语言建构出来的关于自然的一整套观念。批判理论在后结构主义哲学思潮的影响下将语言的建构性推到极致，人的生存就是在语言建构之中的生存："语言本身就是条件，它限制、预设我们的观察。因此，现实建构于语言之中，不存在什么'就是在那儿'的东西，一切都是语言、文本的产物。语言不仅记录现实，更赋予其形式，现实在语言中产生，因此整个宇宙都带有文本性。"① 在这种观念的主导下，在所谓的"理论"领域内言说"自然"就变得极其

---

① ［英］彼得·巴里：《理论入门：文学与文化理论导论》，杨建国译，南京：南京大学出版社，2014 年，第 33 页。

敏感。一旦使用自然这个概念，就势必存在着否认语言建构现实这一观点的可能性。因此，文化和自然的问题在批判理论这里就不成其为问题，文化或者说语言主导和建构了全部人类生活的现实。

但是，一旦从批判理论转移到别的阵地，情形便大为不同。无论是属于社会科学的人类学，还是属于自然科学的生物学、生理学，它们都表示出对于"自然"的重视。文化和自然二者的比重开始向"自然"倾斜。尤其是在生物学中，由自然所决定的基因和人类本能是人之为人最为核心的东西，由此便引发了以自然和基因为本位的看待文化以及文化与自然关系的崭新视角。由于文化和自然这两个概念太过模糊，为了更方便地讨论遗传基因和社会习俗对人的决定性孰轻孰重，可以将这二者关系的问题具体化为文化进化和基因进化之间关系的问题。

自从美学这个学科诞生以来，它长久地在哲学美学的范式之下研究审美感知的问题。尽管对包括艺术问题在内的美学问题做出了种种形而上学或神秘主义的解读，传统哲学美学倒也并非不能够说明意识和思维之中发生的审美状况，它有时甚至能够培养和激发主体的创造行为。与之相比，从生物进化论出发的美学，虽然能够从基因和神经生理学的角度说明为什么会存在这样一种人类艺术现象，却很难触及主体的思维过程。如果要触及，它便只能从神经科学的角度，用医学方面的仪器对人的大脑活动展开监测，用数据说明人的大脑的哪些部分参与了创作和艺术感知的过程。也就是说，这二者一个是从内在，另一个是从外在来研究主体的审美感知这一独特的现象。

对于目前存在的严重对立的两种研究美学的方法，我们需要在对迪萨纳亚克进行研究之前就给出自己的判断。从科学的角度研究美学，最基本的信念就是不相信主体性的存在，科学把人当作像动物一样的有需求的机能性存在物，它会从人需要怎么样的行为才能维持自身的存活这样一个角度来理解人的全部行为，即在科学的框架中，不存在没有现实功用的人类器官和行为。但是，历史地来看，人又并不是完全地以自然需求为其全部导向的纯粹的自然存在物，人具有极其强烈的、以文化为导向的那个面向。在此，我们预设了文化与自然之间的对立性、不可调和性。由于"文化"概念本身的复杂性，它既可以指马林诺夫斯基意义上的建立在本能需求之上的文化，也可以指人类最优秀的精神遗产——哲学以及文学类作品。但无论哪种意义上的文化概念，它的所指，即它所提倡的习俗和价值观以及它所产生的影响都已经超越了单纯的肉体生存本身。

当考察迪萨纳亚克在其著作中对行为学的运用，尤其是《审美的人》和《艺术与亲密》这两本著作，我们不禁会感觉到其中对于达尔文主义的坚持。无论在其美学研究的前期、中期还是后期，迪萨纳亚克都在贯彻她的进化论思维。这一思维在面对人类这个物种时所遇到的最大困难便是人类行为的遗传性和语言之间的关系，或者说自然与文化之间的关系。只有明了这个关系，或者说深入地解读这个关系，才能理解"审美的人"概念中先天因素和后天因素的比重。由于迪萨纳亚克在谈论审美的人时集中讨论的是艺术，那么她所面对的中心问题就变成了"艺术"这种人类行为究竟植根于何处。在数百万年的进化史与社会性的语言、符号、习俗之间，如果前者是人类艺术能力形成的根本原因，那么文化的作用又是什么，它对于艺术到底是促进还是阻碍？文化和艺术这两个概念的所指并不足够明确，尤其是它们之间的边界还很模糊，导致对它们之间关系的讨论极其困难。如果说文化和艺术二者之间的关系在今人看来是密不可分的，文化本身就包含着艺术，而艺术也在滋养着文化，二者难分彼此，那么就必须跳出这种既定的对二者关系的认知，从一个新的角度来看待艺术对人类的价值和意义。如果将艺术和文化置于其中的一极，将自然置于另一极，即引入自然这一参照物，便能够看清19世纪下半叶以来所形成的对生物意义上物种进化的强调这一脉观点。

由于进化观念的盛行，文化进化的观点也逐渐发展起来，文化进化和基因进化成为解释"人是什么"这个问题的基本框架。这种讨论问题的框架在20世纪50至70年代具有很大的影响力。尽管持进化决定论的观点，行为学的创始人廷伯根依然极为重视文化进化对人的影响，尤其是现代的文化进化如何将人类生存置于危险境地之中。与文化人类学家克利福德·格尔茨（Clifford Geertz）的人类"地层学"概念类似，他认为"人性是多种层次的复合，其中普遍的祖先生物核心与心理和文化层面叠加在一起，这些层面在最好的情况下代表着偶然的变异，在最坏的情况下代表着病理偏差"[①]。廷伯根在转向人类行为的研究之后，一直都怀有对人类未来的隐忧，人性之中的生物核心与外在的文化层面越来越不相符，文化进化过快的速度使人的生物属性并不能很好地舒展。他不是从文化进化和基因进化谁更能决定人的行为这个角度来讨论二者，而是从二者在进化上的错位这个角度来讨论文化进化给人类生存带来的弊端。在当前这个后现代社会中，人面临的是比现代社会更为复杂的环境。在这样的环境中，物质的丰裕已经远远超越了祖先所能想象的程度，但是人对信仰和安全的需要，以及人对亲密关系的需要却愈发得不到满足。甚至可以说，这样的社会环境已经超出了人类遗传基因所能处理的复杂情况的极限。

文化与自然的关系这一问题在西方学界主要是以一种二者相对立的状态呈现出来的。这一方面是由于进化论不断地对人的动物属性进行强调，另一方面是由于就哲学而言，西方哲学自发源以来就对外在于人的物质世界充满了兴趣，它从最开始就将人与世界割裂开来，人和世界之间没有一种由更高的真理所支配的沟通方式。在这样一种重视探究自然界规律的哲学中，人与自然之间始终都没有通过一种哲学思考而连成一体。从较浅的层面来说，这就是西方哲学一直以来存在的弊端——主客对立所导致的。如果说中国哲学强调对于主客之中"主"的这一极的挖掘，由一种向"内"求的工夫

---

① M. Vicedo, "The 'Disadapted' Animal: Niko Tinbergen on Human Nature and the Human Predicament", in *J Hist Biol*, Vol. 51, No. 2, 2018.

逐渐扩展至对于人和天地宇宙之间关系的理解，那么西方哲学就是从对外在对象的理解出发，通过外在世界"知识"的丰富来反推关于"人"这个主体的知识。实际上，在西方哲学的历史当中，如果说尼采受东方印度哲学的影响已经开始从理解自我出发来理解宇宙的真理，那么海德格尔则是在明了主体与世界相割裂的情况下直接借鉴中国道家老庄的思想来弥补这种割裂。若说这种割裂能够以哲学的方式在哲学的层面得到化解，那么现如今科学的发展以及对科学愈发强烈的推崇只会再次加剧这种割裂，直到主体性的人的观念彻底消失。

第三节　物种美学与 19 世纪进化论思想

埃克伯特·法阿斯在《美学谱系学》一书中，将尼采和达尔文建构为从身体出发展开研究的同道，并认为迪萨纳亚克的物种中心主义美学可以纳入这个研究序列当中。也就是说，法阿斯认为尼采与达尔文在思想上有着内在的一致性，而迪萨纳亚克与尼采也有着某种一致性。事实上，这些相似只是基于一种模糊的印象。尼采谈进化，主张从身体出发研究人，但这并不代表他认可达尔文的大部分观点，尼采甚至反对达尔文的某些重要主张。而虽然物种中心主义美学从身体出发研究艺术的思路与尼采"艺术生理学"的主张乍看起来颇为相似，但二者实际上有着根本性的差异。在尼采生活的时代，哲学家从身体出发来研究艺术问题并不常见，往往是生理学家和生物学家通过实验来研究审美和艺术创作活动在神经反应方面的表现。根据尼采在《权力意志》以及《人性的，太人性的》等书中的描述，他所讲的生理学与我们今天所理解的生理学有很大的不同，而所谓的艺术生理学实际上更接近于一种以生理学为表象的形而上学。因此，视迪萨纳亚克为尼采的同道就显得不合适了。

本节从法阿斯对尼采以及达尔文进化论的推崇这个角度切入，通过尼采与达尔文生物进化论之间的距离来说明以达尔文主义为基础的美学并不符合尼采对艺术生理学的构想，因此，迪萨纳亚克的物种美学的合法性在客观上无法获得尼采美学的支持。尼采在手稿当中多次对达尔文的进化论持激烈的批判态度，他从生命整体的自然视角出发，认为"自我保全"就个体保存是有益的，但就物种的超越和提升而言却是有害的。就此而言，法阿斯通过引用尼采来表明自己的进化论的美学设想，并且进一步认同迪萨纳亚克对这一设想的实践就是成问题的。

一、物种美学与美学谱系学

尽管迪萨纳亚克一再宣称其物种中心主义美学在探讨审美本质问题时观点的颠覆性以及研究方法的合理性，但是她的美学究竟能否站得住脚则需要对其借用的理论资源加以细致考察。我们注意到，埃克伯特·法阿斯在《美学谱系学》一书当中梳理出西方历史上有别于主流传统形而上学美学研究的所谓"身体美学"的研究路径，他把从古希腊一直到今天所有从生物学、生理学角度来研究美学的观念进行了汇总，并认为这些观点所构成的一整条脉络在今天后现代的语境下应当得到更多的重视。法阿斯认为，这条时隐时现的从身体角度来探讨美学的路径一直以来都遭受着主流美学的压制，从前是本体论，近代以来是认识论，而这两种哲学框架从本质来看都是唯心主义的，其合法性必然导致对唯物主义的身体维度的压抑和排斥。为此，他在书中勾勒出美学研究的"正确道路"和新的方向：19世纪尼采的艺术生理学、达尔文的生物进化论以及20世纪新兴的认知科学的结合。也就是说，他认为达尔文的进化论以及当前的认知科学是研究美学的有效方法。由于把尼采视为达尔文的同路人，同时认为尼采艺术理论受到了达尔文的极大影响，尼采艺术理论在达尔文主义的框架下也就获得了相当程度的合理性。不得不说，我们在这种对身体维度的强调中看到的是在一个主体消解的时代里哲学与美学理论也必然要遵从的政治正确。很明显，仅仅从书名"谱系学"一词就能够看出它与法国新尼采主义者福柯之间的关系。于是，法阿斯的著作就兼有后现代主义和他本人所认为的"生物主义"两种因素的存在，尽管他在写作该书期间已经开始质疑和批判后现代主义对尼采哲学的滥用，并且一心想要消除对这种滥用所感到的不安。

　　更进一步地说，无论是法阿斯的《美学谱系学》还是迪萨纳亚克《审美的人》，它们的基本论点的提出都离不开战后的法国新尼采主义者对"解构"的发挥以及由这一发挥所引领的整个后现代主义思潮。正是在以解构为内核的后现代主义思潮的背景之下，这种在传统观点看来非主流的、否定主体的美学观才能占有一席之地，即它与时代风潮是一致的。因此，它对于后现代主义哲学与艺术观的批判就显得有一丝从基础上而来的不彻底性。在这一大的背景之下，客观来看，迪萨纳亚克的物种中心主义美学是对法阿斯著作当中所展望的未来美学的发挥和拓展，法阿斯有下列这番表述："我以同样的努力开始研究近来的认知科学，尤其是新达尔文主义进化论的心理学，它为后现代主义超越宏大叙事的绝境、它恶意设想出并且肯定误称为'解构的'策略、加之它对尼采的盗用，允诺了一条更加着眼于未来的出路。"① 在此，法阿斯希望通过挖掘尼采哲学当中的艺术生理学以及谱系学的面向来反对由新尼采主义者解读尼采所导致的反元叙事、反形而上学、非中心的面向，从而遏制由后者所导致的尼采早已预料到的虚无主义局面。这种对虚无主义的抵制与后来迪萨纳亚克借哈维的观点对后现代主义美学的批判极其接近：

　　如戴维·哈维（1989，44）指出的那样，后现代主义者毫无怨言地拥抱了现代生活的短暂性、零散化、间断性和混乱，并不试图反抗或超越它，或者试图在它里面界定任何永恒的成分。这是将他们与那些同样认识到现状中的不完美的前辈们区分开来的一种重要差别。后现代主义者

---

① ［加拿大］埃克伯特·法阿斯：《美学谱系学》，阎嘉译，北京：商务印书馆，2011年，第6页。

的投降（表现为相对主义和失败主义），他们的"宽容最终几近于漠不关心"（哈维，1989，62），他们的"人为的无深度性暗中毁坏了一切形而上学的庄严"（7），这些正是使他们的作品对现在还没有变得如此玩世不恭和虚无的一个普通公众来说显得如此令人不快和不安的东西。因为很多人继续相信（或者想相信），艺术仍然有激励和提升的使命，或者哲学仍然必须寻求和发现人们赖以为生的真理。①

在此，迪萨纳亚克表现出与后现代的相对主义截然不同的对艺术和哲学真理的渴求，也表现出她在寻求现代性危机拯救的方面与现代主义者的某种一致性。她认为甘于接受现状的后现代主义所秉持的那套相对主义的哲学忽视了人类作为一个物种的普遍性、共通性的基础，并且由于不再追求真理而导致艺术的认知性和功能性都遭到了严重的退化。如果说强调绝对的权威是一种暴政，那么强调绝对意义上的相对主义又何尝不是以另一副面孔出现的对相反观点的排斥与压制。因此，相对主义、多元主义的论调实际就是对于任何一种观点超出其之上从而成为一种普遍共识的绝对打压。对"差异"和"多元"的强调不能仅仅理解为在理论和观点上的包容性，还应该看到它消极和否定的"黑暗面"。迪萨纳亚克正是看到了后

---

① ［美］埃伦·迪萨纳亚克：《审美的人：艺术来自何处及原因何在》，前引书，第280页。

现代主义哲学无法在其内部建立起有效的中心，从而无法避免尼采曾预言的解构之后的虚无主义，才要通过提倡"物种中心主义"美学，一方面挽救艺术批评的混乱局面，另一方面建立起用艺术来治疗现代性危机带给人类的诸种生理和心理问题的拯救方案。

埃克伯特·法阿斯和迪萨纳亚克都标榜自身对后现代主义艺术观的反对立场，但是这一反对并没有使他们退回到现代主义，即那种承认主体的理论视角。如果将迪萨纳亚克的美学思想与过往标榜主体性的传统相对照，就会发现物种中心主义美学与现代主义的美学从根本上仍旧是对立的，彻底的生物进化论带有强烈的自然主义色彩，承认几百万年的进化效力实际上就是默认弗洛伊德精神分析意义上"无意识"的存在，也就是说，它在现实中走向了人之超越性的对立面。于是，这一理论是否真的能将人类从虚无主义中拯救出来是成问题的。如果说哈维认为区分后现代主义及其前辈的关键在于是否要对混乱零散的现实进行超越，是否要去界定任何永恒的东西，那么实现这一超越和界定的前提就必然是对主体以及无论何种意义上的形而上学的承认，即在一种反自然主义的意义上对元叙事、总体性神话以及实现这一切的"人"的承认。在这里，对人的承认、对主体的信仰是界定并迈向永恒的关键。在此观点的映照下，我们甚至可以说，迪萨纳亚克那种坚定否定主体的立场与后现代主义是相当一致的，生物进化论不过是在以另一副面孔来否定主体。从进化论的角度来看，传统认识论框架下的美学不过是主体幻象之下的谬论，人们如今更需要的是回归人类原始本能的、无主体的美学。这里令人感到奇怪的是，我们很难判断这种新的美学究竟是神秘化的还是去神秘化的，因为，一方面，它强调人的本能，强调一种"自发性"的艺术创作的合理性，这使得它与浪漫主义的某些主张具有相似性；但是另一方面，它对人的审美以及艺术创作的原理的描述又显得过于简化，即它斩钉截铁地宣称所谓艺术指的就是艺术的"创作"，而这种创作究其根本就是在遵从人类物种进化而来的本能，随后就戛然而止了，没有更为精细的分析紧随其后。似乎在这一派的学者看来，证明"艺术是人的本能"这一观点本身比说明艺术创作的基本原理以及相应的价值评判要重要得多。

如果我们抛开物种美学对后现代主义艺术观明显的反对，把注意力集中到物种美学和后现代主义都反对精英艺术的观念这一点，就会发现二者在最深层的政治立场方面极为接近，即便后现代主义艺术后来得到了精英文化的收编。物种中心主义美学将达尔文主义奉为自己的理论基石，从不去赞扬那种从个体意识、个体价值出发的艺术行为，这本身就意味着它对于大多数普通人的同情和好感。物种美学绝不想凭借艺术这一技艺而在社群当中区分出人的才能的高下，因此在这种艺术观之中，艺术家的概念模糊不清就不足为奇了。后现代艺术观在这种对于大众的同情上与之何其相似，它认为人人都可以成为艺术家，艺术创作并不需要长年累月技巧的钻研，重要的是观念而不是技巧。只不过当后现代主义艺术的诸种尝试和创新逐渐被精英文化收编之后，它最终走向了其初始意图——社会文化解放的对立面，成为行使文化领导权的工具，此时，它便彻底与真正意义上的"多元"相对立，也与物种美学所持的那种平民主义的色彩拉开了距离。正如理查德·舒斯特曼所言：

> 所有这些，都试图公然反抗和改变艺术作为一个与普通生活和普通人们分离的、个人天才和精致趣味的精英领域的观念。近来的表演艺术，有时也同样受到激进抗议和变革目的的激发。然而，当这些尝试被高级艺术制度毫无困难地"在美学上"消除和再次占用的时候，它们使那些在文化上被统治的人们感到完全震惊和迷惑，他们的不理解，只是服务于对其自卑感的巩固，对其被统治和被排除在高级文化之外的显然公正性的巩固，因此，即使在其最自由的时刻，高级艺术也似乎是社会－文化解放的一道沉重障碍。①

法阿斯用尼采思想作为自己美学观念的一个理想，并且将它作为反对后现代美学观念的武器加以利用，是成问题的。他所推崇的那个尼采，即那个肉身性的尼采，与我们真实阅读感受中的尼采并不完全一致，即他所理解并在理论中不断引用的是与传统相断裂这个面向上的尼采，而尼采哲学在动态的发展乃至不断完结的过程中

---

① ［美］理查德·舒斯特曼：《实用主义美学》，彭锋译，北京：商务印书馆，2016 年，第 191－192 页。

最终走向的是一种形而上学的完成。即便是晚期权力意志哲学当中"艺术生理学"的部分也被统摄在一种具备完整体系的形而上学设想当中。尽管尼采曾激烈地解构"主体"的观念，但在权力意志哲学中，主体以"超人"的形象再次出现，这本身就表明尼采思想与达尔文主义的决定论以及虚无主义拉开了距离。

二、尼采与达尔文主义之间的对立

事实上，对尼采的解读是有多个维度的，他既有与传统断裂的这个面向，又有与传统相承袭的面向，甚至这种与传统相承袭的面向还具有更大的可能性。学者韩王韦在《自然与德性：尼采伦理思想研究》一书中认为，目前学界对尼采的阐释总共有四条路径，它们分别是："一，从形而上学的角度阐释尼采；二，从后现代主义或解构主义的角度阐释尼采；三，从政治哲学或柏拉图主义的角度阐释尼采；四，从自然主义的角度阐释尼采。"① 海德格尔称尼采是"最后一个形而上学家"就是着重挖掘了尼采与传统之间相承袭的那个面向。如果说后现代主义者选取的是第二点，即尼采的解构主义的面向，那么法阿斯则是选取了从自然主义即"权力意志"这个角度来理解尼采的面向。因此，从本质上来看，法阿斯对后现代主义艺术观的反对不过是以阐释尼采的其中一种面向来反对另外一种面向。

---

① 韩王韦：《自然与德性：尼采伦理思想研究》，北京：中国社会科学出版社，2020 年，第 4 页。

　　同理，迪萨纳亚克从身体出发来探讨艺术似乎与尼采的"艺术生理学"不谋而合，这使得她更加具备了从进化论生物学出发构建美学理论的自信；但是，即便尼采对达尔文主义有所借鉴也并不能就此说明达尔文主义在解决美学和艺术问题时具有不容置疑的合理性。尽管尼采在《查拉图斯特拉如是说》等著作当中表现出某种程度的进化论的倾向，使得他与达尔文的进化论之间似乎有着紧密的联系，但达尔文主义与尼采哲学和艺术理论之间的关系是一个复杂的问题。如果从尼采哲学在早、中、晚期与达尔文主义之间的关系这个角度来看的话，则会发现他其实是处在与达尔文主义进行"对话"的状态之中，他在与之对话的同时又在不断地超越这种理论本身的自然主义倾向。最终，尼采哲学在对"自然选择""社会选择"以及"自我选择"三个层次的区分上超越了达尔文主义，走向了达尔文主义的对立面。如果说达尔文主义通过自然选择、生存竞争这样一类概念勾画出的人是完全动物性的、受环境限制的存在，那么尼采则在其超人哲学中勾画出了能够自我选择的、具备超越性的存在。仅从这一点就不难看出尼采哲学中塑造超越性主体的这一面向。

　　具体而论，尼采对进化论的批判集中于1886—1888年间的手稿当中。而在1886年年底到1887年年初这段时间里，他对达尔文进化论当中的"自我保全"和"环境适应"等观点提出了质疑，他认为："对个体延续有益的，或许对其强大和壮美无益；使个体得以保全的，或许也会同时使其在发展当中固化停滞。"① 即尼采认为在个体的自我保存和"自我提升"之间存在着矛盾，自我保全实际上意味着故步自封，不去探索和挖掘更高的自我，不去向更高的"主体性"进行超越，而这最终造成的实际上是物种的退化。

紧接着，尼采在 1887 年开始用权力意志理论来代替达尔文主义的"自然选择"理论，进而倡导一种用权力意志征服和同化外部的"回归自然"进化观，从而将上文中所言对个体超越所寄予的希望现实化："所谓'权力意志'逐渐征服和同化外部，并不是说生命要不断地掠夺和占有外部资源，而是说，生命要通过自我提升，逐渐使自身的内部条件与外部条件相一致。尼采晚期把这种内部条件与外部条件的一致称作'回归自然'。"② 这一观点的提出已经与尼采哲学在早期和中期对"生命"的极度重视有所不同，如果说单纯意义上生命的保存会与其"提升"产生矛盾，那么尼采最终的选择是后者而非前者。在此，需要特别注意的是，尼采是凭借对"自然"概念的不同理解来超越达尔文的：在权力意志哲学中，尼采摒弃了达尔文从人的角度或说生命的角度看待自然的狭隘眼光，转而从自然本身的角度看待自然，从而对"自然为何"的观念进行了一个大的翻转——从"自我保全"的以人为中心的自然本质观到不断超越、挥霍的以自然本身为量度的自然本质观。

1888 年春，尼采在手稿以及《偶像的黄昏》一书中更为鲜明

---

① 转引自韩王韦：《尼采与 19 世纪达尔文主义》，《自然辩证法研究》2021 年第 1 期。
② 韩王韦：《尼采与 19 世纪达尔文主义》，《自然辩证法研究》2021 年第 1 期。

地提出了反达尔文主义的主张。根据达尔文的适者生存、优胜劣汰思想，生命之优劣由在资源争夺之战中能否获胜来衡量；而在尼采这里，"生命之优劣与资源争夺过程中是否获胜无关"①，他认为在进化论的两大论点"适者生存"与"优胜劣汰"之间存在着根深蒂固的矛盾。就人类社会而论，适应环境而得生存者未必就是最优秀、最杰出的个体。仔细观察，就会发现这些人大多是因循守旧、唯唯诺诺、毫无创造性的平庸之辈，而那些无论是在肉体还是精神上都达到最优的人不仅在数量上少得可怜，而且也基本上无法将自己的基因传递给下一代，因此其结果就不是优胜劣汰，反而是平庸者剩，卓越者汰。

在尼采的上述观点中，可以看出他展开价值翻转这一工作的具体途径——对于自然史和人类史进行区分以进行价值判断的倾向，尽管这一区分并不表明他认为从根本上而言人类史应当与自然史有不同的运行逻辑。在此，他只是想通过这种区分性让人看清人类社会"反自然"的运行逻辑以及这种逻辑的不合理性。就对抗人类社会的不合理性而言，所谓的"自我选择"其实就是将人抽离不合理的价值判断的途径。对此，学者理查德森的看法颇有借鉴的意义：

　　尼采通过对人类文明进行谱系学分析，发现人类史与自然史遵循着不同的演化逻辑，进化论在人类社会中并不

---

① 韩王韦：《尼采与19世纪达尔文主义》，《自然辩证法研究》2021年第1期。

必然有效，生命的社会价值与自然价值之间可能存在矛盾，例如人的"畜群道德"就是反自然的。最后，基于对社会史和自然史的充分理解，尼采试图对传统道德进行价值重估，"自我选择"就是要为生命寻找新的价值，以消除社会与自然之间的矛盾。由此可见无论是对于历史的解释，还是对于未来的畅想，尼采都超越了达尔文和达尔文主义。[①]

正是在这种自然史与人类史的区分中，尼采才不至于完全落入进化论观点的圈套之中。在塑造权力意志哲学中"超人"的形象时，尼采实际上是将真正意义上的自然观贯彻在杰出个体的身上，向着超人的形象迈进其实就是回归非人类视角的自然，那个丰裕的、挥霍无度的、不断给予的自然。越合乎自然者越优秀。

由此可见，尼采对达尔文主义极端厌恶，他极力反对"人适应环境而得生存者即是优秀"这一观点。就"进化"一词本身的意义而言，它实际上是一种对物种由低级向高级发展变化的假设：物种的进化是一个漫长而复杂的过程，地球生物发展至今经历了数亿年的变化，唯有在如此长的时间段中方能见出物种"进化"的种种印记。就事实来看，达尔文进化论观点的提出得益于对自然史的考察，因此其适用性首先应局限于自然史的层面。若要讨论"人类社

---

① 韩王韦：《尼采与 19 世纪达尔文主义》，《自然辩证法研究》2021 年第 1 期。

会"或"人"的进化则需要更为审慎的态度。尽管人类自诞生以来已经历了数百万年，但是人这个种属是否正处于"进化"的过程中则是一个复杂难解的问题。

事实上，尼采哲学当中的确有进化的观点，但是他的进化观必须与他的自然观相对照才能正确地理解，而他对自然之进化的观点与他的对手黑格尔所讲到的绝对精神的演化非常相似：

> 在尼采那里，未来哲学的"新价值"无疑建立在"自然"之上。由于自然要以永恒轮回的方式运动，所以自然即自然史。而且，由于自然有着权力意志这样的爱欲，所以自然史必定是一种自然进化史。尼采通过自然进化史来理解此岸世界（现实世界）。自然进化史大体而言分为三个阶段：原始的自然，人的自然（人的"脱离自然"与"反自然"），以及超人的自然。这三个阶段之间有着黑格尔式的正一反一合辩证逻辑。"原始的自然"是正题，"人的自然"是反题，而"超人的自然"则是合题。尼采讲人是"绳索"和"过渡"，不过是因为自然进化到人这个阶段并没有结束，"人的自然"这个反题，还有待上升为"超人的自然"这个合题。显然，黑格尔所讲的精神的演化史，被尼采改造成为自然的演化史。可见，尼采虽然直接师承于叔本华和康德，但是黑格尔的辩证逻辑和历史观

却会时不时在尼采的思想中游荡。①

在这段文字中，尼采将黑格尔"绝对精神"演化的历史从唯心主义拉向了物质世界的层面，甚至原始自然、人的自然以及超人的自然对应的也是绝对精神从理念到自然界再到人的意识的不断认识自身、回归自身的过程。所谓"超人的自然"就是绝对精神在演化到人的意识这一阶段后继续前行的阶段，"超人"可以理解为绝对精神完全回归自身时的形态，即以个体为表现形式的自由的状态。

从确立道德价值的角度来看，尼采极力摒弃对感觉领域的贬低，并且强调身体的重要性最终是为了建构他的以自利为出发点的道德观，并非对于达尔文进化论的认可以及想要通过达尔文主义来构建他的权力意志哲学。一种具备主体性、主动性的建立在身体之上的实践能够避免康德道德实践在人性层面所造成的人格分裂：感觉领域中现实实践所要求的自利性与超感觉领域所要求的非功利性之间有着无法调和的矛盾，在现实中强行实践后者可能导致主体的精神错乱甚至是人格上的虚伪。也就是说，尼采在道德观上既不赞同达尔文的那种自我保全式的小市民道德，也不赞同康德所讲的对于永恒道德律的"超感觉"式的盲目遵守，他赞成的是建立在自利基础上的利他，即在人性健康运行前提下间接对他者造成的有利影响，"他"既指自然意义上的人类物种，也指有别于自己的为数众

---

① 韩王韦：《以"自然"为伦理学奠基——尼采自然思想中的伦理维度》，《哲学评论》2020年第 26 辑。

多的他者。

如果说必须通过将自然设立为基础，才能建立起新的道德体系，那么康德、黑格尔以及尼采都通过自己的方式建立了对何为自然的理解。然而，尼采有关自然的观点在权力意志哲学中并未清晰地呈现出来："尼采试图让'自然'为伦理学奠基，却没有解释何为'自然'，以及如何理解'自然'与'道德'之间的关系。"[①] 如果说自然的本质是权力意志，那么"人"作为自然的一部分也应当与之一致，那就是通过"向上攀升"而从虚假的自然进入真正的自然之中。尼采没有明确解释何为自然，导致了其对自然的看法容易与达尔文的理解相混淆，进而使人过高估计了尼采与达尔文主义之间的一致性。埃克伯特·法阿斯对于尼采与进化论之间关系的看法就有这种误解的倾向，他认为二者相结合并加入认知科学的最新成果能够为未来美学的发展指明方向。而若是尼采与达尔文主义之间本来就有着质的差异，甚至从根本上而言是对立的，那么他所构想的未来美学的合法性就并不能通过尼采与达尔文主义的结合而得以确证。

三、物种中心主义美学与达尔文主义

物种中心主义美学对达尔文主义的借鉴是在一种宽泛意义上进行的，这使得其理论未能直接面对进化论思维所引发的诸多问题。

---

① 韩王韦：《以"自然"为伦理学奠基——尼采自然思想中的伦理维度》，《哲学评论》2020年第 26 辑。

"达尔文主义"以及"进化论"这样一些名词的大量使用在迪萨纳亚克这里尽管极其鲜明地展现出其与主流美学理论的不同，但也导致了她在构建理论时细节方面的粗糙。对此，她辩解道："我将用'达尔文主义'和'达尔文的'这些词更广泛地指称人类生物进化的观念，因而丢弃了专家预期的那种研究中的精确性，正像人们用'弗洛伊德的'、'马克思主义的'或'基督教的'这些术语表示一种总体的理论研究方法而不介入崇信者内在的分歧、修正或论争一样。"① 我以为，这一辩解并不那么有力。经历了一百多年的发展，生物学和生理学已经在以一种更为宽广的视域来看文化和生物本能之间的关系，进化和遗传而来的生物本能有其明确的作用范围，它不能越过这个范围。

然而，也正是这种简化主义的做法体现出她心中有一个明确的目标。以此目标为导向，她要将自己反对的观点一网打尽。在 20世纪 80 年代，也就是迪萨纳亚克著书立言的时代，她旗帜鲜明地将宗教激进主义的达尔文主义运用到美学当中并非一件特别惊世骇俗的事，这一举措甚至显得有点俗气。表面上看，迪萨纳亚克反对福柯、德里达这些所谓的后结构主义者，也反对阿瑟·丹托书中提到的那种用哲学来解释艺术意义的做法，她甚至在 2011 年发表的文章《做没有意识形态的艺术》（"Doing without the ideology of art"）中提倡要抛却所谓的"艺术意识形态"，即那种西方文化主

① ［美］埃伦·迪萨纳亚克：《审美的人：艺术来自何处及原因何在》，前引书，第 313 页。

导下的精英艺术观。问题是，她所反对的这些观点之间的共同点是什么？我以为，她反对的是结构主义以及后结构主义的那种语言建构现实的观点，以及以此为基点所展开的对艺术何为的一系列观点。最终，她反对凭借文化将普通人拒之门外的精英主义。

语言建构现实这一观点使得对艺术作品晦涩的哲学阐释成为可能。在结构主义那里："世界是在语言中建构起来的，除了语言媒介外，我们再无接近现实的途径。"[①] 但到了后结构主义这里，语言对世界的建构是时时刻刻在进行的："语言符号处于一刻不停的流动之中，不受制于它们原本要表达的概念。"[②] 没有稳定的意义，尤其没有稳定的价值中心。用后结构主义的语言来说，即"现实就是文本"，你有资格去解读这个文本，但不能说自己的解释就是唯一正确的真理。艺术是什么取决于如何对其进行解释，艺术作品的意义取决于用什么样的理论和哲学去看待它。当概念的不确定变得具有合法性，解释便无穷无尽。这种情形一方面导致了价值相对主义，另一方面导致了艺术的创作和解读过度依赖于知识，即过于"精英化"。

通过提倡达尔文主义，尤其是通过将艺术看作具有物种普遍性的行为，艺术便可从"艺术意识形态"当中解放出来，成为人人皆可参与的活动。这与后现代主义反精英主义的诉求是相当一致的。迪萨纳亚克曾说道："反达尔文主义者承认，人类在其和其他动物

---

① ［英］彼得·巴里：《理论入门：文学与文化理论导论》，前引书，第61页。
② ［英］彼得·巴里：《理论入门：文学与文化理论导论》，前引书，第62页。

一样需要吃饭、睡觉、繁衍和维持体内平衡这个意义上表现为生物进化的结果，但他们又会说，对于真正理解使我们成为人类的那些真正独特而有趣的东西来说，这些生物性的需要似乎毫无生趣而且没有任何关联。"[1] 这里所提到的"真正独特而有趣的东西"就包含艺术。在整个现代主义时期，艺术都掌握在精英手中。艺术还有"高雅"和"通俗"之分：高雅艺术需要掌握精英文化，历经长久的学习、刻苦的训练，于是比通俗艺术具备更高的价值。如何打破这种唯有精英才能创作艺术的局面？那就要让艺术变为所有人皆可参与的行为。所有人凭什么能进行艺术的创造？答案是凭艺术是人类的一种本能。可以看到，达尔文主义的主要作用是通过强调进化而来的"本能"将大写的艺术拉下神坛。

　　物种中心主义对达尔文主义的借鉴也涉及迪萨纳亚克所持的政治观。物种中心主义的"物种"既是达尔文主义中的核心概念，也是尼采哲学当中出现的关键词。但是，迪萨纳亚克所言的"物种"是纯粹的达尔文意义上的，与尼采相去甚远。她在其物种美学当中讲到艺术对于保存人的生命有积极的作用，但是，就其将原始艺术作为探究的主要对象而言，这种作用也仅限于对生命的维系，也就是使人们"感觉良好"，而并未有更深远的、超越自然意义上的社会意义和价值。问题是，达尔文的进化论明显携带着其特殊的道德观，它在适者生存的理论之下掩藏的是对于特定时代英国社会小市

---

① ［美］埃伦·迪萨纳亚克：《审美的人：艺术来自何处及原因何在》，前引书，第37页。

民阶层艰难求生之生存状态的默认与肯定，即它对于社会既定存在的现象持一种全盘接受的态度，而不是去想办法否定它、改变它，进而超越它。在此，达尔文主义对社会不公没有任何批判，对于人类社会的未来也没有任何畅想。于是，与同一时期的两大思想家尼采以及马克思相比，达尔文的理论因其既不在个体主体的层面展开超越自然主义层面的价值判断，也不在社会的层面进行总体性的否定与革命，从而在事实上默认了社会现状的合理性，并且为政治上的保守主义进行辩护。既然达尔文主义有其隐含的政治和道德立场，那么迪萨纳亚克的理论在继承达尔文主义生物进化论的同时是否也一并继承了它所持有的一整套道德价值呢？

　　之所以提出这个问题，是因为政治立场和道德价值取向与美学有着不可分割的联系，而前文也讲到，达尔文进化论认可了被迫自保的大多数，因此，根据他的思想推导出来的美学立场就是，艺术是"人"这个种属为满足性本能、求偶需求以及在艰难度日的生存中为了"感觉良好"而进化出的具有特定功能的生物行为，它是生物适应环境的结果。而在迪萨纳亚克那里，尽管没有明确说明她的美学旨在从大多数人的角度出发思考艺术的功能，但她的确认为穴居人在4万年前时间流逝的无聊感觉当中需要"艺术"这样一种使独处具有意义感的行为方式来打发时间，进而快乐地生活下去。在《审美的人》一书中，她讲道：

　　　　如果某种东西——在这里的问题中就是艺术——

（在情绪上）让人强烈地感到愉快和吸引因而被人尊重并且被积极追求，那么，这种情感状态就暗示出，它肯定以某种方式对生物性生存有积极的贡献。因为大自然保证我们做生存必需之事的众多方式之一，就是使它们感觉良好……把艺术进一步地看作人类的一种需求（或者当作一种人类需求的满足）大概更容易确立艺术是一种人类行为这种观念的可行性。作为个人，我们中的很多人天生就知道我们需要艺术，无论它可能意味着什么。（这常常是一种没有系统表达的、潜在的感觉或信念。）我们无法想象生活中没有音乐、诗歌或者以其很多形式中的一种或更多种形式出现的人造美。我们如饥似渴地追寻它们，一旦它们缺席，我们就会感到若有所失。①

　　然而奇怪的是，这种有意将艺术的功能性凸显出来并且强调其重要性的理论反而在事实上将艺术的独特性抹去了：如果艺术是一项人人都可游戏其间的具有物种属性的行为，哪怕是最平庸的人都可以"从事"艺术，那么杰出艺术家远超常人的精湛技艺又当做何解释，其价值又在哪里？换句话说，一种照顾到大多数人的美学，一种认为大多数人都能从事艺术的美学究竟有多少真理性的成分在

---

① ［美］埃伦·迪萨纳亚克：《审美的人：艺术来自何处及原因何在》，前引书，第62—63页。

里面？如若它被当下的现实认为合理，那么又是什么样的社会才会赋予它以这种合理性？

不难发现，如今被后现代思潮席卷的美国社会，在经历了20世纪的嬉皮士运动、黑人运动以及女权运动之后，高雅艺术与通俗艺术之间的等级秩序已经遭到解构，以苏珊·桑塔格为代表的批评家们在"新感觉"的名义下反对以往精英艺术一统天下的局面，将高雅艺术视为旧有意识形态实施霸权的场域而加以抨击。尽管不应过于简单地看待这一主张，但它们的确在客观上造成了对现代主义的精英艺术及其价值观的剧烈冲击。将艺术从道德的束缚下解放出来，重视艺术"形式"的层面其实就是将艺术的自律性更进一步地推向极致。具体而言则是艺术创作和批评走向了反精英、反理性的另一个极端，从而为艺术走下神坛、面向大众铺平了道路。不得不说，这种朝向后现代主义的倾向为迪萨纳亚克提出她的面向大多数人的物种美学提供了有利的社会氛围，只要把握住"民主"的政治正确，只要站在大多数人而非精英的立场上，就不会受到普遍的憎恨。

迪萨纳亚克站在所谓物种的角度对精英化的艺术持批判态度，在一种对部落社会原始艺术的推崇中表现出她的后现代主义式的"民主"立场，即她对多元主义政治立场表示认同，而这与她对后现代"哲学"思想的反对形成了鲜明的对比。正因为此，迪萨纳亚克对后现代主义的反对必须从更加细致的角度加以看待，即她所反对的是以下几点：一，后现代主义的哲学基础；二，由这一基础造成的虚无主义；三，后现代"艺术即阐释"的观点。与此相对照的是，她同时赞成建立在后现代主义解构哲学基础上的多元主义政治观，这种政治观同时包容了非西方社会以及西方社会当中非精英人群的价值以及对艺术的态度。有理由认为，迪萨纳亚克的政治观不仅由其理论当中达尔文主义的进化观所决定，同时也由人类学 20 世纪后半叶以来对西方中心主义的反思和抵制所决定。而对西方中心主义的抵制事实上极有可能将西方思想当中较有价值的部分也一并抹杀掉，这就是为什么迪萨纳亚克的物种中心主义在一种看似雄辩的论证之下让人觉察到时刻有滑向平庸的可能，它对主体的反对使得"艺术"一词的内涵已经被削减到比它应当承担的那些内涵更少、更单薄的地步。

第二章

物种中心主义美学的基本观点

　　物种中心主义美学的观点是通过《艺术为了什么》《审美的人》以及《艺术与亲密》这三本书呈现出来的。从表面上看，这几本书写于不同的年代，仿佛其对艺术问题的探讨就应该逐步深入。可深究起来，它们只是从不同的角度来回答"艺术是什么"这个问题，即它们是从不同的焦点出发来重述物种中心主义美学的基本观点。即便有新的术语和观点出现，也是在既有观点基础上的完善，而并未产生自我革新意义上的突破。在《艺术为了什么》一书中，作者提出了看待艺术的新观点——生物行为学，直陈艺术是人类物种经进化而来的行为，它具有无法忽视的生存价值。具体来说，就是人类拥有艺术行为比不拥有这种行为能够生活得更好，因此这一行为被进化所保留，最终成为每一个人类个体都具有的本能。从这一基本观点出发，迪萨纳亚克对艺术的起源、本质、功能一一做了分析。这些分析在《审美的人》一书中得到了全面的继承，只是叙述的焦点变成了制作和欣赏艺术的"人"。无论是"使其特殊"还是"感觉良好"都是艺术的主体才拥有的才能和体验，离开了人这一存在，进化也好，艺术也罢，都无从谈起。因此，迪萨纳亚克的前两本书实际上可以归纳为"审美的人"理论。同时，《艺术与亲密》这本书之所以与前两者相区别，一方面是由于它对艺术起源的追溯与前两者有较大的差别。如果说以往的著作是将艺术行为追溯到人类远古时代的祖先那里，这本书则是将艺术追溯到婴儿与母亲的互动关系中。这种双向互动关系同时催生出艺术与爱情，婴儿与母亲之间的相处模式为婴儿长大以后的亲密关系奠定了基础。而另一方面，则是这本书对人类最核心的心理生物学需求做了更详细的归纳，而这也进一步强化了艺术对于人类而言的疗愈作用，为倡导"认真对待艺术"的主张提供了更加有利的证据。

第一节　物种中心主义美学的基本概念

如果说动物行为被选择的过程较为缺乏感觉的层面，那么人类则不同。人因为具有思维和意识，能够对从事某项活动的体验更为敏感，并且对行为的结果进行评估，这就使得心理的感知因素在行为被选择的过程中扮演了重要的角色。针对人类独有的心理状况，以及人类在行为适应性方面的独特性，迪萨纳亚克发挥了德斯蒙德·莫里斯在动物学方面的关键概念，提炼出三个同时具备动物学和人类学色彩的重要概念：感觉良好（feel good），使其特殊（making special），做了的事情（dromena）。这三个概念在美学领域显得较为新颖，但其实是将生物人类学中有关动物学的概念移植到了美学理论当中。事实上，新颖并不必然代表着合理，也不能证明它比以往的主体性美学具有更大的价值。对于这种将人完全视为动物的美学理论，我始终保持着一种怀疑的态度。

一、感觉良好的含义

"感觉良好"这个词很难称得上是一个概念，但是它在物种中心主义美学当中居于核心地位。为了解释清楚这一概念，迪萨纳亚克首先揭示了身体和灵魂之间的关系。在强调了身体的决定性地位之后，她特别说明了与身体直接相关的"情绪"在行为学中起作用的方式。毕竟，"感觉良好"是一种对人的情绪状态的描述。最后，她指出，艺术正是由于带给人"感觉良好"的情绪体验才被人的自然进化所选择，最终成为具有普遍性的生物行为。

在所有的言说之前，迪萨纳亚克首先进行了对现代主义艺术观的批判，而这一批判直指这种艺术观所体现出的精英主义。但是我们看到，她是通过现代主义只谈心灵而忽略身体这一点展开批判的："根据现代主义艺术理论，艺术唯一重要的目的是吸引心灵和丰富精神。因此，尽管偶尔也有审美狂喜的记录，然而，绝大多数有关艺术的正式的现代主义讨论多半都把主体看作没有血性和没有身体似的。审美经验中的身体因素一贯被批评家和理论家当作与艺术无关的某种东西而不予理睬，正像一位餐馆评论员在写一篇美食鉴赏文章时认为消化机制无关紧要一样。"[1] 在这里，迪萨纳亚克明显觉得将主体视作"有身体"的才是探讨艺术理论的正确路径，身体在艺术创造和欣赏中都占据着要害。

在这里，我们需要思考的是，那种不考虑身体的艺术理论和迪萨纳亚克所主张的物种中心主义的艺术理论这两者的研究对象究竟是不是同一个事物。之所以提出这个问题，是因为现代主义艺术理论所言说的话语体系本就是精英主义的，它面向的是高雅艺术、严

---

① ［美］埃伦·迪萨纳亚克：《审美的人：艺术来自何处及原因何在》，前引书，第53页。

肃艺术，换句话说就是"阳春白雪"而非"下里巴人"。而迪萨纳亚克所言说的对象主要是前现代小型部落社会靠仪式统筹起来的以吟唱、音乐、舞蹈以及手工雕塑为主要表现特征的艺术样式。在此，迪萨纳亚克所做的，其实是用部落社会原始艺术的功能和特征来替换精英主义关于艺术的定义。与此同时，通过举美食鉴赏文章认为消化机制无关紧要的例子来说明身体对于审美鉴赏的重要性也不甚合适。因为美食鉴赏主要评价的是食物带给人的味觉享受如何，而不是它对于人的消化机能有怎样的影响。很少有人在写美食鉴赏文章的时候真的扯上消化机制如何，也很少有读者想要去看这方面的内容。同理，审美鉴赏和艺术理论的写作者针对的是艺术带给人怎样的审美愉悦，以及这些愉悦感价值的高低，而非这种愉悦感在身体内部是如何合成的。当然，这并不是说弄清这种合成的方式没有意义，而是说并不应当用事实判断取代、替换价值判断。这引发我们思考的是，即便身体是审美鉴赏的始发地和主要场所，讨论纯物质性的身体机能是否是讨论审美和艺术问题的必须？即便在身体和灵魂的二元对立中，已经能确定灵魂是身体的一部分，那么基于这个事实就必须得在谈论艺术问题时谈论身体吗？

在对精英主义审美无利害性的抨击中，迪萨纳亚克特别提到了艺术作品所带来的强烈的情绪反应，或者说"审美的狂喜"。她认为在现代主义的阐释框架内，审美的强烈情绪反应是一个无法解释的现象：审美无功利是指审美并不给人带来实际的好处，可是强烈的情绪体验本身是能够引发人们主动去寻求的，因此是对人有"好处"的。迪萨纳亚克认为这种解释上的矛盾意味着那种审美无功利的说法是一个巨大的谎言。以行为学的观点来看，进化使人不会去做对自己没有利的事情：即便从表面上看没有直接的好处，也会有间接的好处。正是由于以一种达尔文进化论的观点看艺术，迪萨纳亚克认为后现代主义的观点比现代主义更为合理："尽管传统确立的艺术观是艺术是观念的和精神的，而后现代的观点是艺术表现了被延迟的意义和没有被满足的欲望，细心的研究者可以发现一种颠覆性潜流的迹象，它证实了一种观念，即至少审美经验的一部分强烈快感显然是身体性的。"[①] 带着这种对身体的核心地位的坚信，迪萨纳亚克继续讨论情绪的作用。

　　到底什么是情绪？实际上，情绪与人的经验相伴随，从行为学的观点来看，情绪是评估经验是否能够为个体带来好处的度量单位。"说起强烈的'情绪'，对一位行为学家来说，一种（也是知觉的和观念作用的）经验的能够被身体感觉到的肯定的或否定的性质，是这个经验或经验类型的进化论含义的一个线索。"[②] 也就是说，正向而积极的情绪体验能够促成这一情绪的经验"被选择"，进而成为整个物种的普遍性行为。实际上，情绪这一现象就其本身而言也是适应性的，它能够帮助人类有效地筛选那些对其生存有利的经验和行为。如果被情绪感知和鉴定为"感觉良好"，那么与之相伴随的行为就会被人积极地对待，艺术就是以这样一种方式被进

---

① ［美］埃伦·迪萨纳亚克：《审美的人：艺术来自何处及原因何在》，前引书，第56页。
② ［美］埃伦·迪萨纳亚克：《审美的人：艺术来自何处及原因何在》，前引书，第59页。

化选择的："如果某种东西——在这里的问题中就是艺术——（在情绪上）让人强烈地感到愉快和吸引因而被人尊重并且被积极追求，那么，这种情感状态就暗示出，它肯定以某种方式对生物性生存有积极的贡献。因为大自然保证我们做生存必需之事的众多方式之一，就是使它们感觉良好。"[①] 迪萨纳亚克这里的思考逻辑是：艺术在人的身上具有普遍性的特征，因此艺术肯定是进化而来的；既然是进化而来的，那么就一定对人的生存有某种好处；这种好处如果不是直接能观察到的，也是间接能推理出来的；如果这种好处不是外在的，那么它就是内在情绪上的，即便只能提供情绪方面的好处，那也不失为一种好处，有时甚至可能是比外在能观察到的利益更重要的利益。不得不说，这是一种非常严格的行为学的推理模式。这种使人"感觉良好"的行为最终会变成人的先天倾向的一部分，帮助人类在无意识的情况下去做对自身生存更有利的选择。

既然生物只会去做那些对其生存有利的事情，那么为什么在实际的生活中，我们往往会看到人们选择去做那些似乎毫无意义的事情？例如，买好看但不实用的鞋子，超出自身消费能力去买奢侈品，冒着医疗风险去整容，等等。这实际上涉及行为的直接原因和终极原因之间的区分。也就是说，普通的生物，以及人，他们做当下的选择时，只是依照直接原因去做，他们并不知道此时此刻这一选择的终极原因是什么。好看但不实用的鞋子是在展示自己的品

---

① ［美］埃伦·迪萨纳亚克：《审美的人：艺术来自何处及原因何在》，前引书，第59页。

位，奢侈品能展现自己很有钱，整容能提升人的外在美。所有这些选择都有助于个体被他人识别，可以说，几乎任何一种人类行为都可以从进化适应性的角度得到说明。有时，那些看似不合理的行为只是由于其背景没有完全被了解，或者没有理清其中关于生存价值的逻辑。按照上述直接原因和间接原因的区分，当我们选择我们的文化所重视的东西的时候，实际是选择了对我们的生存最有价值的东西。文化将人的自然倾向整合进它的形式之中，即它以一种强制性的方式替个体做了最优选择："我们一般都会选择我们的文化所重视的东西；我们按照一些特定方式行动的潜在趋势（例如，获取并做出食物、建立家庭、谋求生活用品、游戏、社会化、竞争、合作、解释）将被导入直接的文化形式和个人形式之中。"① 文化对应的是人的终极需求，这种终极需求又是由进化得来的，于是文化从根本上而言是生物属性向外扩张的产物。很明显，这种文化属性与生物属性之间关系的看法与马林诺夫斯基以及格尔茨极为相似，可以看作对人类学关于人性的观念加以借鉴的结果。

在上述分析中，通过艺术能够使人"感觉良好"并说明它是人类的一种内在本能需求使得艺术最终被看作一种人类"行为"。说了这么多，只有当艺术被切实地认定为一种具有普遍性的人类行为时，才能说过往现代主义的艺术观念错了，精英主义的艺术观是一场骗局。可问题是，从"感觉良好"到"本能需求"再到人类"行

---

① ［美］埃伦·迪萨纳亚克：《审美的人：艺术来自何处及原因何在》，前引书，第67页。

为"的这个逻辑是否合理，我的意思是，我们现在所看到的这个逻辑是根据"艺术是一种行为"这个判断逆推出来的。在第一章我讲到行为学当中"生存价值"和"自然选择"这两个概念的不同。生存价值是研究生物现有的行为对其当前生活的作用和影响，而自然选择是研究某种行为在进化中被选择的过程。生存价值可以被明明白白地观察到，但是自然选择的过程则只能靠推理。于是，问题出现了。今天观察小型部落社会当中"艺术"的功用是相对容易的，但是艺术在进化中的被选择是一个具体的事件，它只能通过推理得出。这一推理的起点是将艺术看作一种行为，而这就意味着，当运用行为学理论看艺术时，其实已经事先"预设"了艺术是一种普遍的人类行为。正是这一预设本身存在问题。宽泛地来看，艺术的确是一种行为，但它是否是行为学意义上的行为则很难确定。如果将门槛放低，那么会吟唱歌曲，参加仪式活动中的舞蹈，以及听神话故事都能算作"艺术"行为；而如果把门槛抬高，尤其是按照精通和熟练程度来看的话，一个社会中只有少数人才够得上"艺术家"的资格：歌词的创作，舞蹈的编排，祭祀物品的制作，无不需要特殊的天分才能胜任。

"感觉良好"本是一个行为学中的概念，它指的是动物的某项行为在进化中得以保存下来所需要达到的心理和情绪层面的标准。就动物的生存仅仅是适应环境并且满足自身繁衍的需求而言，感觉良好意味着某项活动为其带来的实际效用是直接且能够迅速反映在情绪当中的。就物种美学框架内的艺术活动而言，它意味着主体在艺术活动中具有完整而饱满的情绪体验，甚或一种在处理对象的过程中所产生的秩序感、意义感。毕竟，艺术活动需要一定的时间，在这段时间当中从事一项将对象构建出来的活动能够使个体摆脱被焦虑、虚无所笼罩的无意义感，使主体始终保持一种情绪方面的积极状态。参考迪萨纳亚克展开研究时所举部落社会的例子，这里的"感觉良好"极容易与另一个概念"做了的事情"相混淆。尽管它们皆涉及生物的个体行为与情绪之间关系的问题，但不同之处在于，"感觉良好"指的是在较短的时间内完成整个艺术创作时所感觉到的从开端到结束的充沛感，一种做完一件事情的意义感，在作品完成的不同阶段，这种心理上的感觉也会有所不同，但自始至终都充满了创造力和活力。而"做了的事情"与之相比则更为复杂，它兼具主动性和被动性，但很大程度上是被动性的。它往往是个体为遏止某种不可名状的焦虑情绪，试图通过仪式性的活动来摆脱充满不确定性的过渡状态，也就是说这些活动是什么内容其实没那么重要，关键是"参与"某项活动或说"做了点事情"来为焦虑的事情找寻解决之道的这一意识令个体在情绪上得到了镇定和安慰。

　　于是，感觉良好这一概念似有类比于审美现代性所讲的独立自主的艺术所相应的创作心理，但如果联系到与物种中心主义美学方法相近的实用主义美学，就会发现它与杜威在《艺术即经验》一书中对"拥有一个经验"的阐发何其相似。在该书的第三章，杜威对审美性与非审美性做出了区分，认为二者之间最大的区别在于审美性克服了非审美性的松散和单调："经验如果不具有审美的性质，就不可能是任何意义上的整体。审美的敌人既不是实践，也不是理智。它们是单调；目的不明而导致的懈怠；屈从于实践和理智行为中的惯例。"① 在他看来，缺乏审美性质的经验通常会给人一盘散沙的感觉，审美能让经验有序地组织起来从而让主体觉察到一种整体感、秩序感。如果用物种中心主义的语言来说，那就是审美经验是一种让人"感觉良好"的经验。因此，杜威所讲的具有连续性的"一个经验"的主观对应物就是"感觉良好"。但是，迪萨纳亚克理论的基础完全限制在生物进化论的框架之内，而其理论就形式上来看更接近于文化人类学而非哲学，这就使它无法跨越单纯的机械决定论，转向人的主体的言说。

　　具体来说，物种中心主义美学与杜威实用主义美学有两方面突出的相似性：其一，它们都注重人的生物性，都试图从人类的本能这一角度着眼探究艺术的本质；其二，它们都反对美的艺术的观念，认为审美静观的重要性已经是被过度强调了。事实上，这两点相同之处是相辅相成的，对美的艺术这一观念的反对必然会伴随着为艺术何为的问题寻找新的思路。实用主义从经验出发的方法迫使它排除那种形而上哲学思辨的方式来探讨审美经验的问题，但是，杜威在这里并未走到一种彻底的身体美学、神经美学的道路上，也就是说他实际上并未将人看作完全的动物，而这也就为审美问题保留了哲学思考的维度，保留了主体性的维度。用他自己的话说，那

---

① ［美］约翰·杜威：《艺术即经验》，高建平译，北京：商务印书馆，2010 年，第 47 页。

就是："我感到，现有理论的问题在于它们开始于一种现成的分区化的状况，或从一种出于与具体的经验对象联系而使之'精神化'的艺术观念出发。然而，取代这种精神化的并非是美的艺术作品的退化或庸俗的物质化，而是一种揭示使这些作品在普遍经验中所发现的性质理想化的观念。"① 这就是说，杜威并不赞成从精神化的艺术观完全下降到它的对立面那里去，而是要在二者之间找到一个恰当的位置，以避免唯物主义当中机械唯物主义对艺术观念所带来的负面影响。而在对于"情感力量"的解释中，他的实用主义美学到底还是扎根于主体，扎根于一个自我同一的主体连续的经验之中："来自地球上遥远地方的物质的东西被物质性地运输，物质性地引起相互间的作用与反作用，构成新的物体。精神的奇迹在于，类似的东西在经验中发生，却没有物质的运输和装配过程。情感是运动和黏合的力量。它选择适合的东西，再将所选来的东西涂上自己的色彩，因而赋予外表上完全不同的材料一个质的统一。"② 赋予情感以力量事实上必然地要诉诸主体的概念。于是，存在着所谓精神化，精神化的对立面——生物学意义上的机械唯物主义，以及于这二者之间找寻某种平衡点这三种立场的可能性。即便看似都强调人的生物性，但迪萨纳亚克与杜威的艺术理论之间还是存在着立场上的根本差异，而正是这种差异更能让我们反思物种中心主义美学自

---

① ［美］约翰·杜威：《艺术即经验》，前引书，第12页。
② ［美］约翰·杜威：《艺术即经验》，前引书，第49—50页。

身的局限性。

二、艺术作为"使其特殊"的倾向

艺术的核心是使其特殊，这句话的意思是，真正对人类生存有进化价值的是艺术"使其特殊"的这种倾向。在《审美的人》第三章中，迪萨纳亚克从行为学理论出发，试图探索使其特殊这种倾向在进化当中是如何被选择的，并试图归纳出这种倾向的基本特征是什么。然而迪萨纳亚克的思考首先是从"游戏"的特征开始的，这是由于游戏与艺术有许多相同之处，一种类比式的思考能够得出颇为有效的观点。通过对比二者之间的相似性，迪萨纳亚克得出了艺术是游戏的派生物这一结论。紧接着，经由对艺术为何会单独进化出来的研究，她得出艺术是情感的塑形物这一结论，而这种对情感进行塑形的主要场合是庆典和仪式。于是游戏、艺术与仪式三者有着难分难解的联系，它们共同推动着"使其特殊"这一本能倾向的演化。

当迪萨纳亚克对"使其特殊"这一倾向展开研究，并用这种倾向去反对现有的艺术观念时，明确指出了她所反对的是西方近两百年以来形成的那种与浪漫主义的个体性以及商业化密不可分的艺术概念。"我的陈述涉及西方美学，不准备谈其他文明中的美学概念或者它们与西方的概念如何关联。"① 也就是说，她对晚近的西方美

---

① ［美］埃伦·迪萨纳亚克：《审美的人：艺术来自何处及原因何在》，前引书，319 页。

学中"艺术"的定义的反对并没有参照更成熟的文明——例如中国——对艺术何为的界定。尽管秉承20世纪人类学反西方中心主义的主张，但是西方与非西方二元对立的思维框架始终主宰着学者们的头脑：所谓的"非西方"似乎天然的就是那些原始的、前现代的小型部落社会，理所当然地不具备发达的语言和概念系统。于是，东方文明尤其是中国这一早熟文明的艺术观念没有受到应有的关注。没有这种关注，导致迪萨纳亚克对于中国艺术所曾达到的臻妙境界缺乏了解，使得"艺术何为"和"艺术应当何为"两个问题被混为一谈。如果没有艺术"应当"如何的价值判断，就无法对"艺术何为"的论断是否合理进行评价。

正因为没有一种更完善、更成熟的艺术观念作为参照，对于艺术何为这一问题的回答显得相当随意。随意不是指缺乏理论上的复杂程度和解决问题的诚意，而是指在仅有两个相对立的事物之间进行对与错、合理或不合理的价值判断时，判断者自身如果没有超出这二者的视野，那么支持其中的哪一个都显得不那么具有说服力。哪怕仅仅多出一个与二者不同的选项，情况都会变得大不相同。当物种美学说18世纪以来的艺术概念错了的时候，暗含着它认为艺术只能是表达所有人类的共同倾向，并且对具体的生活有益的事物，而不能同时是关涉"天才、创造性想象、自我表现、独创性、交流和情绪"[①] 的东西。如果严格一点，假设"艺术"的近代观念

----

① ［美］埃伦·迪萨纳亚克：《审美的人：艺术来自何处及原因何在》，前引书，第70页。

固定了这一概念的基本内涵，那么在此前提下继续用"艺术"一词作为能指来指称一种与之截然不同的观念真的是合理的吗？迪萨纳亚克对这个问题已经有所意识，她用小写的艺术并添加复数形式（arts）来代替以 A 开头的大写的艺术（Art）。但是，这一方式并非她的首创，20 世纪 50 至 70 年代西方艺术理论界已经在反思美的艺术观念的合理性。因此，这一举措并未从根本上体现物种美学的特殊性。只要还在使用"art"这个英文单词，就不可避免地使人联想到其 18 世纪以来的含义，也就无法避免因互文性所导致的概念意义的紧张感。

　　回过头来继续看"使其特殊"这一概念。迪萨纳亚克对这一概念的分析是从游戏与艺术之间的相似性开始的。动物的游戏看似是毫无目的和功利的戏耍，它们假装进攻、躲避、伏击，在对这些情境和动作的重复中消磨着光阴，有时甚至过于投入而将自己置于被食肉动物猎杀的危险之中。因此，就好像这是一种"为游戏而游戏"的纯粹自为的活动。人类的游戏与之相似但更为复杂，人们进入游戏就是进入到一套与现实完全不同的规则中，新奇感和不确定感吸引人们不断地加大精力的投入。但客观上来看，这些游戏活动似乎又并没有带来什么可见的利益，"游戏似乎隐藏了超出其精力支出和冒险代价的生存利益"[①]，因此它是"'额外的'，超出正常生活的某种东西"[②]。与游戏类似，艺术看起来也具有"非功利"和伪

---

① ［美］埃伦·迪萨纳亚克：《审美的人：艺术来自何处及原因何在》，前引书，第 75 页。
② ［美］埃伦·迪萨纳亚克：《审美的人：艺术来自何处及原因何在》，前引书，第 75 页。

装的特征。以戏剧为例，明知道这是人为的虚构，人们还是乐此不疲，人们一方面知道那是假扮的角色，但另一方面也会为剧中人物命运的起伏而痛哭流涕。这种明知为假却还要花费精力的举动在行为学家眼中是不正常的，因此是需要特别加以注意的。在此，艺术和游戏皆是让人从日常情境进入到一个假装的虚拟情境的地盘。迪萨纳亚克将之概括为游戏和艺术皆具有"隐喻"的性质，即一物是另一物的假装的特质。实际上，正是这一特质会将思考导向更本质的地方。

　　游戏和艺术皆能让人从现实的日常状态进入到一种陌生化的虚拟情境中，这一虚拟情境在行为主义者眼中被提炼为"超常之物"。于是问题就变为，这种超常之物对人有什么用，以及游戏和艺术之间的真实关系是什么。对于第一个问题，迪萨纳亚克的看法是，那些游戏玩得好的人比那些玩得不好的人在社会上生存得更好："尽管可能没有直接的生存利益和游戏相连，但是，游戏中的小动物们正在练习（在还不是'分输赢'的情境中）一些最终能使它们找到食物和配偶、保护自己的技巧，还有其他一些成年必须的东西。在游戏中——重要的是——它们也学会了如何与其他动物相处。那些会游戏并掌握了实际的和社会的技巧的个体，比那些没有游戏倾向或者被剥夺了游戏因而缺乏对这些重要事情的实践的个体生存得更好。"[1] 即游戏对生命体具有长远的或说"终极"的意义。艺术与游

---

① ［美］埃伦·迪萨纳亚克：《审美的人：艺术来自何处及原因何在》，前引书，第76—77页。

戏的功能相似，人类通过幻想和假装转移了现实的焦虑，使自己的
欲望在虚拟世界中得到了满足。在此，迪萨纳亚克依旧不忘抨击浪
漫主义关于自由想象的观点："当我从行为学视角考虑这个问题时，
我总结说，艺术在人类进化过程中肯定不仅仅是让幻想驰骋的某种
东西。"① "为艺术而艺术"不符合生物行为演化的自然规律，单纯
的为幻想而幻想不能为早期人类的生存带来益处。

　　对于第二个问题，迪萨纳亚克的解释是，艺术是游戏的派生
物。她这种看法的形成参考了多位学者的观点，如弗里德里希·席
勒，赫伯特·斯宾塞，西格蒙德·弗洛伊德和约翰·赫伊津哈②。
席勒将艺术比作游戏是为了说明艺术活动的非功利性，可迪萨纳亚
克的目的恰好与之相反。席勒在对艺术的阐述中，提到了"全新的
力"的活动，或说"自主性"的活动，即一种只有人才具有的特殊
才能。与之相比，动物只是依据最初级的本能活动。席勒将自主性
和划定秩序的特征赋予艺术，明确展示了他对于以人的精神力量为
特征的艺术及审美活动的本质的看法：

　　　　人的想象力也有自己的自由运动和物质游戏，在这种
　　游戏中它与形象不发生关系，只是为有自主性和不受束缚
　　而快乐。只要这种幻想游戏一点也不受到形式的干预，它

---

① ［美］埃伦·迪萨纳亚克：《审美的人：艺术来自何处及原因何在》，前引书，第 77 页。
② 参见［美］埃伦·迪萨纳亚克：《审美的人：艺术来自何处及原因何在》，前引书，第 319
　　页注释 4。

的全部魅力都是由无拘无束的形象交替组成，那么这种游戏虽是人特有的，但它仍仅仅属于人的动物生活，它仅仅表明人已从一切外在的感性强制中解放出来，但还不能由它推断出在人身上已有一种独立的创造力。这种观念自由交替的游戏还是物质性的，用纯粹的自然法则就可以说明。等到想象力试用一种自由形式的时候，物质性的游戏就最终飞跃到审美游戏了。我们必须把这称为飞跃，因为在这里一种全新的力在活动，因为在这里立法的精神第一次干预盲目本性的活动，它使想象力的任意活动服从于它的永恒不变的一体性，把它的自主性加进可变的事物之中，把它的无限性加进感性事物之中。①

席勒对艺术作为一种游戏的阐释并不是如人类学那般找到二者之间切实存在关联的证据，而是以一种类比的方式，通过使用"游戏"这一修辞来强化审美游戏高级阶段人所体验到的对一个想象王国的掌控感。在席勒这里，不仅人与动物有质的差别，人的动物性和非动物性之间也有差别，最终，连属于非动物性领域的审美游戏也有高级和低级的差异。也就是说，在面对艺术和审美活动时，席勒的思路明显是去构建艺术活动作为高级精神活动的"特殊性"，

---

① ［德］弗里德里希·席勒：《审美教育书简》，冯至、范大灿译，上海：上海人民出版社，2022年，第232—233页。

而迪萨纳亚克是要建构审美和艺术活动的一般性。这就是为什么在读席勒美学的时候,往往能感受到作为一个人的至高无上的尊严,而在阅读物种美学时,感受到的却是人类在面对无常自然时的无助和弱小。虚幻的期望、虚假的自我满足,甚至自欺欺人地通过艺术来镇定自己的情绪,艺术成为生活的一部分,但它也丧失了近代艺术观念中主体的精神力量。

艺术是游戏的副产品这个观点是迪萨纳亚克的一种基于行为学以及相关美学理论的主观推理。艺术所造成的超常情境与游戏之间是有很大差别的,就"使其特殊"而言,艺术往往是通过"使对象化"的活动来实现情感的表达,而游戏对于人类来说更多是排遣无聊,并不涉及过多的精神能力。因此,艺术何以成为游戏副产品的这个问题在迪萨纳亚克这里并没有得到充分的展开。她在表达完这一观点之后,将焦点迅速转换到艺术单独进化出来的理由是什么这一问题。事实上,要回答这个问题,完全可以跳过艺术从游戏中衍生出来这个前提。

在艺术单独进化出来的理由是什么这个问题上,迪萨纳亚克的回答是从"感觉良好"即人的情绪体验出发的。"我想到,艺术也以非常类似的方式是情感的容器和塑形物。"① 在迪萨纳亚克看来,葬礼的仪式为悲伤这种情绪提供了有效的宣泄途径。亲人们一同前去火化场,和尚诵经,之后的布施仪式,以及后续的一系列礼仪都

---

① [美]埃伦·迪萨纳亚克:《审美的人:艺术来自何处及原因何在》,前引书,第79页。

是有其生物学作用的。对此，她解释道："这种规定的正式仪式成为个人感受并公开表达他们的悲伤的契机甚至是原因。"① 与葬礼的作用相似，艺术也是为着承载和形塑情感。不过有点特别的是，在提到形塑情感的作用时，迪萨纳亚克尤其承认诗歌和吟唱的作用，即语言艺术的作用。舞蹈也有一定的效果，但是雕塑和绘画似乎并没有特别突出。这表明，即便同为"艺术"，不同的艺术门类在表达感情方面也各有侧重，不能一概而论。实际上，这还是在讨论艺术是如何被进化所选择这个问题，只不过这种解释将艺术与仪式而不是游戏相关联。在此，行为学理论再次发挥作用：举行仪式的部落人们的集体感和凝聚力更强，所以生存得更好；不举行仪式的部落则较松散，"他们缺乏凝聚力与合作精神；他们会以个人化的、零散的、不集中的、最终也是不尽人意的方式对逆境做出反应"②。在这里，艺术与仪式难分彼此，很难说究竟是谁从根本上在起作用，只好把它们视作一个整体。它们用使其特殊的方式调动并引导人的注意力和情感，达到维持社会凝聚力、增强个体活力的效果。

在进行了一番复杂分析之后，物种美学对"使其特殊"进行了更加准确的界定。在"使其特殊的含义"这个部分，迪萨纳亚克列举出这一概念对于艺术是什么所带来的崭新认识：

> 使其特殊强调一种观点，即艺术，作为在生物学意义

---

① ［美］埃伦·迪萨纳亚克：《审美的人：艺术来自何处及原因何在》，前引书，第 79 页。
② ［美］埃伦·迪萨纳亚克：《审美的人：艺术来自何处及原因何在》，前引书，第 82 页。

上被赋予的倾向，已经在身体上、感觉上和情绪上满足和愉悦了人类。通过运用愉悦和满足人类感官的种种因素并且用非同寻常的"特殊"方式安排和建构这些因素，早期人类确保了心甘情愿地完成那些使他们联合起来的庆典。艺术"成全"了庆典，因为它们使庆典让人感觉良好。在被有意识地用于使事物特殊之前，节奏、新奇、秩序、图案、颜色、身体动作以及与其他动物同步行动的满足是基本的动物快感，是生命必不可少的成分。用这些身体的快感因素使庆典特殊——苦心经营它们和塑造它们——各种艺术和艺术就诞生了。我的理论确认，艺术或者更准确地说是使某些东西特殊的欲望，是在生物学意义上被赋予的一种需求。[①]

这就是艺术，"使其特殊"和仪式三者之间的关系。艺术让仪式变得更可接受，而仪式则是艺术的载体。上述说明可看作迪萨纳亚克艺术理论最核心观点的表达，尤其"艺术是使某些东西特殊的欲望"可看作与艺术是进化而来的人类本能行为同等重要的对艺术何为的表示，它在最大程度上呈现出物种美学所认为的艺术的根本特征。

---

① ［美］埃伦·迪萨纳亚克：《审美的人：艺术来自何处及原因何在》，前引书，第96—97页。

"使其特殊"主要针对的是早期人类社群在宗教和祭祀仪式当中对身体以及其他对象性事物所做的夸张性的装饰活动，这一概念预设了所谓特殊与正常之间的对立。在行为学当中，如果动物经常性地做出某种令人费解的行为，那么这一行为不能从独立、自为的意义上来理解，尤其不可将其理解为脱离了生存和繁衍基本需求的自由的行为。与动物的自由游戏是为了日后必备的捕猎技能进行演练类似，人类看似毫无意义且显得多余的"艺术"活动也具有它明确的功能。从这一思路出发，迪萨纳亚克最开始尝试从人类具体的活动中推导出艺术，例如从仪式和游戏当中找寻艺术对人类实际生存的选择价值。但是，她不得不承认，在这种努力中寻找答案极其困难，因为无论你怎样去建构艺术的实用价值，其结果都不过是对这一假设的背离。正如她所言："这正是进化论解释常常难以奏效的地方，因为'非实用性'的东西不应该被选择。然而它确实存在。"① 对于思考者来说，这其实是一个相当难解的问题，即你如何在一个主张效用和实际利益的框架中找出一种看似非功利行为的实用价值。即便现在找到了这样一种价值，这项工作最难的地方在于，究竟如何确定我们所找到的那个价值就真的是这个行为在生物学意义上的被物种所选择的真正原因。但迪萨纳亚克认为这不是真正的难题，由于坚信从行为学角度看待艺术的真理性，她认为一定能找到艺术对于人类而言具有普遍性的选择价值，而目前阻碍人们

---

① ［美］埃伦·迪萨纳亚克：《审美的人：艺术来自何处及原因何在》，前引书，第88页。

达到这一目标的其实是语言的误用所导致的观念上的混乱。在这里，她明显受维特根斯坦分析哲学的影响，将理论问题的困境归结为语言的不清晰。于是，在专业的进化论者都"不能令人满意地解释艺术怎样和为什么是人类的一种普遍性而只是把它看作一种附带现象"时，迪萨纳亚克开始从概念建构的角度分离出能够使物种美学彰显其行为学意义上选择价值的核心概念——"使其特殊"。

这里真正的问题在于，分析哲学所秉持的所有哲学问题最终都是语言问题的这一结论是否具有真理性。我们注意到，迪萨纳亚克仔细拣选物种美学的概念，试图与传统的主体性美学拉开距离，但是她在更换概念之后并未比原先更好地解决问题。也就是说，问题的症结也许并不完全在于语言或者概念的混乱上。例如，"感觉良好"与"审美态度"或"审美经验"相比并未容纳更多、更新的内容，反倒让人觉得它是对旧概念的模仿。如果说审美态度能够鲜明地体现出现象学的哲学基础，那么感觉良好则显得有些令人诧异：何以一个生物学当中的概念能够在美学和艺术学领域占有一席之地，何以美学和伦理即价值判断这种"不可说"的事情要用自然科学的语言和标准去衡量。这种越界即便是维特根斯坦本人也不能允许。总的说来，认为只要解决了概念的问题就能解决一切问题不过是科学乐观主义的另一种表现罢了，这其实仍旧表现出那种一揽子把所有问题都解决了的一劳永逸的懒惰心态。而若是对分析哲学的现状有所了解，就知道分析哲学的部分学者已经认识到了他们这种研究方式的局限性，从而开始了其内部的"形而上学"转向。所谓

"形而上学"转向就是去接纳传统哲学当中形而上学的思考方式，以补充单纯的语言研究所导致的不足。语言研究从根本上来说是事实研究，而如果立志解决一切哲学难题，就不得不涉及价值的领域，而这一领域最有代表性的就是艺术作品。分析哲学在面对艺术作品时，尽管还并没有足够成熟的分析方案，但是早在维特根斯坦那里就已经对"看"这一行为进行了深刻的剖析：

> 在《哲学研究》的临近结尾处，可以看到维特根斯坦对动词"看"（to see）的一段分析。这里，他阐述了"看作"（seeing as）的概念。例如，假如我们注视一幅图画，我们可以把它看作一样东西或看作另一样东西。他坚决主张，我们不仅看而且看作，我们把某物看作什么取决于我们怎样理解它。因此看必然包含理解。这里，我们可以理解为：被注视的物体不是这个或那个单个的物体，而是被当作一个整体的世界，这实际上从根本上涉及的是一个形而上学构建的过程。①

维特根斯坦对"看"以及"看作"的强调在重视形而上学构建的同时亦隐含着对主体性的关注，"看"无论如何都是主体发出的行为，"看作"显示着形而上的世界观对主体所产生的作用。各类

---

① 史风华：《分析美学的衰落和形而上学的复兴》，《山东大学学报》2000 年第 6 期。

艺术作品的创作和欣赏都必然涉及一个形而上的价值领域。正是认识到形而上学在艺术方面的重要价值,多位理论家才开始相信能够对艺术下定义。20 世纪的后分析哲学就体现了这一趋势:"分析美学从拒斥形而上学到向形而上学的靠拢,使得分析美学呈现出新的发展形态,我们称之为'后分析美学'……后分析美学家们一般都肯定艺术的本质是可以把握的,他们不否定自己的形而上学倾向,认为对艺术下定义是可能的。迪基的习俗论,古德曼的审美症候说以及布洛克的审美态度说等等,都表明了某种程度上形而上学的复兴。"① 迪萨纳亚克在艺术可以下定义这一点上与他们观点相同,但在对形而上学的态度上却与他们大相径庭,她自始至终都不允许物种中心主义美学渗入任何形而上学的因素。

在阐释"特殊的"(special)这一概念的过程中,迪萨纳亚克尽力让这一概念摆脱一种人为的智力和情感因素的渗入,即她有意让这个术语同某种主观性意味之间产生一种距离感。在对词汇进行筛选的过程中,为了与过往唯美主义那种为艺术而艺术的观念相区别,她拒绝使用像 unnecessary(非必需的)或者 nonutilitarian(非实用性的)这样一些显示艺术自主性意味的词汇。同时,她认为"特殊的"一词具有"其他词所没有的关心和关怀的积极因素"②。就是说这个词能暗示出对象在激发人的情绪反应时人的注意力被高度调动起来的那种状态,而这一考虑最终是为了烘托出"艺

---

① 史风华:《分析美学的衰落和形而上学的复兴》,《山东大学学报》2000 年第 6 期。
② [美]埃伦·迪萨纳亚克:《审美的人:艺术来自何处及原因何在》,前引书,第 89 页。

术"这一行为对人类的选择价值："我们使某些东西特殊，是因为这样做会给我们一种方式来表达它对我们具有积极的情绪诱发力，我们成就这种特殊性的种种方式不仅反映、也提供了非同寻常的或特殊的满足和愉快（也就是说，是审美的）。"①迪萨纳亚克对"艺术"的定义使她得以仅仅强调在进行"使其特殊"这一行为时人的主观感觉方面的愉悦，而回避了在欣赏已经成型的艺术作品时的心理状态。而一旦同时考虑创作和欣赏这两种情境下的审美经验的问题，就不得不再次面对"静观""美"这样一些概念和范畴。

迪萨纳亚克对"审美经验"这一术语极力回避，认为这是一种跳脱出人类本能范围的哲学上的建构，但她仍旧在强调审美的愉悦和其他类型的经验之间本质的差别，这是否从另一个角度证明了二者之间的这种区分是谈论美学和艺术无论如何都绕不过去的。对此，我们更应当注意她对审美愉悦（经验）为何的见解。实际上，她对此问题持有的观点看似明确，其实是非常模糊的："一般的美学术语（'为自身的'、'美'、'和谐'、'静观'）都倾向于强调平和或抽象的智力满足，牺牲了感觉的/情绪的/身体的/愉快的满足。"②迪萨纳亚克在此预设了抽象的智力满足与感觉、身体、情绪满足之间的对立，似乎二者之间是难以相容的。这种对立很像是康德所说的内容美与形式美之间对立的翻版，只不过把形式美改换成了让身体感到愉悦的美。物种美学最大的不同之处就是增加了身体的维

① ［美］埃伦·迪萨纳亚克：《审美的人：艺术来自何处及原因何在》，前引书，第89页。
② ［美］埃伦·迪萨纳亚克：《审美的人：艺术来自何处及原因何在》，前引书，第89页。

度。而在具体分析"使其特殊"的含义时，她再次反驳了后现代主义艺术观所持有的一切都是艺术这种观念，但是反驳的方式却让人感觉她在逻辑上与现象学美学"审美态度决定一个对象是不是艺术"的界定方式相类似。她曾这样说道："情况大概就是这样：任何事物都潜在地是艺术，但是，为了成为艺术，还要要求：首先有审美意图或注意，其次有以某种方式构形——主动地使其特殊或者在想象中把它当作特殊。"① 这说明审美愉悦的特殊性以及审美态度为何实际上是物种美学最难澄清的问题，如要逻辑自洽，就必须用这种美学自己的概念和框架来说明审美愉悦和其他种类的愉悦之间的区别，以及与审美态度相类似的"感觉良好"为什么非得在进化论的框架下进行言说。毕竟，在传统美学的视域下，即便没有身体的维度，感觉良好仍旧能够得到充分分析。

　　从行为学的角度来看，用夸张的方式凸显一个事物就应当首先从动物的求偶这个角度来理解。物种美学的推导方式是，人类的求偶活动与动物相似，都需要通过对身体的装饰——涂上鲜艳的色彩、披上动物的羽毛、在脖颈和手腕戴上用石头和骨头打磨而成的装饰品——来吸引异性的注意。而这类行为皆可归结为"使其特殊"最初发生时的形态，即求偶是这一活动发生的源动力。与此同时，早期部落社会在面对自然的无常状态时极度缺乏安全感，在婚丧嫁娶、祭祀祖先、告慰神灵等重要活动中包含着巨大的现实关

---

① 　[美]埃伦·迪萨纳亚克：《审美的人：艺术来自何处及原因何在》，前引书，第95页。

切，于是他们就把自己的希冀投射到了多种多样的仪式上，通过对仪式的形式本身以及仪式所必需的器物的特殊化呈现来表达自己的希望。在仪式活动迥异于日常生活的特殊情境即所谓"超常"中，部落成员对亲人、对余生以及对来世的希望都得到了一种情绪化的集中宣泄。

从这种解释来看，"使其特殊"是达成某种目标的手段，并不具有独立的价值，而且它与"做了的事情"有密切的关联性。就今天的观点来看，尤其是从马克思主义美学的角度来看，可以说这种行为其实就是人的本质力量的对象化，人类自由的心灵和审美力量的外化，即人的主体性的发挥。"使其特殊"这一概念尽管看似很新，但是过往的美学并不是丝毫没有涉及这个概念，而是说它们使用的是从自己特有的哲学体系出发所建构的概念。迪萨纳亚克界定"使其特殊"这一概念时，是从寻常与特殊的对立，即单纯从形式的角度来界定，哲学的意味较少。而马克思的界定是从主体和对象之间的"实践"关系的角度展开的，因此更加具有统一性和哲学意味。

三、"做了的事情"

"做了的事情"（dromena）这一术语取自希腊文，是迪萨纳亚克从简·埃伦·哈里森《古代的艺术与仪式》一书中挪用过来的。哈里森在该书中阐释了艺术和仪式之间的区别，尽管对仪式的功能有独到的见解，但是，她对艺术本质的理解在迪萨纳亚克看来保留了过多传统美学的痕迹。哈里森在书中讲道："为了完成一个礼仪，你必须做点事情，——也就是说，你必须不仅感觉到某件事情，而且还要在行动中表现它——你必须不仅接受一种冲动，你必须对它做出反应。"① 从"感觉到某事"到"用行动来表现"，这其中暗含着对于人的内在生物需要的满足这一逻辑。但是，在分析"艺术"概念时，哈利森将之视为无利害的或脱离直接的行为，也就是与学院美学的旧观点相一致的艺术非功利的那种观点。面对此种分裂，迪萨纳亚克对"做了的事情"这一概念进行了重新定义："复数词dromena，'做了的事情'，及其感觉不得不行动的连带含义，我看在目前的语境中可以把'做点事情'的概念（只是指对'动人的情感'做出反应的人类先天的'动作需求'，像帕累托和洛普雷托的著作中阐述的那样）扩展为在仪式庆典中所做的事情。"② 也就是说，在这一概念原有被动性意涵的基础上添加了"使其特殊"的主动性的意涵。最终，由于术语和阐释框架的变化，此概念转而成为物种中心主义美学的核心概念之一。

从物种美学的角度来看，要理解"做了的事情"或"做点事情"必须联系这一行为对人类这个物种的生存起了什么作用。从行为学的思维出发，生物的一切行为都是生物性的，即与自然相关。文化作为人的生物性需求的外化，只能算是生物本能需求的外衣。所谓自然与文化的二元区分只不过是西方自古以来的传统形而上学

---

① ［美］埃伦·迪萨纳亚克：《审美的人：艺术来自何处及原因何在》，前引书，第109页。
② ［美］埃伦·迪萨纳亚克：《审美的人：艺术来自何处及原因何在》，前引书，第109页。

导致的错误认识。这种对文化和自然的看法在文化人类学内部曾掀起过巨大的风潮，无论是马林诺夫斯基的功能论还是克利福德·格尔茨的"地层说"都对此进行了详尽的阐述。在说明艺术对人类的作用时，迪萨纳亚克屡屡提及马林诺夫斯基，将他的"功能论"作为物种美学合理性的一个证明。在进化论被英国大学普遍接受的20世纪初，他从书斋走向田野，思考着人性以及人类命运的问题。在黑暗中的苦苦思索的这一段经历"最终呈现为一次顿悟，新人文主义成为承载其探索人性、关切人类命运、思考学科未来走向何处的最终载体"①。事实上，马林诺夫斯基所做的最重要的事情就是将科学方法带进人文学科的研究当中，并最终提出了"新人文主义"。马林诺夫斯基新人文主义的表现之一就是对进化论的接受。在与另一位志同道合之士朱利安·索雷尔·赫胥黎的交流中，他们就进化论中的性选择这一方面达成了共识。可以看出，马林诺夫斯基对进化论颇为认同。因此，迪萨纳亚克与马林诺夫斯基本就是属于同一阵营的人，他们皆是将科学注入人文的"新人文主义"者。

如果说文化与自然之间的关系是理解"dromena"的基础，那么有关"控制"的美学，即控制自然与控制自己之间在隐喻上的相似性，以及仪式活动内容和形式之间的关系则是理解这一概念的另外两个至关重要的方面。扩展开来，这一概念所指的行为包含两个层次，它们皆关涉所谓"控制"的美学。这里的"控制"并非指那

---

① 马威、哈正利：《在科学与人文之间：马林诺夫斯基的现代性人类学》，《西北民族研究》2020年第2期。

种父权制的，以暴力为形式的对一个群体的镇压和威慑，而是指"为了抑制和阻止变幻不定而进行理解和协商"① 这种意义上的。因此，"控制"的对象是个体自身。控制的目标是通过调节个体自身的情绪状态来缓解人与未知的紧张关系。

"控制"这一概念的第一层次表现为当人的情绪被某种情境唤起的时候，他面对自身的恐惧、期待、焦虑和压抑必须要"做点事情"，以缓解焦灼不安的状态。当人意识到自己为眼前的危机做了些什么的时候，就会认为事情无论如何都会朝着更好的方向发展。"通过控制自己的行为，一个人可以通过类比感觉到让人讨厌的状况也处于控制之中。"② 这就是为什么马林诺夫斯基执意要从人的愿望和需求出发来解释其行为："研究制度、习俗和信条，或是研究行为和心理，而不理会这些人赖以生存的情感和追求幸福的愿望，这在我看来，将失去我们在人的研究中所渴望获得的最大报偿。"③ 这一观点与行为学对人性的理解高度契合，使得迪萨纳亚克欣然接受，将自然与文化之间的对立转化为文化是自然的一部分，文化是生物进化适应性的结果。当自身的不安得到了控制，人反倒可能由于减少了"内耗"而使事情拥有转机。

对此，迪萨纳亚克举了马林诺夫斯基对特罗布里恩岛民的观察

---

① ［美］埃伦·迪萨纳亚克：《审美的人：艺术来自何处及原因何在》，前引书，第 119 页。
② ［美］埃伦·迪萨纳亚克：《审美的人：艺术来自何处及原因何在》，前引书，第 121 页。
③ 马威、哈正利：《在科学与人文之间：马林诺夫斯基的现代性人类学》，《西北民族研究》2020 年第 2 期。

以及泰坦尼克号沉没的例子。1922 年，马林诺夫斯基在与特罗布里恩岛民一起生活时发现，当暴风雨来临时，岛民们为对抗恐惧会聚在一起以唱歌的方式吟诵咒语；当泰坦尼克号沉没时，面对这种已无可挽回的悲剧，船上的乐队开始演奏《我的上帝离你更近了》。这两个例子中的行为其实并无助于人的生存，但是问题的关键在于，人们在其中处理冲动的方式具有情感上"不可避免"的生物性特征。人们通过"艺术"行为——唱歌和演奏，将不安的情绪条理化、秩序化，在一种"集体性"的活动中有节奏地释放，从而增强了人们面对危险时的力量感和镇定性。迪萨纳亚克的解释是："有意而认真的'做点事情'的人们比那些仅仅盲目反抗的人们，那些听天由命或者坐等事态变好的人们'抗争'成功的可能性要更大。"① 对此，迪萨纳亚克还引用了特纳"阈限的""洋溢"等概念以及帕累托、洛普雷托的有关观点，阐明个体心理的不确定性和焦灼状态能通过仪式而得以平复和转化，由不确定向确定过渡。

"控制"的第二种表现指的是远古时期小型部落社会当中成员卷入重大事件时主动的情绪投资。它与第一种表现所不同的地方在于其功能不在于对社群成员情绪的镇定，而在于通过制作超常事物所付出的巨大精力而感到生活中的重大事件正朝着好的方向和结局发展。在这个意义上，"做了的事情"与"使其特殊"这一概念密切相关，因为正是使其特殊的努力所构建的非日常的艺术品以及艺

---

① ［美］埃伦·迪萨纳亚克：《审美的人：艺术来自何处及原因何在》，前引书，第 121 页。

术化的特殊场景促成了仪式参与者的"情绪投资",通过移情作用,仪式成员才能够增强对事件结果的安全感和信心。从本质上来看,这种主动的情绪投资所依照的仍旧是隐喻和象征的逻辑:我为此投入了巨大的精力,因此结局必然不会太坏。自远古时期的部落社会开始,人类就有生活中的某些重大关切,婚、丧、嫁,娶,祭祀祖先和神灵,等等。这些重大事件无论是对个体还是对于部落来说都具有非凡的意义,因此需要通过一种与日常场景相异的方式来强化人们对这些事件的印象,从而更加凸显这些事件对于生存而言的严肃性。对于后者,迪萨纳亚克解释道:"艺术与庆典仪式一起产生和发展。似乎正是这些围绕着人类重大事件的庆典的深层重要性需要它们被做得特殊,以成为承认它们所应对之事——无异于生存的严肃性的手段。"① 就第一种情形而言,"做了的事情"相当于一种"事后"的补救措施,而第二种情况则是主动地用艺术的方法去强化应当注意的事情,具有"未雨绸缪"的前瞻性。

总的来看,"做了的事情"这一概念很难说具有严格的美学意义,它既不是从形式上也不是从审美体验的角度来解释审美的本质问题,而是从文化人类学的视角来说明仪式这一文化形式的功能。就行为学的基本推理逻辑来看,它将"行为"视为能直接获得效果上的反馈的,即现实中可见的对个体的好处。但是人类与动物不同,人类能进行思考,因而他拥有更多精神和情感上的需求,仪式

---

① ［美］埃伦·迪萨纳亚克:《审美的人:艺术来自何处及原因何在》,前引书,第107页。

就是一方面通过外在的行为来满足内在的不可见的情感需求，另一方面通过"使其特殊"的手段使某些重要场合的意义更加突显。

"控制"的美学实际上体现的是一种类比和隐喻的思维。类比和隐喻指的是，人这一物种既有在控制自己和控制自然之间画等号，又有在控制有形的具体事物和控制无形的未知事物之间画等号的生物学倾向。像斋戒以及多种多样的苦行形式是更加具体的通过"做点事情"即控制自己从而控制外在事件的例子。小型部落社会的成员制作各种仪式的器物来实现与神灵之间的沟通，或者将某种神力赋予某个精心制作的物什都是这方面的例子。也就是说，关键不在于真正掌控事件，而在于获得那种对事件的"掌控感"，相信自己能够左右事态。与苦行类似，艺术行为是苦心经营并能带来情感回馈的"控制"的具体表现形式："一旦某种东西被塑造出来，变得可以理解和富有条理，它就可能显得比生命更真实，而获得了它自己的一种生命。"① 在面对未知和不确定性时，如果找不到一种特定的寄托，人就无法安顿自身。如果说原始艺术最大的作用是满足早期人类心理和精神方面的希冀，尤其是满足人类对事态的"控制感"，那么神话就是最好的例子。神话在真实事件中掺杂了早期人类对自然的想象，其所构筑的世界无论是否恐怖，都有着明确的"秩序"。人从根本上害怕的不是未知，而是无序，是无任何规律可循，是任残酷的自然肆意玩弄的那种恐惧和无助。通过将自然构设

---

① ［美］埃伦·迪萨纳亚克：《审美的人：艺术来自何处及原因何在》，前引书，第122页。

为有法可依、有章可循的存在，人的心灵及其内在的生存获得了安顿。当某种规律被确定下来，人便能够通过遵循这个规律而感到自己能够控制所关心事情的发展走向。好比无论是祭祀祖先还是神灵，都包含着对这种行为所达到的结果——消除灾难、受到庇佑——的渴望。

"做了的事情"通过"控制"的美学起作用，而"控制"又依托于人幻想、假装和想象的心理机制。归根结底，还是人的生物本能在支配外在的行为。现如今，幻想和想象的作用已经在心理学领域得到了广泛而深入的研究，但是今天的知识界普遍将这种由进化而来的心理机制视为人类心理的缺陷。虚假的替代性的满足被视为一种非理性和不成熟的表现，因此需要用理性加以矫正。熟悉弗洛伊德心理学的人都知道，人在其中被描述为一种可悲又可怜的存在，他于文明之中感到难以承受的苦闷和压抑。弗洛伊德将人的非理性暴露给世人，但是这种非理性的状况就实际情况而言所引发的并非对人的同情，而是厌恶。尽管都认可艺术本质上而言是"缺失"的衍生物，但物种美学对艺术的态度更为积极，它与弗洛伊德主义那种艺术不过是一种替代性满足的否定性描述形成了鲜明的对比。迪萨纳亚克对此有清醒的意识："艺术想象用形象或格式（视觉的、音乐的、言辞的、姿势的）表达情感，并且把情绪投入这些形象和格式之中，它是治疗的也是病理的，是创造性的也是防御性的，是真实的也是不真实的。它的心理价值当然肯定在它为生活积极赋予和增添的东西之中。这不亚于甚至多于它所掩饰、压抑和虚构的东西。"① 也就是说，尽管艺术源于对缺失的替代和补偿机制，但它又不只是一种替代性满足的工具。由于进化的原因，艺术活动或艺术行为本身能够为人类带来超出消极满足的更充沛的情绪体验。事实上，这种对艺术的积极态度贯穿于物种美学的始终——迪萨纳亚克最近的《艺术与亲密》一书就更为详尽地描述了艺术作为人类的本能行为所具有的正面而积极的疗愈作用。

人类幻想和想象机能的载体就是艺术行为及其结果。物种中心主义美学主要研究的是作为一种生物行为的艺术，那么，作为结果的作品就没有行为本身那么重要。但是，任何艺术理论又不得不面对美学的一些基本问题，其中，内容与形式的关系问题最具代表性。在"做了的事情"这一概念的统摄下，也就是从这一概念的规定性出发，艺术作品的形式比内容更为重要。这是由于"做了的事情"这一概念与"使其特殊"这一行为具有极大的关联性，而"使其特殊"就是着眼于对象的形式。通过精心制作，普通对象和日常情境转化为具有视听吸引力的特殊存在，正是这种特殊存在所导致的情绪投资是真正对人有生存价值的东西。在物种美学这里，内容和形式是可以分开来看的，内容是神话或潜意识的内容，它具有思想的属性，而形式则是对前者进行对象化的过程和结果。这里的问题在于，从内容到形式这个客观化的过程可以不必非要运用"使其特殊"的形式，但事实上绝大多数原始艺术都会使用在我们今天能

---

① ［美］埃伦·迪萨纳亚克：《审美的人：艺术来自何处及原因何在》，前引书，第132页。

够被称之为"艺术"的技巧和手段。思想和神话本可以通过不那么"艺术"的手段表达出来而事实却相反，这就提示我们思想和神话故事的内容本身并非终极目的："在我的行为学观点看来，形象或内容是使其特殊就是一种'控制'方式这一'自然'（即自然的主题）的组成部分。"① 夸张的艺术手法所带来的是在情绪上对人所造成的持久的吸引力，按照行为学的思维，这种对于"超常"事物持久的注意力有效地缓解了早期人类在残酷的自然环境中的孤独无助的情绪体验。

　　"感觉良好""使其特殊"和"做了的事情"这三个概念其实具有内在的一致性，即它们无非是从心理感受、形式化的属性这两个层面来界定艺术对人而言的功用性。这种界定有其内在的矛盾性，一方面，生物进化论的理论框架决定了艺术只可能是一种被动性的为了生存而进化出来的行为；而另一方面，与杜威"一个经验"有着内在相似性的"感觉良好"又内在地继承了主体性哲学当中对审美经验的观点，其内在包含着审美经验具有使零散经验形成一个统一整体的观念，唯一的区别就在于迪萨纳亚克并未像杜威那样强调"情感"的力量。对于迪萨纳亚克来说，承认情感的力量就等于是又走回了过去美学的老路，她要与过去的概念彻底决裂。然而，这样做的代价就是无法从正面去言说审美经验中主体性和创造性的一面。现实中的艺术活动需要主体有意识地投入，它绝非仅仅是"感

_____

① ［美］埃伦·迪萨纳亚克：《审美的人：艺术来自何处及原因何在》，前引书，第131页。

觉良好”所能够概括的。尤其是像诗歌这种艺术形式，尤其需要主体的天才、想象以及勤奋，一方面熟知诗歌的历史，另一方面寻找自己独有的表现方式。其心理感受在很多情况下恰好与单纯的“感觉良好”相对立。

第二节　艺术与亲密

自 2000 年《艺术与亲密》一书出版以来，物种中心主义美学着力从婴儿早期生活中母婴关系的特征出发来说明艺术是人的一种本能倾向。那么人究竟有哪些本能需要呢？在前两本书中，迪萨纳亚克在说明艺术何为的过程中解释了人类在“做点什么”的过程中所感受到的对自身情绪的镇定，对关切之事所感受到的掌控感，以及在仪式活动中感受到的集体归属感。而在这本最新的著作中，迪萨纳亚克对之前的观点进行了细化和补充，指出人类有相互关系、归属感、发现和创造意义以及亲身实践的心理生物学需求。而艺术，就是集中满足这些需求的方式。

之所以去讨论“艺术与亲密”，是因为亲密关系是人类行为的一个重要的推动力。无论是狭义上的男女爱情，还是人与人之间的亲情、友谊，都可算是人与他者之间的一种相互沟通和信任的往来关系。就这种于两个个体之间建立起来的关系而言，它有其内在动力——对亲密的渴望，而非仅仅来自文化对人应当怎么做的一种规定。在人类的四种基本心理需求中，和亲密相关的需求就占了两个：相互关系，归属感。归属感实际上也脱胎于母婴相互关系，对某个人的归属感和对某个集体的归属感具有内在心理结构的一致性。

一、人类的心理生物学需要

母婴之间的相互关系是迪萨纳亚克所讲的人类心理生物学需要中最为基础的一种。即便人类有天生的艺术本能，也需要后天的"训练"将其引导出来，母婴主体间关系就是这种"训练"的形式。对此，迪萨纳亚克特别强调了人类获得艺术感知能力的过程："它们（人性当中极其特殊的特征）是通过对于韵律和模式的特殊感受力而被唤起、表达和发展起来的，这种特殊感受力又是在与熟悉的他者的情感互动中培养起来的。"① 而所谓的韵律和模式，更具体地来说则是在"爱"中逐渐形成的。这就是为什么迪萨纳亚克的第三本书要取名《艺术与亲密》，并在该书的"导论"中讨论"爱与艺术"的话题。对于爱的韵律和模式所起到的作用，迪萨纳亚克非常自信："对于有关爱和自然的在世界中之韵律和模式的感受力使我们更加偏向于制作和回应艺术，通过艺术，这种感受力已经额外地使人类唤起、表达和发展了对归属感、意义感以及亲身实践的倾向。"② 这就是说，人类早年时期的亲密关系互动已经为艺术的感受

---

① Ellen Dissanayake, *Art and Intimacy*, Seattle and London: University of Washington Press, 2012, p. 129.

② Ellen Dissanayake, *Art and Intimacy*, *op. cit.*, p. 129.

力进行了事先的铺垫，自然已经预设了人类对自身生活感到满意的方式，只是还需要一个具体的载体。

物种美学所探讨的母婴关系中培养起来的韵律和模式具有几个显著的特征。这些特征的数量并不多，但它们有着极其细微的变化。对此，迪萨纳亚克解释道："这些特征是声音、面部表情和动作（声音，视觉和运动信号），它们是受时间和空间的限制的，动态变化着的，多模态地呈现和被接收的。"① 自然造就了无法自立、需要照料的婴儿，但这种脆弱是着眼于其日后的生存。正因为婴儿无法自己获得食物，所以迫使他与母亲形成一种无需语言的互动关系。这就是为什么在拉丁语中，人类的幼儿是"晚生"的。"成功地诱导父母照顾他们的晚熟幼崽将茁壮成长；那些父母在照顾他们的孩子时，是没有感受到回报的人——他们把孩子看成是艰难的预兆，而不是一种快乐——将无法茁壮成长。"② 婴儿期与照看者之间不良的互动关系会导致幼崽无法健康地成长，这与物种延续的要求不相符合。因此，进化会使照看者尤其是母亲对婴儿的各种需求非常敏感，她必须从婴儿的一声啼哭、一个表情中捕获其需求。这些声音、表情和动作在母亲眼里都是有着明确需求的信号。婴儿通过释放信号与母亲建立起亲密的供需关系，这种通过声音的、表情的以及肢体的信号"操控"对方的行为，实际上锻炼了婴儿对于不同信号的运用以及对于释放不同"程度"信号的体验。物种美学所讲

---

① Ellen Dissanayake，*Art and Intimacy*，*op. cit.*，p. 130.
② Ellen Dissanayake，*Art and Intimacy*，*op. cit.*，p. 27.

的"韵律和模式"指的就是这种母婴互动过程中婴儿所形成的对声音、图像和动作的无意识的实践行为。

婴儿期所初步形成的对于韵律和模式的感受力会在成人以后的集体归属感以及寻求意义的活动中发挥重要的作用。仪式是由各种具体的艺术形式构成的,参与仪式的个体具有相同的艺术感受力将有助于他们感觉自己是集体的一员,进而加深对意义和价值的接受和体验:"这些节奏和模式的特征不仅体现在母亲和婴儿的亲密玩耍中,也体现在仪式上——歌曲、舞蹈和其他方式,通过这些方式,人们永远成为一个群体的一部分,并清晰地表达(并感受到)这个群体有意义的系统和故事。这样的节奏模式属性进一步适用于创造和体验时间艺术的基础,并至少暗示了处理和参与生活世界中自然材料的形式和物质的一些动机和满足感。"① 歌曲、舞蹈以及文学性的故事有一个共同点,那就是它们皆是对日常事物的陌生化,或者说"复杂化"。仪式以这些艺术样式为内容和表现形式,它所造就的亦是有别于日常生活场景的特殊场景。在这样的场景中,通过视觉声音和动作的复杂化表现,参与者的印象会非常深刻。在特殊场景中与社群中的其他人分享共同的经历会使个体感到情绪上的满足。

上述解释只是从外部粗略地描述婴儿期母婴之间的互动与后来参与并欣赏艺术之间的关系,但这种解释远远不够。迪萨纳亚克的

---

① Ellen Dissanayake, *Art and Intimacy*, *op. cit.*, p. 130.

物种美学在导论中对"爱与艺术"做了专门的探讨，也就是说婴儿与母亲之间并不仅仅是单纯的满足－被满足的关系。事实上，在二者的互动中，一种被称作"爱"的情感产生了。当婴儿的需求得到满足时，他会感到愉快；而当他的需求未获得回应时，便会有强烈的不安和哭闹，一种不确定的隐隐的恐惧在孩子心中蔓延开来。而当母亲在随后的某个时刻重新回应了这份需求，用行动向婴儿表明"你是有人照顾的，我不会抛弃你"后，婴儿便重新获得了安全感。在这种一对一的双向关系中，孩子习得了情绪上的"归属感"和"安全感"，这一阶段的"爱"指的就是一种"我把自己交给了你，我知道你不会抛下我"的亲密感和信心。这种感受会成为一种永久性的记忆，在婴儿脱离母亲之后持续发挥作用。

　　在相互关系和归属感之外，"发现和创造意义"对人而言也至关重要。"意义"这个词在当前的美国社会当中已经变得"毫无意义"了。这一方面是由于商业社会中四处弥漫的简化主义让任何严肃的态度变得尴尬和可笑，另一方面是由于在一个价值多元的社会中，一个人的意义并不见得对另一个人有意义，价值相对主义令意义的权威性和普遍性受到了削弱。很多时候，自己感受到的意义必须也要获得他人的认同，才能觉得自己感受到的意义是"有意义"的。当前，意义的多样化所造成的是其进一步的扁平化甚至意义的缺失，这对于需要获得他人理解和认可自身意义的人来说，无疑是孤独和令人绝望的。

　　对"意义"这个词，物种美学的理解是：它代表着生物学上的重要性。迪萨纳亚克仍旧将人对意义的需求追溯到孩童时期:"在个人的幼年时期,就像在物种的幼年时期一样,'意义'等同于生物的重要性——也就是说,对生存的重要性。"① 母亲的乳房对婴儿"有意义",安全和温暖亦对他"有意义",但他却意识不到这些,他只能通过本能获取自身需要的东西。在这一阶段,"意义"就是满足婴儿的生存所需。只有在习得语言并走向外在环境以后,他才知道要去追寻"意义"。但是,按照行为学理论,如果不是大脑事先具备了寻求意义的倾向性,那么人类是无论如何也不能自发地生出这种渴求的。迪萨纳亚克对此的解释是,人类大脑已经在漫长的进化中形成了对时间的感知,又通过对时间的感知形成了联想、记忆等各种能力。当这些能力共同作用时,人就摆脱了单纯的动物性生存,进入到一种追问并渴求创造意义的状况之中。人最终进化出了寻求意义的大脑,人通过赋予世界以意义进而赋予自身的生存以意义:

> 在人类几千年的进化过程中,大脑日渐成为一个"产生意义的器官":记忆、预见和想象力等相互关联的能力逐渐发展起来,并通过在过去、现在和未来之间,或在经验或观察之间建立联系,使人类能够稳定和限制生活的洪流。人们不再按照世界本身的意义和价值(基本的生存需

---

① Ellen Dissanayake, *Art and Intimacy*, *op. cit.*, p. 72.

求，本能地寻求和承认）来看待世界，而是越来越多地将其系统化或有序化，并据此采取行动。最终，这种想要理解世界的强大而根深蒂固的欲望成为人类意义的一部分——将意义或秩序强加于人，从而赋予世界额外的（我们现在所说的"文化"）意义。①

这就是人类形成意义感的进化过程，从中我们看出，人类不断地在寻求对生活世界的掌控感，力图通过赋予世界以特定的秩序从而更好地生存并获得幸福。在这种从文化现象到生物现象的逆推过程中，我们再次看到了马林诺夫斯基功能主义的影子，即文化不过是人的内在需求的外化和制度化。"文化也在进化中通过适当地强调我们最需要关心的东西来确保我们关心。文化知识和实践将我们的注意力引向特定的生物学意义上的事物，并帮助我们知道如何思考和做这些事情。"② 这就是说，意义这种精神现象，其存在本身是为了人类的生存而进化出来的，只有能够感知意义和主动寻求意义的个体才能拥有更多的生存机会。甚至可以说，重要的不仅是意义本身，而且是对意义的寻求和创造。从这个角度来说，人就是意义的动物。

人类找寻意义的需求和对故事、系统的需求是一致的。故事既包含着对事件的描述，也包含着对实践的解释，而解释就是一种对

---

① Ellen Dissanayake, *Art and Intimacy*, *op. cit.*, p. 73.
② Ellen Dissanayake, *Art and Intimacy*, *op. cit.*, p. 73.

意义的创造。神话作为系统化的故事最明确地体现出人类找寻意义的本能冲动。那些天马行空的想象，那些人、神和鬼怪之间复杂但又有章可循的伦理呈现表达了早期人类对于世界可能和"应当"怎样的理解，归根结底，故事承载着人类找寻意义的冲动。自打人类能够意识到时间，意识到过去、现在和未来，会担忧、恐惧和害怕，他就脱离了动物生存的安静祥和，进入到对存在的忧虑之中。如果说故事体现着人类找寻意义的一个侧面，那么科学则体现着人类找寻意义的另一个侧面——对"秩序"和"系统"的寻求。尽管二者都是在找寻意义，但它们所满足的人类需求还有很大的差别。对故事的创造体现了人在心理上觉得世界应当是什么样，而对科学的探索则体现着人认为世界本身是什么样，这中间的区别就在于后者排除了人的情感因素。不要小看这个区别，正因为科学寻求一种脱离了人内在情感需求的对外在世界的解释，导致它远不能够满足人类对意义的需求。对意义的非科学解释之所以更具吸引力，从根本上来说是由于在进化的漫长历史中，人类一直以来都是通过神话、宗教等"元叙事"来建构对意义的理解，人类的心理并不适应脱离了自身情感需求的意义阐释方式。弄清楚这一点，就能够明白为何在今天这样一个科学高度发展的世界里，还有如此多的人信仰宗教。显然，科学无法代替宗教，正如人无法摆脱人性。

从寻求确定的意义来使自身幸福这个角度来看，今天存在的问题是神话思维和科学思维对人类认知的干扰。今天，神话和宗教中对于世界的解释受到了科学观念的巨大冲击，在一个已经祛魅的世界中，神话不过是前现代遗留下来的需要清除的落后观念。除了在大学的人类学系里，神话很少被认真地思考，也很难被当作一种严肃的事物被人对待。在今天科学至上的环境中，普遍的观点是求"真"，即得到关于世界和人本身的真知识才是使人类获得幸福的唯一途径，不"真"的神话故事只会增加人的疑惑。但是，在知晓了寻求意义是人类的本性之后，尤其当这种意义是从主观上为世界划定秩序并感到自己正在做有意义的事、经历有意义的人生的时候，我们会发现，通过科学而形成的知识满足的只是人类对较低层次意义——自然界物理规律——的找寻，而非对人生天地间之价值的寻求。因此，科学难以完成安顿人生这一任务。但是，迪萨纳亚克也并未斩钉截铁地对这个问题下一个结论。对于神话和科学之间的对立，她认为它们是持有相互矛盾信念的"认知脱节"："但我认为，关于神话和科学理论在心理上的并置，与其说是不协调，不如说是使用了两种不同的心理视角，就像我们看一个光学错觉，先看到一只鸭子，然后看到一只兔子。我们不会问哪幅画是'真实的'。两者都是。我们可以通过检查和更好地理解最近的文化发展和生活条件对大脑的影响来解决这个鸭子–兔子或神话–科学难题，这些文化发展和生活条件经过数千年的进化，在祖先的环境和生活方式中理解和行动。"① 不得不说，这是一种非常折中的观点。如果迪萨纳亚克能够更加肯定地表达对受进化影响的人的信念，那么她就会做

① Ellen Dissanayake, *Art and Intimacy*, *op. cit.*, p. 87.

出神话比科学更加有效的判断。

最后，我们还是需要阐明《艺术与亲密》一书当中所讲到的人类四个内在心理需求的最后一个——动手能力（hands-on competence）。人类与动物最大的区别就是人进化出了一双巧手，几乎无所不能。"几千年来，手一直是建造和创造人类生活方式的主要工具。一切与人类有关的和可以识别为人类的东西都是由人类的手制造的。做人就是要制造。"①对于人类来说，手的功用主要是制作事物、打手势和舞蹈。也就是说，手不仅能够让人的意志对象化，还能够向他者发出信号、表达情感。绘画、雕塑、建筑、音乐，这些艺术门类都涉及手的使用，因此动手能力成为一个绕不过去的话题。

物种美学将动手能力视为人的内在需求之一，仍旧是从行为学的思路出发的。这就意味着，动手实践，或者说，去制作一个东西对人类而言是一种具有普遍性的内在冲动。同时，这一行为本身能够使人"感觉良好"。任何一种普遍性的行为都应当从它带给人的情绪体验这个角度来考虑。那么，进一步地，就需要思考这种动手实践的行为是如何进化而来的。物种美学所做出的解释是："人类的大脑和思想进化到能够从别人那里学习手工技能，并为祖先环境的要求设计实际的解决方案——'动手'应对生活的需求。仅仅通过做我们生来就该做的事，就能唤起一种意识——潜意识的或完全

---

① Ellen Dissanayake, *Art and Intimacy*, *op. cit.*, p. 99.

感觉到的———一种能力，一种在世界上自在的感觉。"① 这种"自在"的感觉就是"感觉良好"的表现。人进化出了动手的本能，因此制作艺术作品可看作人类释放这一本能最主要的途径。动手精心制作一个艺术品是一件手脑并用的事，对仪式当中所需物品的制作需要更多的耐心。人已经先天具有了动手制作事物的倾向性，制作一个对象所带来的肌肉活动和神经过程能够给人带来极大的身体舒适感，而这一过程中逐渐完成一个对象的满足感也会愈发清晰和强烈。由此来看，仪式和艺术不过是为动手实践这一本能提供了发挥的契机。

二、"苦心经营"的艺术

前文讲到物种美学认为人类作为一个物种具有一系列基本的心理生物学需要，它们分别是亲密、归属感、寻找和创造意义以及动手能力。这些需要的满足直接关系到人能否对自己的生活感到满意，最终关系到早期人类在恶劣的自然环境中的生存。这些需求的满足可以是各自分开的，也就是分别由不同的活动来满足，但也可以是集中且带有强烈情绪体验的。物种美学认为，前现代社会的仪式是最具代表性的能够集中满足这些需求的活动。无论是祭祀、婚丧嫁娶，还是庆祝战争的胜利，它们都是耗费大量精力、由集体共同参与，因而能够传递和释放大量情绪的重要活动。可以说，仪式

---

① Ellen Dissanayake, *Art and Intimacy*, *op. cit.*, p. 100.

是人类期待、恐惧、欣喜、悲伤、哀叹、依赖等各种情感得以寄托的载体。那么，仪式又是借助什么手段来达到这一目的的呢？迪萨纳亚克的回答是"苦心经营"（elaborating）。苦心经营就等于艺术，这一表述表达了物种美学对艺术本质的看法。

"苦心经营"作为艺术最突出的特征只有在人能够有效地对这一行为发生"注意"即情绪感知的情况下，才能完成其使命——让人感到自己有能力胜任生活。也就是说，人这个主体必须具备对艺术的感知力，才能够在被艺术装点的仪式情境下获得情绪上的满足。苦心经营具有非常多的、极其成熟的手段，物种美学认为辨识艺术的特征进而被艺术所影响的关键在于母婴阶段孩子与其照顾者之间的互动。也就是说，感受艺术的倾向存在于每个人身上，但是这种倾向需要得到后天的锻炼，否则它只能停留在萌芽状态。

这种早期的"爱"会在成长的过程中将对象转移到外部世界，迪萨纳亚克在著作当中多次提到的"爱情"指的就是这种以早年的母婴关系作为基础的成人之间亲密、信任的情感连接。在这种观念之下，爱情与艺术萌发于同一时间内的同一种关系之中。最终，由于这种内在的联系，爱情和艺术之间便有了诸多相似之处："在肉体之爱的行为中，节奏－模态属性，就像在时间艺术和母亲－婴儿的约定中一样被动态地构造和改变，以协调一对情感并表达他们的一致……在爱情和艺术中，时间和空间运动和强度的轻微扩张和收缩都是建立、传达和分享对开始和结束、含义和实现、前因和结果、条件和从属的期待和实现的手段包括蕴含、对比、重定向、对立、节奏、提升和释放。如此描述，一种基于婴儿经验的共同情感'语法'是我们人类遗产的一部分。"① 这就是说，爱与艺术同根同源，它们皆源于对期待的回应，完成于与他者心照不宣的配合。迪萨纳亚克对"艺术"进行质疑是与对"爱"的关系性实质的理解相一致的。她怀疑我们今天头脑里艺术的观念与艺术的本来面貌不符，同样，我们今天对爱情的理解也不是爱情本该有的样子。以物种美学的观点来看，爱情与艺术都应该是人性当中固有的倾向，它们应当在人的一生中持续地发挥作用而非只是短暂地闪现。

"苦心经营"这一概念在物种中心主义美学的体系中并非全新，它与《审美的人》当中"使其特殊"这个概念具有高度的相似性。"使其特殊"在迪萨纳亚克的第一本书《艺术为了什么》当中就已经开始出现，用来说明艺术最突出的特征是什么。截至1992年，迪萨纳亚克用的都是"使其特殊"。就效果来看，"使其特殊"用最简单的概念表达出艺术与日常事物的区别，尤其是它对日常事物"做了什么"。我们可以从迪萨纳亚克对"苦心经营"下过的定义看出她对于"使其特殊"这一命名方式的偏爱："这些相互性、仪式和艺术的节奏和模式所具有的共同之处——使它们不同于普通的交流和行为——就是我所说的苦心经营。"② 可以看出，这个新概念的核心仍旧是"使其特殊"——使某物不同于其平常状态。它与后者最大的不同就是在艺术和仪式之外加入了"亲密关系"，并且将三

---

① Ellen Dissanayake, *Art and Intimacy*, *op. cit.*, p. 165.
② Ellen Dissanayake, *Art and Intimacy*, *op. cit.*, p. 130.

者统一。因此，对象的扩展并非她选择新名词的原因。那么，招致过于简单化的批评是她重新选择的理由吗？在《创作没有意识形态的艺术》这篇文章中，迪萨纳亚克辩解道："我意识到'使其特殊'这个词太过简单的发音对于大写艺术的那些学院派的捍卫者来说仿佛是在暗示头脑简单。举例来说，这个概念被批评为'不能充分解释艺术作品美学价值之间的不同'以及'它是如此简单地被描述以至于她所谈论的艺术到底是不是我们所理解的都还存疑'。但这些都不是我的目的。"① 紧接着，她提到自己压根就没有想过要为学院派的审美理论贡献自己的力量："我是要主张一种艺术行为学（ethology of art），表明人类这个物种的成员，在一切时代和一切地方，制作并且从事艺术，而绝非要为审美理论，即那种艺术的意识形态，去做贡献。"② 这就是说，迪萨纳亚克清醒地认识到她的美学理论不是在为传统的精英主义艺术理论添砖加瓦，而是跳出那个框架和那些已有的范畴，从一种对所有人的人道主义关怀的角度来号召用艺术来疗愈人的现代性疾病。不得不说，这种心态与其老师莫里斯非常接近，也与莫里斯的老师——诺贝尔奖获得者廷伯根非常接近。

延续行为学的思维，"苦心经营"的直接结果是艺术，间接结果是仪式，而其最终结果则是由于表达了对于生活中重要事物的关

① Ellen Dissanayake, *Art and Intimacy*, *op. cit.*, p. 73.
② Ellen Dissanayake, "Doing Without the Ideology of Art", in *New Literary History*, Vol. 42, No. 1, 2011.

注所带来的生存价值。苦心经营强调人为了达到某个目的，办成某件事情而倾注的心血。我们可以给这个从艺术到仪式再到生存价值的序列一个新的命名：宗教。前面我们提到仪式是艺术的载体，然而事实上它也是宗教的载体。宗教在前现代社会的根本作用就是帮助人类面对无法预期的自然，让人在无可预料的残酷现实中获得心灵的安宁。从整体上看，宗教的功能与艺术的功能极为相似，这就是为什么如此多的学者认为宗教体验和审美体验具有高度的一致性。从物种中心主义的角度来看，对每一个重要概念的理解都必须联系物种的生存价值。那么这里的问题就在于，宗教和艺术对人类生存价值的贡献可以分开来看吗？还是说，宗教以及作为其载体的仪式再次作为艺术的载体而发挥作用，真正起作用的是艺术？对于这个问题，迪萨纳亚克也给出了相应的回答：

> 在有意义和有价值的事情上（如确保或恢复安全、繁荣、健康、胜利或成功地进入一种新的存在状态，或避免不幸），他们被感动、激励，到特殊的、吸引注意力的、影响情绪的、难忘的活动。这些活动是一种与所关心的事物的生物学意义和价值相关的"严肃关注的表现"。也就是说，占上风、建立或维护宗教的"终极关怀"的动机是情感上的感受，似乎需要一种行为上的关联，一种特殊的身体努力。
>
> 　　虽然我从未见过这样描述，但"仪式"实际上是一个

词，它指的是精心设计（文字、声音、动作、动作、身
体、环境和用具）的真正集合，也就是说，是艺术（吟诵
或歌曲、诗意的语言、有序的运动和姿势或舞蹈、哑剧和
戏剧，以及经过深思熟虑的甚至壮观的视觉展示）的集
合。这就好像是创造的人参与这些充满艺术的仪式的人相
信，为了使他们的努力成功，非人类的力量必须被至高无
上的美丽、技巧、奢侈和令人印象深刻的展示所吸引和说
服。这些需要花费时间、思想和努力的品质，是关心和关
怀的明确标志。①

通过"苦心经营"的一系列努力，艺术从更为具体的方面调动
了人的情感，让人获得了对生活的掌控感。人在为宗教仪式的准备
工作当中体会到了"亲身实践"带来的内心的平静和满足。如果说
仪式是一个词，那么宗教是一个比仪式内容更多的词，但它仍然与
艺术密不可分。

三、认真对待艺术

迪萨纳亚克对艺术功能的说明严格贯彻了行为学理论对于生存
价值和因果关系的要求，即无论生物的何种行为都是着眼于生存进
化而来的，并没有独立于生存之上的纯粹超越性的人类行为，即便

---

① Ellen Dissanayake, *Art and Intimacy*, *op. cit.*, pp. 138—139.

是艺术也不能例外。此观念一出，物种美学似乎便与近代以来的那种毫不接地气的美学观拉开了距离，在这一理论框架内，精英主义所主张的那种大写的艺术观遭到了强烈的攻击。那么，我的问题是：她为何要提倡一种反精英主义的艺术观念？除却顺应后现代主义潮流所带来的便利，她有没有更深层次的对于人类未来的忧虑以及对于后现代社会中个体之生存状况的悲悯？这一疑问在《艺术与亲密》一书的最后一个部分能够获得回答。

在"认真对待艺术"这一章中，基于艺术满足人类基本心理需求的功能，迪萨纳亚克提出通过艺术活动来重建人的归属感、满足感以及对意义的追寻。对于这些需要被满足的基本心理需求，她再次重申：

> 对于艺术这些心理需求是通过我所说的节奏和模式（rhythm and modes）来灌输、表达和感受的，而这些节奏和模式本身是我们生物适应性固有的。它们自发地出现在母亲和婴儿的约定中，以及在处理和制作的物质性中。从它们的起源中解放出来，作为仪式的组成部分，以及后来作为独立的艺术加以阐述，节奏和模式贯穿人类存在的大部分时间，封装和传递了群体意义，进一步确认了个人的归属感、意义和能力，并将个人团结成志同道合的群体。它们的客观上的真实性、便利性和成本效益不如它们

的情感说服力重要。①

事实上，这些感觉的丧失正是现代性问题当中极难解决的那一部分。如果说，可以确信人类已经进化到"需要与其他个体的相互关系、被群体接受和参与、社会共享的意义、确信我们理解并有能力处理世界，以及有机会通过阐述的行为和经验来证明对重要对象和结果的情感投资"② 这种地步，并且确信艺术行为可以满足这些需要，那么紧接着就需要重新看待艺术，将其视为人类生存中的重要方面，从而认真对待。

但是，仅仅认识到艺术的作用还远远不够，因为对艺术的支持，尤其是对那种对每个人都有益的"艺术"的支持需要政府的大力资助。可现在，这种资助被艺术是毫无用处的多余事物这种观点所阻碍。迪萨纳亚克将当前对艺术的敌视态度归纳为两个大的方面：第一，艺术家和他们的艺术是离经叛道和危险的；第二，艺术是多余的和精英的。③ 就第一种态度而言，它实际上是源自浪漫主义艺术家与社会之间的对立。浪漫主义艺术家最大的特征是反传统，不仅在艺术创作的理念上追求创新，而且在生活风格上反对那种资产阶级的生活方式。在政治观点上，他们往往与政府格格不入，煽动革命，于是逐渐成为社会的边缘人。浪漫主义艺术家这类

---

①　Ellen Dissanayake, *Art and Intimacy*, *op. cit.*, p. 168.

②　Ellen Dissanayake, *Art and Intimacy*, *op. cit.*, p. 168.

③　参见 Ellen Dissanayake, *Art and Intimacy*, *op. cit.*, p. 169.

人群自启蒙时代以来一直到今天都还存在，艺术是他们谋生的手段，更是他们进行反抗的武器。由于其思想和行为过于激进，他们被主流社会视为危险的存在。国家和政府不得不考虑，既然他们如此不安分，以至于要对既定的社会秩序造成破坏，那么为何还要重视艺术呢？在今天的西方社会，当革命已经变得不太可能，自由的艺术家也再掀不起什么波澜，因此他们尚可被社会容忍。同时，20世纪中叶以后的艺术界自身也出现了问题，艺术家对艺术的探索不是一种良性的发展，艺术家与公众之间的隔阂也越来越严重：

> 大约从波普艺术时代开始，很多艺术家的作品变得越来越难以忽视。它们的创作者似乎不再像他们的前辈们声称的那样探索绘画、空间或精神的极限，而是在探索轻信和体面的极限。只要他们的艺术显得高尚而可敬，或者至少是高深莫测而能引起共鸣，无论它们多么古怪，社会都能容忍。但今天，即使是富有同情心的公众成员也经常感到艺术家让他们失望了，他们被剥夺了艺术自古以来提供给他们的精神和情感营养。更糟糕的是，那些作品故意嘲笑、侮辱和冒犯他们的思想和情感。①

当艺术作品变得越来越难以理解，当公众面对最新的艺术作品

---

① Ellen Dissanayake, *Art and Intimacy*, *op. cit.*, pp. 170—171.

一筹莫展的时候，他们自然会感觉遭到了侮辱和冒犯。过于"丑陋"和"创新"的作品让他们对艺术家及其作品产生了深刻的怀疑。一方面，艺术通过使人震惊的"过度"来进行一种视觉化的呈现，例如在巴黎的《解放报》上：一幅插页展示了各种肤色的成人和儿童的生殖器。那一年的其他广告包括一名垂死的艾滋病患者和一名黑手党枪击事件受害者的图像。① 另一方面，它通过返祖的方式将前现代社会中的某些极其原始和血腥的东西搬到作品当中："使用禁忌的语言或物质（血液、精液、母乳、粪便）、性许可、痛苦、残废，有时甚至是死亡的实际危险。他们也创造了过分高雅和纯粹的艺术，过分的大或小，过分的平庸或琐碎，过分的深奥或神秘，过分的庸俗，甚至过分的无聊或毫无意义。"② 这些极具视觉冲击力的意象给观看者带来的不是身心的愉悦和满足，而是惊恐和厌恶。当艺术家过往那种离经叛道的印象以及最近的令人费解的作品大量出现这一现象相叠加的时候，公众对"艺术"产生了更多的负面情绪并敬而远之。不得不说，要扭转人们的这种负面印象何其艰难。

就第二种态度，即"艺术是多余的和精英的"而言，迪萨纳亚克表示这是比第一种态度更严重的对"认真对待艺术"的障碍。这里的逻辑是，如果你反对精英主义，反对艺术是精英的，实际上就是不可避免地肯定了艺术与精英主义之间的相关性。或者也可表述

---

① Ellen Dissanayake, *Art and Intimacy*, *op. cit.*, p. 173.

② Ellen Dissanayake, *Art and Intimacy*, *op. cit.*, p. 174.

为，正因为艺术是精英主义的，所以要反对艺术。后现代主义语境中，精英主义在美国的各所大学和研究机构都遭到了不同程度的反对，如果把艺术限定为仅仅是精英的游戏，只有精英才有能力和资格玩这种游戏，那么艺术就具有了阶级性，普通大众就不配谈论和制作艺术。说来说去，这还是一个如何定义艺术的问题。所以，抨击精英主义并不是将艺术从精英艺术的看法中拯救出来的最佳方案。迪萨纳亚克在这里的策略是，通过呈现世界各地非西方社会中艺术的多种形态来显示艺术所应当具有的"民主化"程度："在狩猎采集社会和其他小规模社会中，艺术的民主程度要高得多。即使在'大人物'社会（如巴布亚新几内亚或北美西北海岸），声望曾一度是艺术发展的重要动力，但整个社会的全部成员实际上也参与其中。"[1] 也就是说，迪萨纳亚克是通过扩大观察的视野，通过引入非西方的观察样本来反对西方中心的艺术观念。通过证明如此多的非西方社会当中都存在以满足人的内在心理需求为主要特征的"艺术"，她力求将艺术的定义从西方学院派美学理论的解释改换为一种与人的普遍的生存需要更加贴近的解释。艺术不是像近代西方美学理论所宣称的那样"丰富"和"提高"了我们的生活，而是本身就构成了我们的生活。正如她所说的："然而，这就是我们——艺术家、艺术爱好者和他们的批评家们——所了解的世界，并以此作为支持和反对艺术的论点的模型。如果说艺术因为'丰富'或'提

---

[1] Ellen Dissanayake, *Art and Intimacy*, *op. cit.*, p. 176.

高'我们的生活而值得支持,这意味着艺术是多余的——附加的或额外的——而不是内在的。说'艺术对你有好处'意味着它们是装饰性的或缓和的——是多余的或精英的——而不是必要的和普遍的。"① 在此,迪萨纳亚克民主化艺术的观点清楚地彰显了出来。

为了更进一步地证实艺术行为能够给人类带来内在的满足,迪萨纳亚克特别提到了一项对 24 位美国艺术家的调查研究。这项研究的结果可以概括为:"艺术是一种行为。艺术家们报告说,他们认真关注创作的过程(即发现和解决问题),而不是最终的产品。"② 迪萨纳亚克将艺术家们的内在体验与自己的进化论结论进行了对照:

> 这是互动的:这个过程被描述为艺术家与"他者"——自我、环境、材料和想法——之间的一系列相遇;
>
> 亲力亲为:这个过程在某种程度上是艺术家与他或她的学科材料之间的交流互动;
>
> 情感上的回报和心理上的意义:这个过程本身通常被描述为一种"high"("令人兴奋的""上瘾的""令人陶醉的"),并具有令人满意的身体和情感效果;艺术家们说,他们受到关于自己和创作过程的内在价值的基本原则和信

① Ellen Dissanayake, *Art and Intimacy*, *op. cit.*, p. 176.
② Ellen Dissanayake, *Art and Intimacy*, *op. cit.*, p. 184.

念的指导；

　　集体主义的：艺术家们重视合作在他们工作中的作用，尽管有些人比其他人合作得多，但几乎所有人都希望自己能做得更多；他们提到了他人反馈的重要性，需要观众，以及社群意识；

　　以及对身份认同的支持：大多数人的艺术家身份是早年通过重要人物（通常是父母和老师）的积极强化和认可而形成的。[①]

这些来自不同艺术家的相似感受表明了艺术统合人类内在心理需求的生存价值。从某种程度上来说，迪萨纳亚克并不满足于仅从定义或者说学理上来说明艺术是什么，她渴望在改变人们观念的基础上让艺术发挥它应有的作用。艺术与生活是不可分的，艺术能够对人产生作用的前提是人能够严肃地面对生活，就像存在主义的态度那般严肃。艺术的苦心经营从根本上展现了人对生活中重大事件以及人生意义的关注，如果人及时行乐，沉迷于消费式、碎片化的生活，就会不可避免地滑向懒惰。与常识相背离，懒惰并不是人积极寻求的价值，而是有机体缺乏意志和生命力的表现。在此，迪萨纳亚克与老师莫里斯一样，回到了对城市生活及其所滋生的生活态度的批判。近代以来资本主义的发展，特大城市的诞生，工作－享

---

① Ellen Dissanayake, *Art and Intimacy*, *op. cit.*, pp. 184—185.

乐生活方式的蔓延，这些都对健康人性造成了影响。人的所有核心需求的确都能得到满足，但也是分散地，不那么完美地得到满足。听心理学家讲述人生意义，到农家乐体验动手能力，再到电影院寻找归属感。人们找不到一个能把各种需求统合起来的方式。当然，也不可能再返回到前现代社会的情境当中，通过历代相传的大型仪式来统筹自己的情感需要。人们在当今的社会中只能在工作－生活这一模式的夹缝中找寻意义感，如果说工作过多地调用和消耗了人的理性，那么就只好在"生活"这个方面寻找对策。通过提倡一种严肃的生活态度，即那种为生活赋予意义的态度，物种美学希望让更多人回归充实而满载着意义感、力量感的生活。"我意识到，在现代社会中，很少有人真正过着甜蜜的生活，或者（除了失业者）过着无所事事的生活。正如我前面所说的，当一个人的时间都花在工作上而不是为生活而工作时，他就很难严肃起来。对于如何度过每一天，大多数人几乎没有选择的余地。"① 现代性当中的人唯有在非工作的"生活"中积极投入艺术创造的活动，才能唤醒自己那行将消逝的活力和冲动。最后，迪萨纳亚克总结道："我怀疑大多数人渴望更深刻的生活。艺术——我们的和别人的艺术——是认真对待内心生活的方式，是我们情感体验的体现。美国诗人罗伯特·哈斯（Robert Hass）观察到，每天都有人因为缺乏诗歌所蕴含的东西而死去。我猜想他指的是一种意义感、连通性、严肃性，一个人

---

① 　Ellen Dissanayake, *Art and Intimacy*, *op. cit.*, p. 200.

存在感的有效性和重要性。如果我们的社会不能充分提供这样的东西，我们的艺术——至少我们的一些艺术——可以。它们让我们展示出我们有多在乎，让我们'煞费苦心'而不是'得过且过'。"①

物种中心主义美学的这种设想仍旧是从属于拯救现代性危机这一问题域。在第一章当中我讲过，行为学自创始人廷伯根起便关注文化进化和基因进化之间的不对等所导致的人的生存困境。在诺贝尔奖的获奖致辞中，廷伯根讲到他多年来致力于从行为学角度探索儿童自闭症的致病机理。在后来的诸多演讲中，他试图思考在一个核威慑、环境污染、人口爆炸、价值多元的世界当中人类这一物种当如何应对。也就是说，他的眼界在从研究动物迈向研究人的过程中，掺杂了他对于人类未来的深深忧虑。作为一个自然科学家，他有着难得的对人类苦难的悲悯。他的这种悲天悯人的情怀在其学生莫里斯身上得到了延续，尽管并没有将艺术作为人类困境的终极解决方式，却也指出了人类在今天这样一个物质极度充裕、生活极度便捷的社会为何会更深地陷入空虚和抑郁之中。在城市生活表面的繁荣之下，人们不是洋溢着幸福的喜悦而是病急乱投医似的去找寻自己缺失的东西。问题的关键在于，人们并不真正知晓他们所缺失的是什么，因此他们的找寻也显得可笑和白费力气。迪萨纳亚克继承了莫里斯行为学的分析方法，同时也继承了那种为人类的这种困顿处境呐喊的勇气。如果外在的现实无法改变，如果人们必将处于

---

① Ellen Dissanayake, *Art and Intimacy*, *op. cit.*, p. 192.

工作－生活的二元模式之中，那么最终改变的只能是自己。通过将艺术作为生活这一版块的重要组成部分，人们或许可能走出当前以及未来可能会遭遇的情绪危机。面对艺术的疗救力量，迪萨纳亚克已经做了最充分的阐述，但是这种疗救的方式在现实中的作用如何？尤其是，它应当以怎样的方式来实践？面对当下价值多元社会中价值观的混乱以及人们对消费的狂热，对金钱的崇拜，艺术真的是解决问题的良药吗？

四、一种自然主义美学及其批判

如果说在 20 世纪 70—80 年代的美学探索中，物种中心主义美学聚焦于艺术在自然界的发生学问题，那么，在迈向 21 世纪的途中，迪萨纳亚克将重心转移到艺术在人类个体身上的发源，即婴儿和幼儿阶段孩童与母亲之间的亲密互动如何激发了其后成人生活中的艺术行为。事实上，这项研究更多依赖于行为学、基因遗传学和语言学方面的手段，反而与纯粹的美学研究相去甚远，这从她着力探讨的概念类型就可以觉察出来。在《艺术与亲密》一书中，她围绕着相互关系、归属感、发现并创造意义以及动手能力这三个方面展开论述，试图说明婴儿早期阶段与母亲所建立的亲密关系及好奇心、归属感是对于日后艺术当中韵律、秩序、和谐、对称等法则的初级操演。在前言中，迪萨纳亚克讲道："不是'答案'或'结论'，而是深刻且新颖的解释。当我说人们需要'归属感'，有'意义'，在他们的生活中感到'有能力'时，我的意思不是说我认为这些是具有原创性的、开创性的见解。而是说我相信，这些明显的范畴和角度需要包含在我的生物进化论的总体方案之中。"① 因此，对于婴儿阶段艺术行为的发生学研究就属于物种中心主义美学整个研究计划的一个重要组成部分。

具体来看，迪萨纳亚克在讨论这些概念时将它们与人类社群生活中的价值相结合，她始终坚持个人生活的价值应当放在集体中加以衡量。个人融入集体，与集体中其他生活成员有一致的生活经历对个体而言是必要的，这不仅能令社群（种群）更顺利地繁殖出必要的劳动力，维持其必要的运转，同时还能令个体产生强烈的归属感。从实际来看，这种归属感就是社群凝聚力的保障，它将个体的需求和集体的需求融为一体。那么，为了培养出这种归属感，为了让社群或部落成员成为一个合格的个体，就需要抓住这种归属感形成的早期阶段。在此，归属感成为个体成员与集体之间凝聚力的保障：

> 生活在统一社会群体中的个体的适应价值，就像捆绑婴儿和看护者的适应价值，似乎很清楚。有凝聚力的社会将比分裂和不合作的社会更繁荣，其中的个人将有更好的生存机会。那些从本质上觉得自己是团队一员的人会想要为团队做出贡献并为之辩护。无须惊讶，全世界所有的社

---

① Ellen Dissanayake, *Art and Intimacy*, *op. cit.*, p. xv.

会都发展出了我们称之为庆典和仪式这样的文化节点，它
们在社群内部成员身上起到的作用就相当于母亲在婴儿身
上所起到的作用：吸引他们的兴趣，让他们参与共享的节
奏脉冲，从而灌输亲密和交流的感觉。婴儿时期天生的模
仿、互惠和情感交流的倾向已经进一步细化，并被用于仪
式化和仪式形式，这些形式本身就建立和加强了成年人之
间的团结感，所有这些最终都有助于将群体团结在一起。①

与此同时，探讨母婴之间亲密关系的具体表现形式最终是为了
证明爱与艺术同源的观点。对此，她特别强调："各种研究表明，
从许多角度，如何通过爱和艺术的精神生物学机制，即我所称呼的
自然进化意义上的节奏和模式来满足基本的人类需求，今天常常被
忽略。如果这种生物学上的论点是合理的，那么对于我们个人和社
会来说，开始认真对待艺术是很重要的。"② 不得不说，尽管迪萨纳
亚克极力强调她所使用的是生物进化论、进化心理学抑或是神经生
物学的方法，但从具体的阐述来看，她选用了大量小型部落社会当
中的例子。20 世纪 60 年代以来的人类学尤其注重人类不同民族和
种族之间的相同之处而不是差异，迪萨纳亚克在这种求同的人类学
学科思维之下，列举了世界上已有的部落社会当中婴儿的养育方式
以及婴儿与母亲之间互动方式的例子，最终要说明的是这些共同的

---

① 　Ellen Dissanayake, *Art and Intimacy*, *op. cit.*, p. 64.

② 　Ellen Dissanayake, *Art and Intimacy*, *op. cit.*, , p. xiii.

关系模式的核心——"爱"具有超出人们现有理解的重要意义。

但是，在"爱与艺术"这个命题当中，值得我们深思的是何为"爱"，尤其是当物种中心主义美学是从一种进化的功利的角度来看待人类的行为和情感。如果从这个角度来看，那么可以肯定的是，这个"爱"的概念与人本主义与主体性哲学，甚至与传统宗教当中所谈的爱必定大不相同。这尤其可从下面这段话反映出来：

> 对我们大多数人来说，爱和艺术是我们与完美最亲密的接触，体验可能被比作天堂和幸福的想法。"多么纯粹的激情"，冈布里尔一边听着莫扎特的慢乐章，一边想，"多么矫揉造作，清晰，没有凝结或做作……清心的人有福了，因为他们必得见神。纯洁和清白；纯净、纯正、纯正"（第 206 页）。爱和艺术都有完全抓住我们的力量，把我们从普通的流汗、纷乱、不完美的"现实"带到一个无法描述的领域，在那里我们知道，似乎也被另一个人的感性所了解，在一个持续的现在，我们通常的孤立暂时消失了。在这种状态下，我们认识到这才是现实，而普通的现实只是一种幻觉。[1]

在此，迪萨纳亚克所描述的爱与艺术的力量归根结底就是将人

---

[1] Ellen Dissanayake, *Art and Intimacy*, *op. cit.*, p. 4.

从日常生活的琐碎、不完美、无秩序状态引入一种完美的有序状态。这种对艺术功能的解释接近于尼采意义上的"酒神精神"。而在《艺术为了什么》一书的结尾部分，迪萨纳亚克明确提到了西方艺术精神中的酒神精神与日神精神，就日神代表秩序而酒神代表迷醉来看，物种美学的确在不那么严格的意义上与酒神精神有些许相似之处，但是她的这种类比仍旧显得牵强。原因是，在日神与酒神的这组二元对立中，起作用的并非仅仅是肉体的冲动，而且是肉体与精神之间的共同作用，也就是说，即便非理性的酒神冲动要起作用，也离不开日神的理性与秩序的赋形活动。在物种美学当中，迪萨纳亚克虽然也讲到秩序，但是这种秩序的范围仅仅限定在原始艺术当中对象的形态方面，以及由"做了什么"所体验到的主观层面较为模糊的秩序感，这就使"秩序"一词并未彰显出它所应有的理论价值。至少，就对象的形式而言，它应当具有更为复杂、精细的规定性。事实上，"秩序感"更适宜于在主体性的范围内展开讨论，即从现象学的角度，从主体意识的角度展开分析。与此同时，上述对爱和艺术相同之处的归纳让人频频联想到的居然是审美现代性对艺术的看法，即艺术是一个自足的领域，它塑造的是远离日常平庸生活的理想中的事物的形象，它具有将人带离日常生活从而进入一个更加具有合理性的、由美的法则所构建的想象世界的义务。这一情形表明迪萨纳亚克在构建其美学思想时，不觉间仍旧无法脱离主体性美学的某些核心观念，毕竟这些观念已经先入为主地扎根于意识的深处。

事实上，迪萨纳亚克在她最近的理论著作中毫不避讳物种中心主义美学的自然主义倾向，《艺术与亲密》一书最后一个部分的标题就是"走向自然主义的美学"，这一倾向更为鲜明地表现出对于主体的轻视和贬低。这种自然主义是一种彻彻底底的唯物主义的产物。但是反观现如今的西方艺术理论，它强调的是创作者作为一个主体如何对真正的艺术对象的产生发挥作用，欣赏者作为主体又是如何去感知一个对象，他用怎样的态度将一个哪怕是普通的对象提升为一件艺术品。用现象学美学的术语来讲，那就是"审美态度"决定了审美行为以及艺术对象的存在，但这一在现象学美学中至关重要的概念与物种美学格格不入。在物种美学当中，如果一定要谈论类似审美态度这样的一个概念，那么它必然不可能用一种哲学的方法去应对，尤其不会将审美态度视为具有无限创造性的一种心理和情绪状况，它只会从这一态度的进化论角度——它为人的实际生存带来了怎样具体的好处——来考虑为什么正是审美的态度而不是别的什么态度成为人类本性的一个重要组成部分。从根源上来看，今天的西方艺术哲学所调用的理论资源主要是 18 至 19 世纪的德国哲学和批评理论，德国唯心主义哲学解决主体与客体相统一的方式就是不承认完全客观的独立于人的意识存在的客体，一切客体都是人的意识中的对象。这种对主客观关系的认识具有深刻的革命性，它在认识论方面最极端的观点是——即便是自然科学的原理也不过是存在于人脑中的具有强烈主观色彩的知识，而不具有绝对客观的终极真理的样式。而在艺术领域，其极端表现形式则是阿瑟·丹托的相关理论。在他看来，艺术极具主观性，比如通过一套哲学界定自己所创作的对象是艺术，那么这一对象在这一理论的视角之下，也就是在"审美态度"的观照之下就能够被视为艺术作品。这种唯有通过理论的阐释才能理解的"艺术"观念依旧是德国唯心主义哲学在当代的产物，是需要加以批判和质疑的。但是，我们需要注意的是德国哲学具有建设性的方面，尤其是它对审美主体的探讨，而非仅仅是揪住它的某些极端形式展开批判，并以此将德国唯心主义哲学彻底打倒。

在迪萨纳亚克具有自然主义色彩的美学思想中，过往主体性哲学当中的许多基本的思维模式都遭到了摒弃，这既有时代潮流的原因，也是物种美学对于生物进化论的依赖所导致的。迪萨纳亚克的生物进化论与主体性哲学二者思维方式的对立就本质而言是科学实证主义与思辨哲学之间的对立。在本体论哲学以及随后的主体性哲学中，在谈论美学问题时往往会将人类认识当中的感性与理性相对立，感性机能面对的是变化不息的现象世界，而理性机能所要面对和处理的是与现象世界这一假象相对立的理念的真实世界。这种二元对立的思维模式在解构主义那里遭到了最激烈的批判，但是，不可否认的是，也正是这种二元对立构筑了思考美学、艺术哲学问题的基本模式。这种模式为从主体性角度思考审美问题进行了必要的限定，因而对于人的审美意识这一问题的思考需要在理性与感性这两个极端之间运用哲学的方法找到其特定的位置。艺术创造尤其是诗歌创作在古希腊的观念中是神灵附体引发的灵感所致，因此是

"感性"的界域之内的问题。从今天的观点来看，它其实就是浪漫派所强调的"天才"观念的另一种版本，即将艺术能力追溯到理性之外的认识分区。但是在德国唯心主义哲学的影响之下，尤其是在早期浪漫派的美学家施莱格尔与哲学家费希特的论争中，逐渐发展出更为复杂的感性与理性、文学与哲学之间的关系类型，即费希特有限性反思之下的绝对自我以及施莱格尔具有无限性的反思意识。这两种观念既相互联系又彼此对立，但都极度强调人的主体性在伦理的行动以及艺术活动中的中心地位。浪漫派在文学与哲学之间找寻某种结构的平衡，我将之看作在理性与感性之间找到一个恰当的结合点，以期实现以文学为媒介的对世界的把握。

在此，无论是借助主体性哲学的认识论为浪漫主义建立哲学的基础，还是通过文学艺术为媒介来无限地接近世界的真理，处理美学问题的框架始终都没有背离那个认识论哲学意义上的主体，即那个直观的思维。但是到了物种美学这里，情况就变成了将以往从哲学的角度展开思辨的结果全部舍弃，代之以与笛卡尔主体彻底对立的自然主义的、被动性的"主体"，一个只受动物性本能操控的存在。

第三章

物种中心主义艺术观

迪萨纳亚克的物种中心主义美学在对前文字时代的推崇之中，以及在将原始艺术作为艺术这一概念的所指这一行为当中，实际上隐含着德里达所批判的自然－文明这一二元对立的逻辑，即以文字和理性为表征的文明与假想中的原始人未受污染的自然状态之间的绝对对立。这一对立的存在先入为主地将文明与对人性的压抑相关联，再将原始和野蛮与人性的自然舒展相关联。在对这一二元对立进行划定的过程中，当文明与野蛮的政治态度浮现出来的时候，对于"艺术何为"的问题也相应地有了答案，那便是文字尚未出现阶段的野蛮人艺术是真正的人性表露，是艺术一词真正的来源和所指，而在走向文明的过程中，当人的原始生存状态被打破，作为人的生物本能的艺术行为开始被理性的言说——文字所扭曲，人开始用文字来维持和建构艺术这一概念的内涵，在进入这一阶段后，真正的"艺术"堕落了。迪萨纳亚克这一观点的根本思路与德里达所批判的卢梭的思路非常相似。作为浪漫主义的代表人物，为了反对当时的政治，尤其是封建时代的政治腐败和人的不自由状态，尤其是为了让自己的政治理想有切实的寄托，卢梭在现代人与野蛮人，理性的人与自然的人之间做了区分，将现实中人的不自由状态归结为以文字为核心的文化所导致的堕落。在这一结论之下，对西方近代社会秩序堕落和腐败的批判也就具备了"合法性"："故而人们在卢梭洋洋大观的文字中，可以发现一系列二元对立的价值：一方面是正面价值如言语、自我在场、本源、自然，以及文字尚未殃及的小国寡民式的'有机社会'等，一方面则是与近代社会共生的负面价值如文字、不平等、权力等等……简言之，卢梭的理想，完全是基于这样一种模式：一个结构'透明'，纯然是自我在场，无需求助外部因素来界说自身的本源，它就是'自然'本身。"① 可是，真正的问题在于，一旦意识到野蛮人的自由和所谓自然的人性不过是为了某种政治目的而进行的虚构，而并非曾经存在过的事实，人们看待现实政治的眼光就会发生巨大的变化。同样，如果能够意识到迪萨纳亚克理论当中与卢梭相似的前提和预设，即那种对自然之"本源"的迷恋，同时意识到对文字和文化的憎恶有着一个浪漫主义的传统，那么我们就能够更加清醒地来看待她的美学，即迪萨纳亚克的思想实际上是卢梭以自然为本源的逻各斯中心主义去政治化之后在美学方面的延伸。在野蛮与文明之间一方压倒另一方的绝对优势之下，对自然本源的迷恋导致了对艺术的定义和本质极为肤浅的理解。

第一节　艺术观念与人性真相

达尔文主义或说行为学的思维，以及随之而来的提问方式存在许多问题。首先，在艺术的定义方面，它容易从艺术起源的角度建构一种以原始艺术为底本和范本的艺术定义，而这又会导致一种预先的假定，即"艺术"是一种从其诞生直到今天都没有根本性变化

① 陆扬：《德里达·解构之维》，武汉：华中师范大学出版社，1996年，第98页。

或不可能有根本性变化的事物和存在。其次，如果艺术是一种全人类不分男女老幼都在参与、共同享有的活动，且它具备标志一个物种的普遍性特质，那么可能的结果便是以往评判艺术高下的等级秩序将变得不再有效。对艺术的看法将由什么是杰出的、值得欣赏的艺术变成什么是满足人们（大多数人）日常生活需求的艺术。再次，艺术与形而上学没有任何关系，它是一种虽与人类有关却与精神性相去较远的完全物质性的存在。在此，人和自然之间依旧有着某种关联，但不是形而上学意义上大宇宙和小宇宙之间的统一关系。毫无疑问，上述三方面问题完全是基于对人类行为不脱离动物本性的假设，以及对何为"自然"的理解。

一、中西哲学关于人性的探讨

物种中心主义致力于将人理解为自然的一员，而所谓的自然就是近代科学意义上的那个机械唯物论的自然，它由特定的生物学规律所推动，所有生物都被遗传基因和内在的生命能量推动着去完成生存和传承的任务。评价生命成功和值得与否只有一条标准，那就是看它是否完成了孕育和培养下一代的任务。在此，任何神秘未知和形而上的东西都不存在，人作为自然的一员与动物一样，其行为具有极其强烈的目的性、功利性，即使个体的人并不一定能够意识到自身行为有何目的，这些目的依旧牢固地存在于其行为当中，在这种观念下，人就仿佛一架被设置好程序的机器人，只等按下"开机"键便可自行运转。实际上，这一思维在运用到人的身上时面临着巨大的舆论风险。

西方哲学和理论所争论的无数重大问题最终都可以归结为人性的真相或本质究竟是什么这个问题，而对这一问题的传统回答主要依赖于一种哲学意义上的形而上学，即在形而上学的背景下来看待人"应当"具有什么样的本质，人具备什么样的素质和品质才是值得称道的、有价值的，才算得上是代表了"人"这种特殊的存在。这种思维方式默认的是，人现有的，或说既定的存在并不一定就能体现人的本质，人应当通过教育，即通过多种形式的努力来"达到"人的本质。在这种视野之下，人的生存始终是一种"在路上"的状态，这种教育在传统中国是儒家以仁、礼和忠恕之道为核心的实践理性意义上的道德教化，它的目标是涵养出君子类型的主体；而在西方，则是启蒙哲学意义上理性、自由的主体，这样的主体事实上与儒家哲学建立的主体非常相似，它虽天然就具有良心（善端）和理性，却需要后天的培养和训练方能将其最大限度地发挥出来。归结起来，二者均将人未受教育的既定状态设定为质朴的不成熟状态，需要通过格物致知、明心见性或者西方式的"启蒙"等方法将其带至一种更加具有"人性"的、越性的灵魂状态。所谓受教育就是经年累月地读圣贤之书，让自己的主体性达到或接近于圣人的高度，这期间所花费的心血和精力非常人所能达到。但是，恰恰是这种旨在脱离人的动物性的努力，这种背离自然和动物性的行为被视为具有极其重大的价值。在近代西方哲学那里，"理性"和"自由"是人应当达到的人格和精神状态，而之所以应当达到，是因为理性能够给人带来真理，自由让人摆脱必然性从而获得道德能力。

如果说中西传统哲学不约而同地都追求某种经过艰难刻苦的训练而成就的道德和伦理主体，那么这种追求本身势必有它的积极意义。西方当代哲学的某些流派仍旧在承续这个传统，法国存在主义就是其一，只不过它的着眼点并不在于刻苦地涵养主体，而在于人面临存在的状况时积极的现实选择。由于它认为人的本质是在实践当中铸就的，其更加看重作为行动的选择，以及在此种选择中所彰显的人的勇气和力量。与通常的认识相悖，存在主义并非一种全新的哲学思潮，它是 19 世纪浪漫主义价值观的当代翻版，受到了费希特自我观念的深刻影响。存在主义坚持认为人的存在就是不断地进行选择，在这一连串艰难的抉择当中，人不仅仅因选择创造了自己的本质，也最大限度地避免了海德格尔意义上的"沉沦"，即那种由自身的懒惰所导致的精神性的匮乏，以及主体自我力量的削弱。无论是海德格尔还是萨特，他们都在强调精神性对于人而言的重要价值，但是到了物种中心主义这里，情势发生了根本性的变化。后者通过否定人的主体力量，不仅仅是否定人的"自由"选择的道德力量，还有理性地完成一个对象（艺术品）的力量来否定传统人文学科所持有的人性观念。

在物种中心主义看来，人性在数百万年前就已经奠定了，其间并没有发生什么值得一书的变化，它不会轻易地被短暂的识字以及书本文化所改变；但是，与物种中心主义的结论相反，同样解构传统人文学科人性观念的福柯、拉康等学者认为人性是变动的，它是被语言，被以语言为载体的法律以及人同他者之间的主体间关系所规训出来的，因此从理论上来看它可以朝向任何一个方向。尤其是拉康，他一方面继承海德格尔的现象学存在主义，另一方面深受科耶夫影响，认为人始终在语言符号的体系中被教会他应当欲望什么："某物之所以能上升成'人性的'欲望对象，而非仅仅是维持本能的需求对象，原因完全不取决于这个事物本身，而是取决于它被他人欲望这个事实。"① 人一出生就被抛入一个语言的世界，与其说他无法穿透语言的迷雾达到自我的本真，不如说连这种关于本真的观念都是被建构出来的，根本不存在一个人的"本真"这样的实体。在拉康看来，语言拥有令主体无处逃遁的力量。如果父权制社会的语言及其文化不改变，人就只能是父权制符号体系的奴隶，根本没有逃脱这一体系的可能性。福柯则是运用谱系学的方法，将人的行为和观念与各种偶然性、断裂以及权力的干预联系起来，他试图说明大写的人已经消亡了，剩下的只是沙滩上画好又被抹去的人脸。那么，我们如何看待迪萨纳亚克与拉康、福柯之间的这种对立？我认为，迪萨纳亚克是在运用与拉康完全不同的路径来达到对理性、精英主体的解构。如果说拉康和福柯通过强调人只有被语言和权力塑造的自我而没有所谓的本真性这一观点来解构传统人文学科树立的人性，那么迪萨纳亚克便是通过强调人有一个无意识的动

---

① 马元龙：《无意识就是大他者的话语——论拉康的无意识理论》，《中国人民大学学报》2014 年第 5 期。

物性的物种本能来解构同样一个对象。究其根本，对艺术的本质和功能的理解是与对"人"的理解密切相关的，如果说现代主义意识形态将人看作需要拯救的，需要恢复到某种本真状态的主体，后现代主义则是不再去谈论具有精英气息的近代主体理论，而是意图发展一种更民主化的对艺术的理解方式。从现代主义到后现代主义的艺术观念的变化，其实质就是对艺术应当是属于哪一个阶级所有物的观点的变化。对此，迪萨纳亚克有清醒的意识："很多后现代主义的倡导者强调他们的主张不只是又一个'主义'，而是代表一种激烈的意识转变，这种转变对西方社会有关艺术具有使人擢升和拯救特点的'现代主义意识形态提出质疑'。"① 从人文主义到物种中心主义，与从现代主义到后现代主义背后的逻辑是一致的，那就是彻底改变对人近代以来的理解。

　　且不说今人与古人的人性是否相同很难确定，就算是在今天，不同的人之间，人性也是千差万别，难以一概而论。既然进化论本身不过是对于生物及其来源的一种假设，那么是否可以认为，过去数百万年间人类本性的变化极其微小的原因是人类生存的大环境基本没有变化？在人类从前现代社会迈向现代社会之后，社会的快速发展令人应接不暇，那么在这种环境下的人性还会保持原样吗？如果真如迪萨纳亚克所言，人的行为是受进化的影响，那么是否有可能进化的过程会因为环境的巨大转变而加快呢？无论迪萨纳亚克是

---

① ［美］埃伦·迪萨纳亚克：《审美的人：艺术来自何处及原因何在》，前引书，第11页。

否考虑过上述问题，这些问题可能会被接受的答案都必须通过科学的方法，即通过计算机模型所获得的数据加以确证，毕竟美学家只能借用达尔文主义的思维方法，并且只能援引神经科学和基因学对人性所做的最新研究成果，而不能直接参与这种研究的过程本身。该领域的科学家通常所做的工作一方面是通过各种医学仪器对人类的大脑和神经的刺激－反应模式进行观察，另一方面则是建立以种群的适应性特征为测算对象的数学模型，模拟出人类社会在特定的环境中，其有关物种本质的行为哪些会得到保留、哪些会消失，在此基础上又会有哪些新的行为出现。

迪萨纳亚克回避了上述有可能动摇物种美学架构的诸种考虑，直接将达尔文的进化论当作无可争辩的真理，也将在此基础上的马林诺夫斯基的人类学当作从达尔文主义到物种中心主义过渡的必要环节。考虑到物种中心主义坚持将宗教激进主义的达尔文主义看作理解人性以及艺术的基石，我们注意到，如果认为人类今天的现代生活并非符合人基本需求的生活，而发达工业社会在科技及文化方面的发展也并未让人性有更深刻的进步，那么物种中心主义就会在社会当下的文化与其所谓"真正的"人性中间建立起一种无法弥补和调和的错位。这种错位意味着对当下西方主流的人性观念进行颠覆的可能性，物种美学的构建恰是建立在这一错位的基础之上。物种中心主义美学提倡重新理解人性和人的需求，进而在当下的社会中寻找到有效满足它们的方式。在最真实的人性和现代人类社会生活之间存在着巨大偏差，正是物种中心主义美学理论生成的基准点。

二、当代生物学和人类学关于人性的认识

在 20 世纪 70—80 年代，德斯蒙德·莫里斯将理论与实践相结合，以行为学的理论方法为基石写作了"裸猿"三部曲。"裸猿"指的就是人类。在此，这一标题对人的传统定义的颠覆性展露无遗。理性的、至高无上的人沦落为本能的奴隶，理性最终不过就是人对自身形象的建构，是人对自身本质的强制规定性，而非真实人性的客观存在。对人的定义不是从启蒙意义上作为世间万物主宰的"人"的角度出发，不是从人的理性及其相应的力量与气魄出发，而是将人看作并非仅仅由其自身构成，并非内在地具足理性并且能够做出正确决定的超越性的伟大存在。在神－人－动物这个等级序列中，物种中心主义从另一种解构的思维出发将动物性设定为人的主体性的最终落脚点，从而将人身上最后仅存的接近于神性的力量剔除了，这无疑是在摧毁启蒙认识论哲学的地基。

在"裸猿"系列第二部《亲密关系》一书中，莫里斯率先从行为学的视角出发将艺术视作由进化而来的具有生物选择性的人类行为。具体而言，他将"艺术"与人类两性之间的亲密关系相联系，以此来解释艺术行为的演化动机。其解释尽管颇能自圆其说，尤其是在解释男女两性的外貌和形体优势、整饬能力、音乐和舞蹈才能对于求偶的重要意义时具有很强的解释力，但是这种解释毕竟始终站在生物学学科的立场上，并不能充分地回答两性关系之外的"艺术"行为是如何进化而来的，以及这些行为的选择价值是什么，甚

至这种艺术算不算得上是进化意义上的"行为"都是值得怀疑的。而在面对西方近代美学的主流观点时,尤其是当面对康德美学中有关艺术的非功利性特质的言说时,就更需要站在美学学科的立场上,在美学问题的视域中来思考所谓的"非功利性"是否能够在行为学的框架下找到圆满的解释。甚或在此基础上,进一步去反思这种对所谓的非功利性行为进行功利化解读的思维本身是否合理,它究竟是有助于得到关于艺术何为的真理,还是说最终也不过是一种毫无证据的假想和猜测。

莫里斯的这一迁移之所以能够实施,正如我们前面分析的那样,有着甚为深刻的时代原因。一是因为英国是进化论的诞生地,有着接受行为学的深厚土壤;二是因为,此时兴起的后现代主义思潮开始反对以往主体性哲学之下的人类中心主义,以及附带的精英主义、理性主义。启蒙哲学所建构的理性的人在此遭到了最强烈的批判,在理性与非理性以及理性与感性的二元对立中,以解构主义为哲学基础的后现代主义思潮倾向于认为人从根本上而言是非理性的、感性的,人的观念及自我认知是可以通过一系列手段进行"塑造"和"引导"的。拥有独立灵魂和思想的大写的"人"是不存在的。总而言之,"人是万物的灵长"这种对人的智慧与力量的歌颂受到了后现代主义的激烈批评。在这样的语境下,行为学理论既然与新的文化思潮相一致,那么也就能够为这一思潮所吸纳进而反过来推动其发展。即行为学理论对人的动物性的强调能够加强后现代主义所持有的反人类中心主义的主张。换句话说,人本质上是动物这种观念可作为工具用来对后现代主义的批评对象"启蒙哲学"展开攻击和批判。

而在莫里斯将动物学拓展到生物人类学研究的过程中，迪萨纳亚克远渡大西洋来到伦敦，成为莫里斯的助理。可以认为，迪萨纳亚克对于莫里斯的研究工作极为了解，尤其是关于艺术行为之解释的那一部分，她后来出版的《艺术与亲密》一书极有可能受到了莫里斯《亲密关系》的启发。而英国演化理论家理查德·道金斯创作的《自私的基因》一书更是将微观的基因学理论运用到人类道德行为的解释之中，将过往纯属道德的问题转化为物种如何在复杂的情境下保存自身及种群的问题。在传统观点看来，道德是首先在认识层面进行进而推行至实践领域的"好"的行为，它牵涉主体的人的尊严、良心、对公正的把握以及勇于承担责任的义务感。但是一旦将道德问题从主体性的领域转移到进化论的基因和生物遗传领域，道德本身的神圣性就会受到前所未有的剧烈冲击。荣誉、勇气、利他、慷慨这些具有道德性的心理和行为皆被看作由遗传基因所操控的，于是它们就成了要么直接利己，要么通过有利于他者（群体）而间接有利于自己的行为，从而丧失了主体理性抉择的道德力量。

如果说莫里斯仍旧是从外在的宏观层面来揭示人类行为的意义，那么道金斯则是引入基因作为最切实的证据，从人类个体的选择与群体利益之间的关系来看人类道德的本质，无疑，这种解释从逻辑上看更是无可置疑。可以认为，当对人的动物性的解读深入到基因层面时，启蒙哲学所宣扬的人的自由、理性等特质均不再有效，动物性、非理性以及本能才是主导人类行为的根本。就西方传统哲学以及后来的启蒙哲学而言，在精神和肉体的二元对立中，精神性是人的本质，肉体是一种需要摒弃的粗鄙的存在，精神可以独立于肉体而自行运转。但是在行为学或者说生物人类学的视域下，情况则被彻底颠倒了过来：经演化而来的肉体才是人的一切行为和一切文化的发源，人的这具肉身是数百万年进化的最终结果；所谓的灵魂、精神或者理性最终不过是为服务于现实的生存，因此它们从根本上是臣服于身体的物质性存在。

三、物种美学对人性的理解

迪萨纳亚克运用进化论来解释人类艺术的起源和本质是 20 世纪以来欧洲新人文思潮影响下的结果。如果说莫里斯的生物人类学观念直接奠定了迪萨纳亚克从进化论角度思考人性的基础，那么人类学领域的"新人文主义"（new humanism）则是从另一个方面强化了迪萨纳亚克的这一倾向。"新人文主义"是 20 世纪初由英国人类学家马林诺夫斯基最先提出的概念，它与"旧人文主义"即文艺复兴时期的人文主义相对，意在概括一种崭新的研究——"活的人、活的语言和活的事实"① 的人类学学科构想。由于受到自然科学研究方法的巨大冲击，人类学也面临着如何将人文和科学研究整合起来的难题。在马林诺夫斯基生活的时代，人们已经开始意识到

---

① ［澳］迈克尔·扬：《马林诺夫斯基：一位人类学家的奥德赛》，宋奕等译，北京：北京大学出版社，2013 年，第 573 页。

科学在改善人类生活的同时所引发的问题，即人们不得不去思索如何在整合人文与科学的同时避免科学所带来的弊端。基于对人类学学科未来走向的思索以及青年时代流连格拉科夫波兰现代思潮的经历，马林诺夫斯基对科学主义所带来的"毫无管束、专务物质、为目的是从"① 进行了深刻的反省。在这一基础上，同时代德国的施密特－萨洛姆，英国的罗素，美国的布洛克曼、萨顿、白璧德等人也都提出了自己的新人文主义主张，归纳起来："这种人文主义推崇理性至上，倚重科学的实证性，主张将与人类科学相关的各个学科整合，打通人文与自然科学的隔阂，实现对人类心灵和本质的规律性把握，关注公共事务，希望通过通才教育，锻造人们克制、理性、自省和自我完善的能力……新人文主义主张价值理性的科学、服务于人本身的科学，人通过科学知识来探讨关于自我的本质，实现多元文化之间的沟通，完善自我，科学帮助人类实现更高意义上的自由。"② 如此一来，通过科学来探寻人类自我和心灵的本质就在一种更为广阔的视野中获得了认可。在传统学术中，哲学具有解释人性的权威。而在迈入了 20 世纪以后，人类学以及自然科学接替了哲学的这一位置。

在上述背景之下，迪萨纳亚克选取了行为学这一重视遗传和基

---

① 马威、哈正利：《在科学与人文之间：马林诺夫斯基的现代性人类学》，《西北民族研究》2020 年第 2 期。

② 马威、哈正利：《在科学与人文之间：马林诺夫斯基的现代性人类学》，《西北民族研究》2020 年第 2 期。

因进化的思路来研究人类艺术现象。但是在具体的理论建构中，她并不特别注重从微观的基因层面来解释艺术行为对于人类而言的意义与价值，而是从达尔文主义进化论以及心理学的角度来说明艺术与人类生活中的重大关切相联系。在将艺术这一概念与人类这一物种关联起来的同时，迪萨纳亚克有意建立起美学学科框架下对人性的新看法——人是受物种的属性支配的，但凡人类具有普遍性的行为皆具有生存价值，"他们正在显示出被进化出来就需要得到审美和精神的满足的一种核心的人性"①。她的视野极其广阔，并且对于自身理论在整个现代以及后现代思潮中的位置有着清晰的认识。她明确意识到启蒙哲学当中的人性观念在当下的文化思潮中已经被看作是成问题的，而她自身艺术观点的基础——物种中心主义因其对于非理性的强调而成为启蒙意义上的人类中心主义的对立面。如果说生物中心主义（biocentrism）从宇宙论以及环保的角度构成了人类中心主义的对立面，那么物种中心主义（species-centrism）则是在人性的层面构成以理性和自由为面向的人类中心主义的对立面。

这一情形启发我们将物种中心主义美学的终极旨归看作在对人类中心主义观念破除的基础上对精英主义的破除。这并非毫无根据的臆测。在《审美的人》第一章的导论中，迪萨纳亚克在"为什么要物种中心主义"这一问题之下最先对"人性或人文学科"展开分析和批评。如果说美学作为哲学的分支，对人性的观点依赖于特定

① ［美］埃伦·迪萨纳亚克：《审美的人：艺术来自何处及原因何在》，前引书，第22页。

的哲学框架，而近代西方美学自建立到 20 世纪 50 年代都是以主体性哲学当中的人性观念为基础，那么迪萨纳亚克就是要彻底地否定这一框架对人性的基本预设。由于所有肯定人的自由、理性，认为人是至高无上存在的观点都存在于西方文明最近三百年的哲学和文学著述当中，那么就需要动摇这些理论著述的真理性，或者说，动摇以文字为载体的"著述"本身承载真理的可能："西方文明为人类赋予了正义、自由、理性的探求、博爱、中庸、善、真和美之类强有力的观念，它们就体现在通常所说的'巨著'之中，这些著作被认为是智慧的宝库——已经想过的和说过的最好的东西。这样，它们就成为欧美教育、法律、管理、艺术与科学实践的基础。然而，对于物种中心主义者来说，正是我们的文化遗产主要存在于书本里这一事实，是一个需要踌躇片刻的事情。识字是晚近人类的一项发明和更晚近才广泛传播开来的成就。"① 这段话明确表现出一种对识字以后的文明，尤其是西方文明的怀疑。更具体地说，则是对于启蒙所建立的人性观念，以及在此种人性观念基础上的现代性规划的不信任。如果以西方文明的历史作为参照，尤其是以那些已被奉为经典的"巨著"的成书时间作为参照，就会发现宣扬所谓理性、自由、民主这些观念的著作主要出版于 17 至 19 世纪。并且，这些著作的产生并不纯粹是为着探究人性的真理，而是为了通过弘扬人的理性来反对宗教势力对世俗领域的统治，归根结底，它们是

---

① ［美］埃伦·迪萨纳亚克：《审美的人：艺术来自何处及原因何在》，前引书，2016 年，第 23 页。

资产阶级在思想上对抗宗教的武器。因此，看待西方文明中的启蒙哲学应当具备更为广阔的视野，尤其是要将之放在政治的角度去理解。

如果我们知晓西方直到15世纪才出现了第一本印刷的书籍，1694年才有了官方正式出版的法语词典《法兰西学院词典》（*Dictionnaire de l'Académie Française*），1884年才开始相继出版《牛津英语大词典》（*OED*），那么我们就会对何为短暂的西方文明有更深刻的体会，也会对何以迪萨纳亚克要去质疑识字历史以来人类文化的真理性、合理性有更深刻的理解。短短几百年间，西方文明主流的巨著在推崇人类理性的同时也表达出对前现代的宗教和自然观的排斥。当前主流学界通行的观点是：西方文明肇自以古希腊和古希伯来文明为代表的"两希"文明，古希腊的科学和民主以及古希伯来的圣经文化共同汇合成为西方文明的源头。但是，这些有关西方文明的观点以及相伴随的确定无疑的价值判断并不是自始至终都在历史发展的过程中一成不变，而是经历了文艺复兴以及启蒙运动的建构之后，才大范围地传播开来。有些如今已深入人类脑海的观点甚至在19世纪的时候还尚未出现。令人容易忽略的一个事实是，所有这些观点的传播首先依赖于文字的发明和统一。中华民族的文字有数千年的历史，从甲骨文、金文、大篆、小篆到隶书，行书，楷书，直到今天的中文简体字，经历了一段从未间断的文字的发展历史。可以说，我们的文字是与中华民族的历史相伴相生的存在。但是西方文明，尤其是近代以来的西方文化却并非如此。尽管一再宣称自己的文化有着悠久的历史传承，但是近代西方文明与中世纪及其之前的文明有着相当大程度的断裂。当前为世人所熟知的西方文化，即科学、民主、法制、商业以及艺术主要建构于宗教改革即 16 世纪以后。欧洲大陆的国家在对抗并挣脱宗教的过程中发展出了一整套以主体性的人为核心的哲学理论。而在发展这套理论的历史进程中，欧洲人才逐渐脱离野蛮。之后如果说文明的传承依靠的是"文字"，那么欧洲大陆上并没有中国汉字意义上的文字，只具有书写的拼音符号。

启蒙哲学及其对人性观念的建构从属于当时的欧洲资产阶级革命，与欧洲文字的历史相伴随的是殖民扩张以及西方中心主义。也就是说这种对人性的建构，一方面是要解决资产阶级夺取政权的问题，另一方面是要解决殖民扩张中的文化自大问题。西方殖民者将殖民统治的合法性建立在野蛮－文明、前现代－现代、蒙昧－启蒙这样一些二元对立的概念之上，后项对前项的优越性使得殖民统治获得了一种逻辑自洽的合法性。文字、哲学以及文化并不是单纯为了探索人性的真相，而是具有明确的政治目标。正如后结构主义所一再主张的，现实是通过语言建构出来的，并没有超出语言的现实。如果没有文明的概念，也就不知道野蛮为何物；如果没有线性历史进步观，也就没有进步与落后的区分，进而也就没有朝向进步的观念以及对自身"落后"的自卑。语言对现实的建构在上述情境下是极其暴力的，毕竟在这种权力不对等的自我－他者关系当中，话语的力量是极其惊人的。

迪萨纳亚克深知上述所讲的结构主义以及后结构主义语言观，但是她的关注点不在于语言如何建构了现实，而在于它如何用暴力遮蔽了真实。她的物种中心主义美学基于这样的前提：在不同的语言系统背后有着共通的人性，这些人性通过文化表现出来。这种倾向与列维－斯特劳斯的研究旨趣颇为相似，斯特劳斯的《结构人类学》就是旨在通过对不同社会神话的结构分析来探知人类共有的心理结构和潜意识倾向。尽管斯特劳斯并没有特别对进化论感兴趣，但是迪萨纳亚克发现他对"共通性"的执着与进化论当中人性的物种属性极其相似。从表面上看，在不同的语言文化结构之间的差异性与人性的共通性之间横亘着不可调和的矛盾，即凭什么认为这些差异性最终能够用共通性来化解。但是，只要认可文化的偶然性属性，即文化只能从某个角度、以某种特殊的方式来呈现世界的秩序并满足人的需求和愿望，就能理解差异只是说明了满足方式的形式和程度不同。

第二节　艺术的地位和作用

西方美学和艺术理论在 20 世纪后半叶经历了一场巨大的变革，由于后现代主义的影响，"美"并不必然与艺术相联系，甚至成了艺术要极力避免的特质。这是物种中心主义美学反对现代主义以及后现代主义艺术的一个重要原因。进化论美学的一个极为重要的特点就是它并不反审美："进化论美学家的看法与丹托全然不同。在进化论美学家看来，从更广的历史范围来看，艺术总是美的。即使在某些历史阶段存在追求丑的艺术，它们也是暂时的，随着历史继续展开，这些丑的艺术终将被淘汰出局。"[①] 作为持有进化论主张的美学家之一，迪萨纳亚克的物种中心主义美学虽然并不直接讨论审美经验的问题，但是它用行为学理论将美感体验解释为"感觉良好"，在客观上保留了人类审美感受在艺术中的合法性。与之相比，后现代的普遍解释主义深受尼采视角主义的影响，认为构成世界的只有解释，而没有事实或真相。这种对解释的极端推崇导致艺术中的感官和感觉让位于所谓的"理论氛围"，于是，对于艺术的定义在后现代变得比以往更加困难。在后现代主义的这种对多元解释的倡导之下，艺术仿佛变成了无根之木，朝着反审美的方向越走越远。这种情形使得对美的艺术理论进行历史性追溯成为必要。如果说，艺术在古希腊哲学中与真理相关，在近代认识论中与美相关，那么当今它则是与不可感知的"理论"有关，这个事实的逻辑结果就是艺术在现实生活中对人类而言并没有什么实际的用处。这里的有趣之处在于，一方面，物种中心主义极力不去谈学院美学所说的"审美经验"这一概念，但另一方面，它在自身的逻辑之中由于肯定人类艺术活动的功能性而并不直接反对艺术的审美特性。因此，我在批判物种中心主义缺陷的同时，也不得不承认它在美学知识方面合理性的那一面。

---

① 彭锋：《艺术中的常量与变量——兼论进化论美学的贡献与局限》，《文艺争鸣》2020 年第 4 期。

一、艺术作为美学的研究对象

艺术成为美学的主要研究对象经历了几次重要的转折。如果说美学主要研究的是"美"，那么在黑格尔的《美学》中，艺术美作为人类心灵的产物，作为"由心灵产生和再生的美"① 就拥有比自然美更高的美感。换句话说，从最开始被巴托建构为"美的艺术"（fine arts）到最终升级成黑格尔美学体系中的重要环节，艺术变得越来越与人的精神性有关，也越来越与无神论视角下的哲学和形而上学有关。当驱逐了神以及神性，世俗意义上的哲学急需为人的精神性及其产物建构一种全新的理论。而所谓的艺术中的"美"的意义也从过去对外在世界中美的自然的模仿，发展到对人的行动的模仿，最终走向了对人的精神性的模仿。考虑到艺术并不是自始至终都关联着"美"，而且对何为"美"的定义在不断地变化，那么思考艺术与美之间的关联的时候，就需要运用一种复杂的眼光。

迪萨纳亚克的物种中心主义美学与其说是一种美学理论，不如说是一种艺术理论，但这种艺术理论研究对象的范围却极其狭窄。基于行为学的内在要求，物种美学的任何讨论都必当以人类的"行为"为出发点和最终落脚点，这在一开始就决定了其言说始终围绕着艺术何为，它起源于何时何地，它对人类有什么用这几个问题，而不是围绕"审美"究竟是什么这样一个令人费解且具有主体性哲

---

① ［德］黑格尔：《美学》第一卷，朱光潜译，北京：商务印书馆，2019年，第4页。

学意味的难题。然而，聚焦于"艺术"这样一种看似实在的行为并未使问题真正变得容易解决，它不过是将曾经界定"审美"这一概念的困难转移到"艺术"这一概念之上。无论如何，好像只要不谈"审美"，不使用主体性哲学的核心概念，就撇清了物种美学与传统美学之间的关系。可问题是，弄清"艺术"这一概念究竟意味着什么，并不比弄清"审美"或"审美态度"更加容易，你所要面对的不仅是维特根斯坦"家族相似"这一观念的巨大影响，而且还有20世纪50年代以来对"艺术"一词近代内涵的解构——当明确了它曾经是被有意地建构起来的，解构就合情合理了。然而，当这种解构最终成为共识的时候，新的问题产生了，人们对于"艺术"一词背后的所指究竟是否存在就产生了永久的怀疑。当对艺术的看法从本质论走向了彻底的建构论，即便有再回归本质论的必要也显得不具有合法性。这里面最深刻的问题是，在艺术这一学科或门类形成的最初阶段，有一种概念先行的嫌疑，即如果没有这样一种对于某几类事物皆具有"非功利性"特质的预设，没有对于它们所具有的这种特殊性的认识，那么就无法把它们归为一个范畴之下。就是说，在18世纪的某个时刻，德国人开始用一种新的眼光来打量一些以往看似毫无关联但又有着某种共通性的人类"手艺"。尽管它们涉及的才能差异是如此之大，但并不妨碍其皆具有不沾染世俗功利的内在一致性。

到了20世纪，西方美学受到分析哲学的巨大影响，美学在概念上的问题得到了一定程度的解决，但分析美学对艺术和审美问题的解决是有限的。维特根斯坦有关"家族相似性"和"游戏"的观点具有很大的启发性："不仅像维特根斯坦早就发出的忠告那样，各种艺术像游戏一样，只存在一种'家族相似'，而且所有的艺术都处在不断的创新和变化之中，所有艺术创新中的冒险精神都强化了艺术的开放性，艺术根本不可能有任何本质。"① 莫里斯·韦兹继承了维特根斯坦的思想，也认为艺术这个概念是无法定义的。"艺术"只是将一系列具有相似特性的技艺门类人为地聚合在一起，并不具有人们通常所认为的那种稳定性。在这一派哲学的观念里，艺术概念的建构性是确定无疑的。正是由于这一理念以及相关学科在源头上的建构性，艺术概念岌岌可危。

但是，通过词源学的考古说明艺术根本不存在，或是说明只要有哲学阐释，什么样的人造物都能成为艺术并不是本书的要旨所在。通过考察西方艺术概念的历史变迁，可以看出这一变迁的整体趋势是持续地使"艺术"朝着更加非实用和形而上的方向发展。这一趋势最主要的动力是资产阶级亟待确立有关审美问题的权威。研究艺术概念的历史变迁需要我们特别注意三个相互联系的问题：其一，美学是从什么时候开始研究"美"的；其二，美学是从什么时候开始将研究对象集中于合成性的概念"艺术"的；其三，"美"是从什么时候开始与"艺术"关联起来的，也就是人们何时开始认为应当到艺术中去寻找"美"的。这几个问题其实是相互缠绕在一

---

① 朱狄：《当代西方艺术哲学》，武汉：武汉大学出版社，2007年，第68页。

起的，对其解决至关重要，因为能够帮助我们从历史的角度来理解美学这一学科的建构性，从而为分析和评价物种中心主义美学积累必要的背景知识。

对今日"艺术"概念的理解必须与18世纪美学学科的诞生结合起来，也就是说，我们今天所持有的艺术观念是相当晚近的。美学的产生，尤其是对"何为美"的规定将艺术这一概念提升至具有形而上学意义的高度。"美"不再是指美的对象，而是指一种与人的主体内在性相关的伴随着审美判断力的美感经验。美学史向来认为，康德美学是调和了观念论和经验论，是一种"综合"，但是这一说法并不能体现出其观点本身所具有的里程碑式意义。与旧的美学相比，康德美学最大的特色就是在所谓"综合"的名义下将"美"转换为"审美"，也就是将美学研究彻底转移到人的主观性这个方面。由此，aesthetic这个词的感情色彩发生了变化。这个词在过去仅仅指感官层面的感觉，与"理性""知性"这些概念的关系较远，因此与远离感官的精神层面的事物相比具有相对贬义的色彩。威廉斯认为："在希腊文中，aesthetic的主要意涵是指可以经由感官察觉的实质东西，而非那些只能经由学习而得到的非物质、抽象之事物。"① 于是，建立在这一理解基础上的"美"并没有为人所称道的特殊之处，充其量只不过是一些零散的感觉罢了。这一倾向在美学之父鲍姆嘉通那里依旧是很明显的，其在著作《诗的哲学

---

① ［英］雷蒙·威廉斯：《关键词：文化与社会的词汇》，刘建基译，北京：生活·读书·新知三联书店，2015年，第47页。

默想录》"感性学（美学）的定义"这一节中，有一段分析承袭了这一概念与低级认识相关的感情色彩："希腊哲学家和教父们已经仔细地区分了'可感知的事物'（thing perceived）和'可理解的事物'（thing know）。很显然，他们没有把'可理解的事物'与感觉到的事物等同起来，因为他们以此名称表示尊重远离感觉（从而远离意象）的事物。因此，'可理解的事物'是通过高级认知能力作为逻辑学的对象去把握的；'可感知的事物'（是通过低级的认知能力）作为知觉的科学或'感性学'的对象来感知的。"① 在写作该书的时候，鲍姆嘉通的《美学》尚未完成，甚至他对于感性学的定义也过于简单，我们在其中根本找不到关于"美"的任何论述，只捕捉到类似于"完善"这样的概念；但是最令我们感到印象深刻的是，在他的认知里，诗是由低级的感性认识而形成的，它与"可理解的事物"截然对立。此时，鲍姆嘉通是在修辞学的意义上来谈"感性学"或说美学，他还没有将美学的研究范围扩展到囊括诗歌、绘画、雕塑、音乐、建筑五种门类的地步。直到 15 年后的《美学》，鲍姆嘉通才更为详尽地讨论了美学的定义、研究对象、审美的特征等一系列规定。

　　在康德对美的阐释中，他既讲到了依赖于感官经验的"纯粹美"，也讲到了依赖于对内容之理解的"依存美"，就是说他把与 aesthetic 一词原始义相距较远的"依存美"也纳入了美学探讨的范

---

① ［德］鲍姆嘉通：《诗的哲学默想录》，王旭晓译，滕守尧校，北京：中国社会科学出版社，2014 年，第 132 页。

围当中。这一变化引导我们思考康德究竟如何看待审美判断力这种能力的终极归属，假设它既涉及感觉经验即感官层面，又涉及理智的内容，那么在西方哲学感性与理性相对立的二元框架之中，在这种非此即彼的限定之中，人就会陷入一种因突破框架的限制而带来的不安全感和不确定性之中。这里的问题在于，依靠"感官"经验究竟意味着什么，如何区分对于感官的依赖和对于非感官的心智的依赖，感官和心智之间是否真的彼此互不相关，而如果事实并非如此，那它们是否有重合的地方？世间的确既存在让我们的感官感到快适的美，也存在让我们的理智即"心"感到愉悦的美。如果"心"与感官之间的关系在根本上是割裂的，它们是不同性质且不能互通的事物，那么它们所对应的主观感受又何以被称之为"美"呢？笛卡尔的"我思"在根本上决定了从哲学出发来探讨美的困难局面。

正是这种无可避免的困难情境使得我对于美的类型在概念的层面能跨越身-心二者之间的藩篱感到疑惑。康德要解决的是理性和感性怎样结合的问题，但真相可能是这二者本来就是结合在一起的。一旦将身与心、感性与理性建构为可以沟通且有重合之处，古希腊的那种以感官的感觉为依据的二元判断标准就会丧失其合法性。可以说，这种以感官-非感官的思维展开的思考缺乏对人类本质更为深刻的形而上理解的向度，更准确地说，是缺乏对人与自然之间关系，以及人对这种关系认识的可能性的有效理解。感官是受到贬斥的，但人的认识又不可避免地要依赖于感官，这就必然引发最严重的怀疑论。于是我们看到，理性与感性、灵魂与身体之间相对立的观念是多么深刻地影响了西方哲学的底色，以至于将它屡屡带入困境之中。而这一切都要归结到笛卡尔对身心二元论的确立。

笛卡尔的"我思"哲学缺乏一种不依靠上帝作为万物存在之根据的天－人关系论。从本质来看，他的主体性哲学因为具有高度的怀疑论色彩而不能够派生出一个确定的"自然"概念。如果人的观念与外在世界的一致性仍旧需要一个上帝来进行保证，那么即便是人的地位得到了一定程度的提升，那也具有一种消极的性质。笛卡尔之后的康德将这种一致性的保证完全交给了去除了上帝的人的主体性，但是，西方哲学的本性内在地要求了对这种一致性更加确实的"证明"。实际上，只要仍旧从怀疑论的角度来看待人的认识能力，仍旧以一种否定性的眼光来看待人这一主体的认识能力，尤其是从真相－谎言这一二元对立的框架来描述这一主体认识能力的可能性，那么，从哲学上而言的审美意识层面的构成性特质就会继续模糊不清。康德以降的哲学家都能意识到这个问题的严重性，并且用自己的方式去论证认识的可能性。但是，他们用以解决这一问题的方法始终都是怀疑论式的、"哲学"式的，即他们始终未能跳脱主客对立的灰暗底色。与此同时，受所谓"科学"思维模式的影响，他们渴望用一种所有人皆可完全理解的类似于数学证明般明晰的方式来说明一个实际上唯有凭借直观和悟性才能理解的世界的真相。不得不说，这种想法带有极为强烈的"民主"色彩。坦白地说，如果宇宙的终极真理存在的话，它有没有可能是无法用科学来证明的呢？科学思维其实只不过是古希腊哲学家思想中的一个组成部分而已，他们相信万物的本源是固定不变的实体或理念这种观念。但是早期希腊哲学家还持有另外一个与之对立的观念，那就是赫拉克利特关于万事万物都在变化的观念。从中西哲学对比的角度来看，这种变化的观念与中国古代哲学中的《易经》有相似之处，只不过没有达到后者那样精细化的程度。回过头来思考，近代西方主体性哲学在说"真理"这个概念的时候，时时刻刻都抱有一种对世界的真理－谎言二元论认识模式，这种二元论的非此即彼思维方式极大地突出了"谎言"这一端的存在，这就在根底上使西方哲学无法具备对于认识之真理性和合理性的信心。那么，为了解决审美判断力或说审美意识的构成性问题，就必须首先对主体性哲学当中认识的本性重新规定，将怀疑论的基本倾向扭转过来。唯有放弃怀疑论，才能够从主客不相对立的角度来看待哲学和美学的关键性问题。

与此同时，将"美"视为美学中价值序列的最高层次，将它视为一种具有最高价值之物的行为着实匪夷所思。从美学史上来看，所谓"美的艺术"（fine arts）的观念最早出现在法国神父巴托的论文《归结为同一原理的美的艺术》当中。而巴托写这篇论文的初衷主要是通过亚里士多德的《诗学》在五种艺术门类中建立有关"摹仿"的共通性的理论。他首先论及诗的摹仿，随后在将这种摹仿的本性应用于另外四种艺术门类的过程中，他认为这一理论与各门具体的艺术之间是无与伦比的契合。那么，尽管从学科史的角度看，巴托对于美的艺术这一范式的建立功勋卓著，但是从他的具体观点来看，其依旧是对于古希腊柏拉图和亚里士多德观点的继承，只不过这种继承伴随着细节方面的变化："巴托的模仿论有着独特的意义。他以摹仿概念为纲，对艺术进行了全面的描述，一方面坚持了柏拉图关于艺术是摹仿的观点，论证各门艺术何以均为摹仿；另一方面又反对柏拉图从摹仿出发对艺术的否定，继承和发扬了亚里士多德的摹仿说，全面论述了各门艺术的摹仿特性。"① 如果说美学学科的诞生为此概念的复活提供了契机，那么 19 世纪 50 年代西欧资本主义的发展则加速了资产阶级对审美和艺术品位的需要。我们注意到，直到 1842 年，aesthetic 还被视为一个"掉书袋、卖弄学问的愚蠢词汇"，但到了 1859 年时，就已经有人（如汉密尔顿爵士）开始将它理解为"品味的哲学、美术的理论、美的科学"了，对于这种态度上的巨大反转，除了将之理解为不断上升的资产阶级对占领文化高地的渴望，实在难以给出更加具有说服力的解释。

如果将资产阶级渴望掌握文化领导权，民族国家意识形态建构的迫切需要，西方 17、18 世纪的中国文化对欧洲的影响这几方面结合起来，就不难理解为何在当时艺术极其落后的情形之下要急于建立"美学"这样一个对象比较模糊的学科。今天，我们身处西方中心主义的世界文化格局之中，将西方"哲学""美学"这样精细的学科划分视为天经地义，似乎这种专门化的分科才具有科学性，

---

① 高冀：《夏尔·巴托与 18 世纪"美的艺术"概念》，《社会科学战线》2022 年第 2 期。

才是具有现代性的知识形态。但是，这种于 18 世纪突然涌现的知识分类形式其实并不符合知识形成的自然规律。从发生学的角度来看，知识的自然形成不可能最开始就中规中矩地按照学科的形式来发展，即不可能通过直接定义研究对象，对核心概念进行全方位的阐释，然后形成一个严密的系统这种方式来构建自身。人类认识对象的一般过程是从对对象及其规律零散的感受和体验开始，然后慢慢累积式的推进的。在认识的初始阶段，通常是不会有"学科"或"科学"这样的概念的。而德国在建立美学这个学科的时候，其文学艺术还处于极其落后的阶段，甚至连德语的形态都还很不稳定，比如当时德语中夹杂着各种俚语方言和外来语，很难进行高级别的文学创作和哲学思辨。唯一能进行学术写作的语言是拉丁文，比如莱布尼茨的著作是用拉丁语写成，康德的博士论文也是用拉丁语写成，直到他的三大批判才是用古德语写就。而古德语的词汇能否用来进行学术写作颇令人生疑，事实上，康德在写作的过程中往往自行创造概念，而这些概念的意涵非常难以确定。这表明，德国观念论哲学和美学其实是在文化较为落后的情况下意图对艺术和美的规律进行建构的产物。而考虑到 18 世纪欧洲的资产阶级反宗教的迫切要求，这种研究无疑是受外力所驱使的，它具有极强的政治性。有理由认为，德国的启蒙哲学是服务于反宗教的政治任务：

> 法国革命判决了帝王贵族的死刑，德国哲学家则用那无生气的干燥无味的文体来写哲学，以判决上帝的死刑。

康德告诉我们，我们对于物自体是毫无所知的，我们称呼
为神的不过只是虚构，由于自然的错觉而成立的。虽然以
后他用实践理性把曾一度被理论的理性杀死了的有神论复
活起来，然而如海涅所说："康德恐怕还是为了警察的缘
故，而苏生了神的吧！"……从费希特的《知识论》直到
黑格尔的《历史哲学》，都是看中理性过于宗教。费希特
好像法国革命时代的拿破仑，代表一个伟大的意志，伟大
的自我。他的《知识论》竟于 1798 年，因无神论的事件
而被人控告，神在费希特是没有存在的，神不过是作为纯
粹的行为，作为事件的秩序。①

既然从康德到黑格尔的哲学都是为着相同的政治任务，那么，
从属于哲学的美学自然也不会例外。美学要规定的是与判断力相关
的范畴和规律。

二、艺术作为认识真理的工具

"艺术"这一概念的内涵从古希腊到今天经历了数次重大的变
化，这些变化最终将艺术带离它的原始意涵，使其与科学，进而与
哲学产生了紧密联系。这种所产生的联系之好坏与否属于价值判断
的领域，一时间难以评判，但是这种变化的过程本身则需要人们给

---

① 朱谦之：《中国哲学对欧洲的影响》，上海：上海人民出版社，2006 年，第 192 页。

予更多的关注。20 世纪 50 年代以来，分析哲学与解构主义的盛行使得学术领域诸多观念的合法性岌岌可危，"艺术"就是其中之一。分析哲学认为艺术是一个具有家族相似性的概念，而研究艺术史的学者则更进一步地从学科建构性的角度质疑了埋藏在这一相似性之下的更深层次的观念。也就是说，西方艺术哲学的反思性开始反思自身基本概念的合理性基础。然而，这种怀疑的精神是一柄双刃剑，它一方面澄清了概念在早期形成阶段不易被察觉的关键性转折，另一方面也使得概念自身的稳定性遭到了动摇。紧随其后的是一个新问题：艺术究竟存不存在？这一发问最终的形成得益于人们跟随潮流仅仅注意到哲学思潮中"解构"的面向，更多地从语言的角度来解剖和追溯事物的历史，将概念掰开来说，而不是直面概念的所指。人们对事物"本身"的信仰已经动摇，那么再从本体的角度来谈论对象就丧失了合法性。

　　艺术概念的危机早就埋藏在近代西方哲学认识论转向的那一刻。当有关认识论的研究最终得出主体被语言所结构这一结论，当所谓的"对象"不过是在语言中形成并最终呈现为语言时，哲学就不再去谈论事物本身为何，而是转变为探究"语言与世界之间的关系为何"。当人认为自身被语言和概念所主宰的时候，这种观念势必会斩断认识与世界之间的关联，这就再一次暴露了西方哲学身心二元论所造成的巨大危害。事实上，这里需要质疑的是，主体真的唯独被语言所结构吗？在主体与对象、语言与世界的多种二元划分之外，是否能开辟出另外的角度以冲破这一困境？《周易·系辞上》

记载，"书不尽言，言不尽意"①，"圣人立象以尽意"②。言意之辨在三千年前的中国典籍中就已经存在，而中国的先贤们认为，在语言和世界之间，也就是在言和世界之间还有"意"和"象"的存在。这个"意"不是被语言所结构的，也无法通过语言予以呈现，故而需要"立象以尽意"来补充，甚至于意最终只能通过象来表达。不得不说，这种语言观真是非常超前，因为它早早就确立了言、象、意、书这样一些意思明确的概念，并且明确地指出语言以及理性化文字的书写本身具有极大的局限性，人的内在性的关键性方面根本无法依靠语言这一途径来表达。

当我们推究到这里的时候，会联想到什么呢，是不是觉得这与浪漫主义的主张非常相似呢？浪漫主义就表达出对于语言和理性的不信任，以及对于"意志"和"非理性"的看重。德国早期浪漫派甚至于还要建立一种人和自然之间关系的神秘主义理论，意欲通过诗歌来呈现真理。但问题在于，尽管有这些相似之处，《易经》当中之所言其本心并非要否定语言，而是要烘托出"立象以尽意"的重大意义。如果唯有立象才能表达"意"，那么从客观来看，这便是通过某种实在的"现象"——既独立于实实在在的自然物又独立于人的主观认识的客体——来表达西方哲学意义上的"真理"。而这也就意味着，人能够不通过语言这条道路，而仅仅通过直观的方式便能领悟到真理的存在，即能够凭借"心"的力量产生"意"进

---

① 黄寿祺、张善文：《周易译注》，上海：上海古籍出版社，2007年，第396页。
② 黄寿祺、张善文：《周易译注》，前引书，第396页。

而在自身的内在性与宇宙精神之间建立有效的联系。"意"这个概念很奇妙，汉字独立成词和语法较为灵活的特质，使得人们不会去质疑这个词的所属：它既是对天意、道理的理解，更是"人"这个品类对道理的理解。形式主语的缺位导致这一概念客观上已经预设了人的心灵有产生这一认知的能力，心与"道"之间是不相隔阂的。也就是说从语法的层面来看，"立象以尽意"这种斩钉截铁的断言取消了主体与客体、认识和真理之间的鸿沟，它预设了人与天道之间能够不相隔阂。

客观来看，静止的语言不仅与变化中的世界不相符合，也与瞬息万变又永恒不变的"道"不相符合。这里的关键在于世界乃至道理唯一不变的本性即是永远处于"变化"之中，而语言根本来不及捕捉这一变化，语言的静止本性是自身功能受限的根本原因。总结起来，这种言意之辨的讨论的启发性在于，它告诉我们另外一种看待语言的态度：首先，语言不是需要被敌视进而被否弃的对象，因为它并没有制造概念混乱的原罪，它仅仅是不能够完整地呈现事物本身而已；其次，在语言或者说日常语言无能为力的地方，就需要通过"立象"以作补充。语言以及对其不足进行补充的"象"都很重要，它们在不同的领域内发挥着各自的作用。西方哲学尽管在逻辑上较中国哲学严密，但是它始终缺乏人和自然之间相沟通的媒介——"象"，它始终未能以实体的方式来呈现人对天道本性的理解，因此，在其内部，主体与世界始终是割裂的。

当我们具有关于语言问题的诸多背景知识后，就会发现德国早期浪漫派其实并没有以往人们所认为的那样"先锋",他们的所谓诗歌实践也并不是什么开天辟地的行为。诗歌在他们的理论建构中实际充当的是中国哲学中立象以尽意的"象"的职能,因此担当的是哲学的职能。浪漫派诗歌观念的重大转变离不开对于过往真理观的背离,其渴望通过诗歌来揭示真理的这一努力的动力在于对传统形而上的"理念论"真理观有所改变之后人与真理之间关系的变化:世界由理念和现实二元对立所形成的"两个世界"转变为永不停息变化着的"一个世界",世界的真相是随着事态的千变万化,而非静止的"理念";理解理念可以一劳永逸,但理解充满偶然和随机的无神世界就必须发挥人的认识能力,而若是人的认识能力极大部分是被语言所左右,那就要发挥不被语言所左右的那部分认识能力,你可以称之为非理性或者诗。至此,就走到了浪漫主义诗学的"象征"理论,通过超越理性的象征来接近自然,而这最终又要落脚到诗歌语言对于理性的理论语言和日常语言的偏离。

早期浪漫派的诺瓦利斯和施莱格尔通过探索诗歌理论来完成以往哲学所无法完成的任务,他们的观点所依凭的就是诗歌语言与日常理性语言之间的差别。准确地说,诗歌处于"语言"之外,它通过巧妙的修辞使语词和概念的意义变得模糊而不固定,故而拥有了无穷无尽的创造性,因此从理论上讲它能够无限地"逼近"哲学意义上的真理。对诺瓦利斯而言,诗歌是能够接近"无限"的媒介,如果接近无限必得通过某种媒介的话,诗歌就是最佳选择。于是,在早期德国浪漫派的观念当中,诗歌代替哲学行使追寻和抵达真理的职能。书写和口说的理性语言自有其用武之地，但它们对于呈现某些更幽深的道理而言就显得气力不足。按照克罗齐的理解，早期德国浪漫派诗歌理论建构的核心要旨不过是将艺术看作真理的精神形式这一思想脉络之中的一个组成部分而已。在《美学纲要》中，他讲道："康德以后的德国美学，从席勒到黑格尔，把叔本华这样平庸不堪和鹦鹉学舌之辈都算进去，不是和康德联系着，而是和赫尔德，以及莱布尼茨和鲍姆嘉通（就意想而言和维柯）联系着，到今天仍有信奉这种美学理论的人。这种美学理论把艺术在心灵活动中的作用问题与认识绝对的精神工具问题混为一谈，故而不是把艺术混同于哲学，便是把艺术当作哲学的初级形式，就是说当作一种神话思想，再不就是把艺术拔高到超等哲学的地位。"① 早期德国浪漫派其实就是将诗歌视为"认识绝对的精神工具"。在这个意义上，对于德里达将哲学视为"白色神话"以及将诗与哲学并举的做法就不难理解了。

就这种通过艺术来探究真理的观念是如何形成的而言，可以寻找到两方面原因。首先，从根本上来看，对于探究真理的方式的变化是伴随着对于真理为何的观念而变化的，当西方哲学发展到认识论这个阶段，即真理被看作只能通过人这个媒介来呈现时，通过人的意识的作用及其产物（艺术）来表征真理就成为逻辑的必然。其次，从更微观的角度来看，人和真理之间却又无法达到如中国道家

---

① ［意大利］克罗齐：《美学原理·美学纲要》，朱光潜等译，北京：人民文学出版社，2008年，第250页。

哲学所言那般浑融一体的状态，而只能是人作为主体无限地"逼近"真理，这种状态从整体上来看是悲剧性的，它终究不过是对真理的"半吊子"掌握而已；但是，早期德国浪漫派竟然能够将这种无限逼近却又无法达到真理的缺憾转化为诗歌创作的有利条件，着实令人费解。在诺瓦利斯和施莱格尔那里，无限趋近却无法达至真理的这种"在路上"状态反而成为诗歌创作的永久动力。从理论上讲，如果二者之间无法弥合的状况不存在的话，诗歌这种探究真理的形式也将失去其存在的意义。归根结底，这种渴望通过诗歌来抵达无限的思路恰恰表征了"哲学"这一路径的失败，或者更为具体地说，传统西方哲学的失败。与之相较，虽然被诟病为缺乏体系、逻辑性差的中国哲学以现代的眼光来看有诸种"缺陷"，但是它在完成哲学应当完成的使命方面具有极其突出的优势，它非但没有比西方哲学更差，反而是在其初始阶段就通过易经的卦象解决了世界终极真理的呈现方式问题，而这一问题直到今天还在困扰着西方哲学。于是，单就追求真理这个任务来看，西方哲学完成得并不那么令人满意。那么，我们要追问的是，如果近代西方哲学在追求宇宙终极真理的层面上并无切实的可称道之处，那么，其产生究竟是为了什么，它对现实的意义又是什么？

　　回归到具体的历史的语境，对于近代西方哲学究竟是为着什么这个问题，我认为不应当从通常所谓的古希腊哲学"爱智慧"的这个角度去理解，而是应当从近代社会自宗教改革以来的世俗化进程来加以看待。启蒙运动打着追寻真理的旗号，实际上是为资产阶级占领文化霸权打下基础，市民社会的产生需要无神论前提下的文化自信和思想统一。为此，资产阶级必须形成一套完善的政治、伦理和艺术的理论体系，及时树立起政治正确的权威，否则便无法证明自身统治的合法性，亦无法对社会进行有效的管理。这就是为什么我们要说从真理性的角度来看待启蒙哲学会遮蔽掉许多重要的方面。哲学所具有的那种无神论理性主义的思考方式对于依靠宗教来维系的社会是一种有力的打击，这一打击越是厉害，就越对资产阶级有利。然而这种打击不仅仅发生在17、18世纪的欧洲，也曾以另一种方式体现在古希腊城邦对苏格拉底的审判和制裁上。苏格拉底被指控"毒害"青年，以不敬神之罪被判处死刑，而苏格拉底所怀有的就是"哲学"所具有的那种理性的思维方式。这种思维方式最大的特点就是用理性和逻辑把任何不可理解的、神秘主义的事物加以解构和放逐，最终形成一个世俗认识可以理解的答案。从政治的角度来看，在这一思维发展到极限的情况下会动摇神权统治的合法性，因为质疑一切的最终结局就是质疑神本身的存在，就是驱逐不可理解性本身。如果说苏格拉底之死代表着传统神权政治势力的胜利，那么在启蒙时期的"哲学"这里，情况则是颠倒了过来。宗教意识形态面对哲学的进攻已然溃不成军："思想界的伟大破坏者康德，在恐怖主义上，是远为罗伯斯庇尔所不及的。""据说幽灵只要瞥见死刑执行人的剑，便吓得要命……那么现在突然拿出康德的《纯粹理性批判》，要叫幽灵多么惊恐啊！这本书，是将德国理神论处以死刑的剑。"①

　　因此，"哲学"这门知识应当看成是对宗教的挑战，是新晋的资产阶级对抗并替换有神论知识体系的工具，它是与宗教的功能相对应但又不是宗教的一整套"意识形态"。这么一来，"哲学"一词就并不如西方学者所断言的那般具有纯然的客观性。根据上述分析，中国哲学长久以来遭受西方诟病的缺陷事实也并不存在，反倒是以逻辑性自诩的西方哲学始终无法解决主客体之间沟通的问题：中国哲学通过卦象这种符号而非语言的形式沟通了主体与自然、自由与必然，一举解决了语言的局限性问题，通过"象"的演绎来探测语言所无法触及的领域；通过卦象这种简易、变易而又不易的方式来呈现宇宙精神，比早期德国浪漫派通过诗歌来探知真理更具科学性，也比后来胡塞尔的形式直观更有可操作性。

　　由此，我们看到伴随着西方近代主体性哲学兴起，艺术承载了本应属于哲学的探求真理的内在要求。那么，我们需要质疑的是，艺术真的具备探寻真理的条件吗，它能够担此重任吗？这其实就涉及艺术和真理的关系问题。而且，即便艺术能够成为探寻真理的工具，那不同的艺术门类探寻和呈现真理的能力是一样的吗？是不是诉诸语言和文字的"诗"要比诉诸视觉和听觉的雕塑、绘画和音乐更有益于展现真理呢？如果不是如此，为何早期德国浪漫派要把工夫全都花在阐释诗的理论上，鲍姆嘉通要在他的第一本著作《诗的

---

① 朱之谦：《中国哲学对欧洲的影响》，上海：上海人民出版社，2005 年。

哲学默想录》中讨论诗的完善性的问题，从而将诗学作为其《美学》的先导？法国神父巴托在其论说"美的艺术"的论文中将亚里士多德《诗学》中的模仿理论奉为其美的艺术的纲领，从诗的模仿特质推演到音乐、雕塑、绘画以及建筑的"模仿"特性。可以说，这种对诗之独特地位的彰显无法不引起研究者的极大关注。

　　事实上，这种对于诗学问题的重视有着从古希腊以来的传统，而这一传统早在两千多年前就已经开始关注诗与真相之间关系的问题："艺术中真理的问题，乃是早先希腊人所关心的问题。起初提出来的问题，完全只和文字、诗歌相关。过去有一度还没有美学的专家，而当时哲学家们对于这一类的问题还不感兴趣，只有诗人们自己有心想要把事情弄清楚。他们不去追问它应当如何，而只顾考虑它实际上是如何：诗在表现真相吗？它在本质上能成真理吗？"①亚里士多德对此的回答是：历史模仿已发生的事，而诗模仿尚未发生但可能发生，或必然发生的事，所以诗比历史真实。亚里士多德这几句话是在讨论悲剧理论的语境下讲出来的，虽然涉及"诗"这个概念，但他所言的诗指的是戏剧，尤其是"悲剧"这一叙事性体裁，而非后来狭义上的诗歌。也就是说，亚里士多德对诗能够表现真实的看法是在与历史而非哲学相比较的情形下得出的。囿于当时古希腊对哲学特有的偏爱，亚里士多德的观点不可能超越那个时代。"诗"——悲剧所表现的真实是人的心理及其行动的真实，而

① ［波］塔塔凯维奇：《西方六大美学观念史》，刘文潭译，上海：上海译文出版社，2006年，第340页。

非客观的宇宙精神的真实。然而后来 17、18 世纪的美学所讨论的是狭义的诗歌与哲学之间关系的问题。那么，当载体和媒介已经发生了巨大的变化，所谓的"诗"能够解决客观的宇宙精神的问题吗？诗能够成为哲学意义上的认识工具吗？

上述问题在古人那里就已经被认真地思索过，究竟孰是孰非并无定论，有的只是在不同的历史阶段中某一种观念会成为认识上的主流观念，居于压倒性的优势。在古希腊，理念说的盛行为艺术表达真理埋下了伏笔。的确，苏格拉底说过艺术不过是真理影子的影子，它不过是对同样是真理影子的现实的模仿，但正是这一"模仿"概念，如果从另一个角度来看，它毕竟还是对真理的模仿，毕竟与真理有着逻辑上的关联。"他把艺术视作现实的模仿，这个定义意味着艺术的目标在于真理。"① 在塔塔凯维奇看来，苏格拉底对艺术与真理之间关系的看法实际上规定了艺术的目标，规定了艺术为何而存在。然而当这一定义被接受之后，新的问题随即又产生了。对于艺术家而言，如果艺术的目标是真理，那么要达到这个目标的手段和方法是什么？囿于艺术与真理之间的两层间隔，古希腊时代的大多数人相信通过模仿即可达成目标。但是以今天的眼光来看，这种回答未免过于简单，这里存在的问题是，凭什么要从艺术与真理之间的关系来规定艺术的目标，并且认为艺术能够达到这个目标。这个问题在早期德国浪漫派身上依旧存在：凭什么认为艺术

① ［波］塔塔凯维奇：《西方六大美学观念史》，前引书，第 341 页。

应当行使哲学追求真理的职能？又凭何认为它能够达到这一目标？两千年前没能解决的问题，两千年后竟然成为建构新的诗学理论的动力。对此，奥古斯丁是极为清醒的："早期的美学家们所提出来的问题是：艺术应否致力于真理的追求？但是他们从未问过艺术能否达到真理。奥古斯丁在这两种事情之间做出了一项区别（'faisum esse velle-verum esse non posse'，*Soliloquia* II 10.18）：一种事情是希求虚假，另一种事情是不能达成真理。艺术以真理为其目标，但那是一个能够达成的目标吗？奥古斯丁确是第一个认清属于在艺术中追求真理所遭遇的种种困难。无疑的，他头一个认识清楚：艺术为了称其为真，必须在同时称其为假。"[1] 如果说艺术的目标是真理，而哲学的目标也是真理，就会出现这二者哪一个更能够呈现真理的问题。从 18 世纪后期的谢林以及与之密切相关的早期浪漫派开始，艺术比哲学更优越的观点越来越占据主导。

截至目前，通过回顾古希腊以及 18 世纪西方对于诗与真理之间关系的重要观念，我们总结出诗能够求得真理的几点理由：第一，诗（悲剧）是真理的影子的影子，它是对真理的模仿；第二，诗（悲剧）模仿可能发生和必然发生的事，故而它比历史更真实；第三，（狭义的）诗与自然之间有着某种神秘主义的关系，诗能够通达无限。就诗为什么能够成为哲学认识的工具，还是需要从当时的德国观念论哲学那里寻找线索，尤其是谢林的美学观。

---

[1] ［波］塔塔凯维奇：《西方六大美学观念史》，前引书，第 345 页。

对于诗或者说艺术是否能够完成诠释真理的任务，还需要对何为"真理"进行说明。如果古希腊的"诗"与18、19世纪乃至今天的"诗"概念极为不同，那么我们同样需要质疑的是，古希腊所言的真理与18、19世纪所谈论的真理是同一回事吗？对"真理"究竟为何的预设也将决定"诗"这种文体是否具有达到真理的可能性。根据本节前面的分析，浪漫派的时代所说的"真理"依旧是哲学意义上的世界的本相，即表象背后终极的真实。

三、一种从行为学出发的艺术观

在西方哲学真、善、美的范畴分类中，艺术曾被建构为与真理有关。由于西方哲学自古以来求真的传统，在任何的哲学分析中，"真"都位列价值序列的顶端。在近代意义上的科学诞生以前，人性和艺术问题的解决都在哲学的阵地中进行。哲学以构造概念的方式，通过一种形而上学的思辨来对我们今天所理解的"艺术"给出某种定义，进行某种分类，设定某种价值。当翻开尘封的美学史，我们所获得的不是对"艺术"概念更清晰的解释，也不是对艺术具有本质这件事更加乐观的自信。那种被今天的人名之为"艺术"的东西散落在不同理论家各种复杂分类的缝隙之中，而这与近代以来"艺术"观念的集合性及其特定形态形成了明显的断裂。造成这一断裂的，除了资产阶级对作为统治阶级的文化进行打造的政治原因，还有科学的飞速发展对旧有唯心主义哲学的冲击这一现实的原因。

科学的发展和所获得的巨大成功使得其方法"实证主义"迅速蔓延开来并击败传统哲学，进而涉足美学的领域。对于这一剧变，克罗齐在《美学的历史》中有明确的表述："十九世纪下半叶，实证论和进化论的形而上学占据了唯心主义形而上学失去的地盘。自然科学以混乱的方式取代了哲学，而唯物主义、唯心主义、机械论和目的论的概念又相混杂，这便导致了怀疑论和不可知论的胜利。这个方向典型的态度是蔑视历史，特别是哲学史；因此，它与几世纪以来思想家的努力所形成的一系列东西缺乏联系，而这个联系正是任何卓有成效的工作和任何真正进步的条件。"① 在此，与常识不同，实证论和进化论被冠之以"形而上学"，即它们并非无懈可击的真理，而是以科学的名义所进行的另一场形而上学的建构。因此，西方社会不是击溃并抛弃了宗教，而是抛弃了以基督教为形态的宗教再换之以"科学"的宗教。在这场科学席卷一切的潮流之中，当哲学成为实证主义的地盘，美学和艺术也不能幸免。

受科学思潮的影响，19世纪的某些美学家用一种新瓶装旧酒的方式开启了他们的美学研究。他们自以为用的是科学的方法，但实际上其内核依旧是哲学思辨。其中的代表人物是丹纳、费希纳和格罗塞。格罗塞用野蛮民族的例子最终证明的仍旧是思辨美学的概念。事实上，如果没有思辨美学的方法以及相关概念的引导，如果不去与旧有的思辨美学传统相承接，美学研究将很难推进。我们会

---

① ［意］克罗齐：《美学的历史》，王天清译，袁华清校，北京：商务印书馆，2018年，第245页。

发现，在他们三人身上出现的问题，在那些真正运用科学手段研究美学的人上也出现过，那就是无法将科学和美学很好地融为一体，一不小心就将美学引向一种自然主义的享乐主义。其实，审美所调用的是精神的力量，精神的力度与强度有着质的差异，绝非是有用性、快感、美这样一些肤浅的概念所能够表达清楚的。西方传统的思辨美学的确存在不少问题，但它的问题不在于用哲学来研究艺术和审美这个行为，而在于它于哲学的框架内用不甚合适的概念去探究艺术和美的本质。

当以哲学的方式接近艺术时，人们所看到的是"无功利"的艺术，当以实证主义的方式接近它时，人们所看到的则是"有用性"的艺术。这就是为什么 H. 斯宾塞的论文《论有用和美》若出现在 17 世纪将会"在审美思辨的探讨中占有一席卑下的位置"①，而到了 19 世纪，"人们真不知该如何评价了"②。从科学，尤其是生物学的角度来讨论审美问题并不是一件最近几十年才有的事。迪萨纳亚克不过是从生物学和生理学角度出发讨论美学的众多的成员中的一个而已。英国的萨利（Sully）、贝恩（Bain）、格兰特·埃伦（Grant Allen），以及德国的赫尔姆霍茨（Helmholtz）、施通弗（Stumpf）、布吕克（Brucke），都是此类型研究早期比较出名的人物。他们在 19 世纪晚期就已经在进行所谓"神经美学"的研究。格兰特·埃伦在《生理学的美学》一书中将美感定义为"大脑—脊

---

① ［意］克罗齐：《美学的历史》，前引书，第 245 页。
② ［意］克罗齐：《美学的历史》，前引书，第 245 页。

椎神经系统的外围顶端器官中活动的正常本质的内省的伴随物，这个活动不与生命机能直接地相关"①。而同样的审美过程在今天的生理学家那里则被解释为："艺术快感不仅依赖视觉器官及和视觉器官组合在一起的肌肉运动的活动，而且也依赖于整个机体中一些最重要机能的参与，如呼吸、循环、平衡和内侧肌的调整。"② 这种生理、物理学的美学研究给人的感觉是它们不过是在用物理学去重新解释美学的概念，而非将物理学和美学融为一体。这里，我们不得不发问，究竟什么才是美学研究？什么样的美学研究是在真正研究美学而非仅仅是用科学入侵那些不该涉入的领域？

迪萨纳亚克的物种中心主义美学与上述所谓的美学类型并无本质不同，达尔文主义和行为学皆是从"有用性"的角度来看待审美和艺术。这就是为什么她的理论始终游离在主流美学之外。在《作为一种人类行为的艺术：走向艺术的动物行为学观点》一文中，迪萨纳亚克极力为艺术的科学分析进行辩护：

> 在西方人的思维中。艺术抗拒分类、定义等科学方法以及精确的测量。它的复杂运作，无论是建造还是欣赏，都是私人的，不可见的，通常是短暂的，因此不适合科学地细读。
>
> 接受科学分析，更准确地说，这是一种将艺术视为一

---

① 转引自［意］克罗齐：《美学的历史》，前引书，第247页。
② ［意］克罗齐：《美学的历史》，前引书，第248页。

种人类行为的方法，这种方法基于这样一种假设，即人类和其他生物一样是一种动物，这种假设进一步暗示，人类的行为就像他们的解剖学和生理学一样，是由自然选择塑造的。这种观点可能为思考美学传统上所关注的某些问题提供了新的途径：艺术的本质、起源和价值，不是抽象的，不是自成一体的，而是人类普遍的、内在的、具有先天禀赋的。[①]

这种对科学方法的呼吁实际上再次呼应了 19 世纪晚期从生物学、生理学角度研究美学的态度。从其理论的内在结构来看，物种中心主义美学能够很好地自洽，即它能够对艺术是一种人类行为自圆其说。但不可忽视的是，物种美学的建构活动本身是带有强烈的偏见的，它主动排除了那些与西方精英主义艺术观相同或相似的例子。如果进行解释和说明的样本都是非精英化的艺术形式，那么精英艺术观必定站不住脚："任何不展示一些我们现代西方所习惯称之为'艺术'的例子的研究都是值得研究的，我们是否可以确定一种普遍的'艺术行为'，如果可以，就试图确定它在人类社会中的选择价值是什么。"[②] 其出发点已经预设了精英艺术观的错误，那么

① E. Dissanayake, "Art as a Human Behavior: Toward an Ethological View of Art", in *The Journal of Aesthetics and Art Criticism*, Vol. 38, No. 4, 1980.
② E. Dissanayake, "Art as a Human Behavior: Toward an Ethological View of Art", in *The Journal of Aesthetics and Art Criticism*, Vol. 38, No. 4, 1980.

唯一需要做的就是证明非精英艺术观的合理。任何解释活动，如果从一个特定的框架出发，最终都能够自圆其说，这就是"理性"和"逻辑"的力量。

我不认为从科学出发来研究美学是明智的选择，因为理性和逻辑是人类的低级能力，或者说是人类能力的低级阶段。美学和艺术问题不应当由一种低级能力来解决。现如今对理性的推崇主要是科学的大获全胜导致的，"大获全胜"指的是因为有了诸多重大突破，曾经重塑了历史的进程，进而被认为"应当"主宰世间的一切。以理性为主要特征的科学要求的是明晰，是对于每一个个体皆"可见"的那种透明性。这一倾向在德国美学家费希纳的表述中体现得很明显："他（费希纳）'放弃了用概念确定美的客观存在的企图'，因为他不想自上而下地创造出一个形而上的美学，而是自下而上地创造出一个归纳的美学；他要寻求的是明晰，不是高深；形而上学对于归纳的美学大概就像自然哲学对物理学一样。"[①] 无论是科学（美学）研究的过程还是其结果，都得是每一个普通人可以"理解"的。这里面隐含着一丝民主的气息：不能被所有人看见和懂得的东西就不存在。与之相对的是，只有少数人才可理解高深的事物这一观点隐含着一种贵族式的思维，这种思维认为，理解并欣赏玄妙幽深之物的美学品位只有少数行家才能具备。大众由于文化教养的缺失只能是粗俗不堪的存在。事实是，无论是鉴赏品位的感受还是艺

---

① ［意］克罗齐：《美学的历史》，前引书，第251页。

术的实践，都是难以用绝对理性的语言来刻画的。不能因为精英艺术只能被少数人理解，就说它虚伪且没有价值。对艺术的评判必须要有一个价值的区分，在精神和身体之间，精神性应当具有更高的价值。

第四章

物种中心主义美学中审美与主体的关系

"主体"概念的复杂性使得有必要对它展开细致的梳理。主体有时候是指启蒙意义上的主体，有时候又是指文学意义上想象的主体，有时候甚至非理性的主体也囊括在"主体"这一概念之中。比如利奥塔就认为，后现代主义也是有主体的，但它讲的是非理性的主体，因而只不过侧重的是主体的另一个方面。因此，主体这一概念应当从几个不同的层次来理解。第一个层次，它意味着认识论哲学较之本体论哲学在研究重点上的重大转折，在此意义上，主体从被遮蔽的、透明的状态成为一个重要的课题，它成为一切知识得以形成的根源。那种摆在眼前的、自然而然的、客观的知识观念受到了挑战。第二个层次，主体指的是思维着的自我同一的意识，即费希特、谢林以及黑格尔意义上的主体。自我同一意味着意识的连贯性，意味着人具有反思性并能够贯彻自己的价值观。这种自我同一性是人的伦理性和道德性的前提，是人实现自身价值的前提。第三个层次，创作和欣赏的主体。也就是集天才、想象和情感于一体的表现的主体。这第二、三点与本书所讲的"主体"基本一致。即，无论从哪个角度来看，主体都是自然主义式概念的对立面，它内含费希特哲学中人与自然之间的对立以及人有能力对抗自然这样一个大的前提。

第一节　主体作为近代西方美学理论的基础

主体密切关联本书的核心，谈论主体就是在谈论文化意义上的审美。文化发达的表现之一就是对主体应当为何有明确的解释，近代西方哲学转向对主体性的探讨正说明西方文明在朝着更加文明的方向前进。主体性可以归结为主体的自发性和能动性，但是，所谓的自发和能动又始终逃不脱文化的影响。无论是近代西方资产阶级美学所讲的同一性的主体，还是自尼采以降的那个解构了的主体，最终都不得不将主体落脚到某个阶级、某个群体，也就是落脚到某种具体的文化价值体系。那么，主体与艺术究竟有怎样的关联呢？我以为，艺术同时涉及技艺和文化价值，也就是说要用这两个维度来衡量艺术价值的高低。技艺涉及的是主体感觉和技巧的层面，而文化价值涉及的是主体的理性思考、情感的层面。把握住主体性的这两个层面，就能对普遍意义上的艺术和审美展开评价。近代西方主体性美学所讲的那个主体，是建立在哲学基础之上的。它经过康德、费希特、谢林几位哲学家的发挥，在黑格尔那里走向了顶峰，集中体现为由心灵所主导的人的精神性。

一、与神学相分离的先验主体

主体即 subject 这个概念，今天的含义是伴随着近代西方认识论的发展而逐渐形成的，主要指具有自我意识的"我思"之我。"主体"概念在它兴起之时便承担着确立人在世界中的中心位置，以及确立知识的合法基础的任务，这导致它自然地同与真理有关的概念挂钩，例如理性、客观性、确定性等，这表明这一概念诞生之时就具有强烈的倾向性。主体是作为实体而被提出来的，但是若为主体为何的可能性留出余地，考虑它如何把握对象并得出知识，继而如何实践道德时，也就是说如果想让主体概念能够应对伦理、审美、认识这几个方面的任务，那么主体乃至主体性的问题就必然会变得复杂。

主体性概念从整体上看固着于启蒙意义上的单面意涵，但这并不代表它不能够脱离主体概念所导致的意义的单面性。在启蒙哲学对主体为何的建构之外，从逻辑上可以推出与之不同甚至相反的结论，即人的主体性并不落在理性主体上，而是落在无意识的非理性之上。后一种逻辑主宰着今天后现代的几乎所有话语。然而，问题本身实际上更为复杂，如果对我们而言主体性这个概念并非先天地附带着有关主体的理性和自由这样的观念，并非直接意指人是自身认识和行动的发出者，而是指主体的一切可能的特性和规定，那么，如要说明这些可能性的具体形式就必然需要考察主体性的内在结构。只有这样才能将一种哲学从简单的有/没有主体性，引向其具备怎样的主体性这一问题。毕竟，即便是后现代主义者也并没有彻底反对主体性，而是反对那种被异化了的、理性的主体性："如果要说主体，那么应当说存在着两种主体，一种是'真正的主体'，一种是'虚假的主体'。真正的主体并不存在于……反思的思辨游戏之中，因为，反思的主体已经是一种'异化了的主体'……在后现代哲学家眼里，真正的主体，即本我（Id）或本能的欲望冲动或无意识，是戴着荆冠的受苦受难的基督，但同时，它又是真正意义上的叛逆者，在本质上是桀骜不驯的、颠覆的、反秩序的。"① 但是，利奥塔在阐明自己对主体的反对时，尤其是当他说"反思的主体已经是一种'异化了的主体'"时，他其实是将主体这一概念的含义简化为仅仅是指依赖并栖息于语言中的人的理性。可以看出，这一观点明显受到了海德格尔哲学的影响。就人始终在某种语言中生存而言，他的任何一种想法，任何一种价值观皆是被语言所塑造的。由于无时无刻不在使用这种语言中的概念，人根本不可能有独立于这种语言的生存指向，也就是说，无论他在实际中做了什么，他的价值观始终都要受到这一语言所形塑的文化的限制。于是，在海德格尔那里，人的现世生存就是在本真自我与异化了的世界中进行拉扯，随时都有"沉沦"的可能。利奥塔正是继承了海德格尔哲学中人在语言中异化的观点，由人的理性对语言的依赖性推导出人的理性的不可靠，进而否定这种不可靠的理性具有引领人类走向更美好未来的可能性。无疑，利奥塔对主体的解构与尼采的解构最终达到了相似的结论，那就是后现代世界当中"元叙事"的失效以及紧接着的合法性的危机。

在西方思想的发展历程中，美学思想的演变其根源在于时代精神以及哲学思潮的演变，甚至美学这一学科的建立都是西方科学精神对审美领域入侵的结果。任何一种有关人类现象的知识在 18 世

---

① [法]让-弗·利奥塔等：《后现代主义》，赵一凡等译，北京：社会科学文献出版社，1999 年，第 38—39 页。

纪的人看来都必须得到科学的、体系化的阐释，方能显示其合理性。而在 18 世纪中期，美学作为一个学科的诞生所伴随的是主体性哲学的兴起。与此相对，从 20 世纪中晚期直至当前，美学渐渐衰落，这又与主体性哲学的衰落密切相连。冥冥之中，好似主体性在哲学中的地位决定了美学学科的价值，这不禁令人感到美学学科自身价值的不确定性和依赖性。当主体性哲学彻底衰落之时，以主体性立身的近代西方美学自然就在理论话语中失去了合法性，让位于后现代有关"身体"的言说。而就迪萨纳亚克的美学理论而言，其所呈现出的与主体性的分歧促使我们将审美与主体性的交叠部分即"审美主体性"问题化，从而能够历史地看待其美学思想中对主体问题的淡化。

当面对迪萨纳亚克的《审美的人》这一著作时，这一书名会极其自然地引发我们的联想，使我们无形中将它与美学史上席勒的《审美教育书简》相联系。虽然书名中都有"审美"这一概念，且在具体的内容中也都谈到了作为人类本性的游戏冲动，但两本著作的根本立足点却是南辕北辙的，这其中的巨大差异甚至能够标示出美学的两种极端对立的可能性。在席勒的著作中，它所设定的人是康德意义上理性的人，自由的人，也就是具备主体性的人，而迪萨纳亚克设定的则是由进化而来的动物性的人。就本质论和建构论而言，两位作者都站在本质论者一边；但就本质究竟为何而言，二者却是从完全对立的哲学基础出发来谈的。席勒所认为的人的本质是建立在先验唯心论哲学意识实在性的基础之上，对他而言，主体是实体性的存在；迪萨纳亚克则认为人是进化的产物，人最终要受到生物本能的支配，动物性才是人的本质。于是，近代主体性哲学框架下自由的"主体"在物种中心主义美学当中就不能成立。

如果不局限于美学作为一门学科短短两百年的历史，而是从美学一词的宽泛意义来看，广义的美学与主体之间的关系是一个值得深究的问题。主体，也就是"subject"一词，直到 17 世纪才获得了它的近代意涵，即作为认识之最终基础的一个不可拆分的"自我"意识。尽管主客二元对立的哲学思维古已有之，但是将有自我意识的思维作为知识唯一可靠的合法基础却是 17 世纪以来的一个重大历史转折。在过去，尤其是自古希腊以至 17 世纪新古典主义的整个哲学和艺术理论中，学者们的思维始终都囿于本体论的框架下，他们会思考"美""崇高""悲剧""史诗"这些概念的规定性是什么，它们作为一种被人们深刻感受到的精神性存在究竟满足了哪些必不可少的条件。即他们更多是把美学上的概念和范畴作为哲学意义上的理念进行辨析，并在归纳与思辨的合力之下极力将范畴带向最终无须再进行任何解释的"完美"解释。这种思维方式默认通过一种本体论式的考察，真理必将无处遁形，理想中的完美答案最终一定能够得出。但是，这种理念论式思维最大的缺陷就是它面对问题时的过于乐观。当静态地去看待复杂问题时，尤其是当认为答案已经妥当地存在于某地，只待找到埋藏它的洞穴的时候，这种乐观最容易涌上心头。在本体论思维之下，"美"始终只与美的对象有关，艺术作为现实的模仿是一种比现实世界更加低级的与理念世界隔着三层的劣等存在物。只有随着近代主体性哲学的兴起，当美学家们开始从这一问题的始发地——人本身来思考答案的时候，美与艺术的问题才开始趋向复杂化。

那么，什么是主体性哲学？它的核心问题又是什么呢？就这二者而言，需把它们放在与传统本体论以及当前后现代主义的一整条脉络当中进行理解。首先，主体性哲学产生的前提是需要有主客二分的概念，即有一个认识的主体和被认识的客观存在的对象。在这样一种二元对立的认识框架之中，本体论哲学集中探讨"存在是什么"这样一个问题，即从它的发问方式来看它是以"存在"这一客体为中心的，即对象的本质或说真实存在的方式是什么。而到了主体性哲学这里，哲学讨论的重心变成了人，或者说"主体"本身，探讨它是怎么认识客观对象的，这种认识的可靠性以及内在机理是怎么样的，主体和客体之间究竟是怎么达成一致的，即着重讨论主体的属性、本质一类的问题。

从传统本体论到近代认识论进行范式转换的内在动力则是文艺复兴以来神学的式微所导致的知识的可靠性的问题化。因此，历史地看，西方哲学的这种范式转换也可视为同一哲学框架内研究重心的转移，即从主体－客体的其中一极转向另一极。如果联系到主体性哲学后来的解体以及后现代主义在 20 世纪七八十年代的兴起，则可以将后现代主义看作对主体性哲学之"主体"的解构："现代性与后现代性在哲学上争衡的焦点是主体性及其与他异

（otherness）的关系。"① 理性的人、自我同一的人在后现代主义者那里统统失去了合法性，普遍有效的真理成为虚幻不实的东西，"合法性的危机"渐渐露出端倪，成为一个不得不深入探讨的问题。

近代西方哲学围绕主体，即"subject"所要解决的是传统哲学遗留下来的老问题，即"何为存在者"，以及"存在者如何存在"的问题。这一问题具体化为思维与存在、主观与客观、自我与他者之间关系的问题。那么，主体性哲学对这一问题的回应其价值如何呢？在《主体的浮沉与我们的后现代性》一文当中，作者评价道：

> 全部西方哲学史即无论是以本体论为中心的古代哲学还是转向了认识论的现代哲学，都在致力于解决主体如何才能与客体同一的问题，而这同时也就是自我与他者的关系问题。柏拉图不能解决这一问题，所以他乞灵于认识的"突然跳跃"（eksaiphnes）、灵感或迷狂；康德不能解决这一问题，所以其普遍而必然的先验知识不过仍然是主体关于自我而非关于客体的知识；胡塞尔不能解决这一问题，因而其声嘶力竭地呼喊"返回到对象，返回到现象，返回到本质"最终不过是无可奈何地"返回主体"，其"先验自我"如果不是被设定为一个超绝本体，那么在认识论范围内它就仍是一个主体；萨特不能解决这一问题，以至于

① 金惠敏：《主体的浮沉与我们的后现代性》，《外国文学》2001年第6期。

在《禁闭》中恐怖地尖叫"他人即地狱"。①

也就是说，在主客体同一性问题上，无论主体性哲学的解决方式有多少种，最终都无法避免将解决方案落脚于主体的认识机能本身，即它解决主客二元对立的方式是通过建构一个不依赖于对象但又能与对象一致的主观心灵的实体。实体的观念对于"主体"来说至关重要，如果主体不是一个实体，那么它将随时面临解体的危险，尼采就是从论证主体并非实体来对主体进行解构的。事实上，在认识论的哲学建构当中，黑格尔的体系博大而完善，堪称认识论的高峰，但上述文字显得像是有意忽略他。这里存在的问题是：尽管黑格尔为了彻底解决主客体同一性问题而将主客体二元化为一元，将主体和对象统一于绝对精神的发展之中，由此得出了世界的本源是精神这样饱受诟病的结论，但是，这里更为重要的是我们如何评价黑格尔解决问题的方案，即从哲学的角度来看，黑格尔绝对精神这一体系的自洽性如何。它究竟是否是一种有价值的哲学思想，取决于它能不能为某些具有生命力的主张提供哲学依据，能不能有效地说明人类认识中的某些重要方面。

事实上，西方哲学将焦点转移至主体在时间上已经比东方哲学晚了两千多年。尽管研究主体，但是它始终抱持着不可知论和怀疑论的态度，认为主体获取知识的能力是有限的。同时，在理解主体

---

① 金惠敏：《主体的浮沉与我们的后现代性》，《外国文学》2001 年第 6 期。

时，近代西方哲学倾向于明确切分主体的各项机能。这种切分是为了达到科学般的清晰，但是这一切分所使用的概念仍旧在很大程度带有古希腊哲学的印记，例如它有着感性和理性的划分。既然有了这种划分，人们难免会认为感性和理性是各自独立运作的机能，认为人在某些情况下凭借的是感性，而在另外一些情况下凭借的是理性。那么这里存在的问题是：有没有感性和理性同时运作的可能？即少部分感性和大部分理性或大部分感性和少部分理性同时作用的可能？我的意思是，感性和理性的划分其实很简单粗暴，这两个词是对功能或机能的描述，而不是对主观体验的描述，就像"美"看似是对体验的描述，却非常地概括和抽象。从这个意义上来讲，西方哲学的确是出在了"概念"不清晰的问题上。但关键是什么又是"清晰"的概念？客观且有着明确界定的概念就是"清晰"的吗？那些被认为"清晰"的概念，最大的特点在于具有一种模糊的抽象性和普遍的概括性，仿佛越脱离人的主观感觉的干扰就越能接近真理。这种求普遍、求客观、求抽象的倾向皆源于"求真"的哲学传统。

东方哲学则不同，印度佛教以及中国传统哲学对主体——"心"早就有了大量的描述。西方哲学喜欢强调认识外在于人的世界，因此即便是主体性哲学，其出发点也是为了弄清人对外在世界的认知究竟合不合理。但东方哲学始终都是在向内求，它通过理论和实践相结合的方式来认识自己的心。尽管佛学认为人没有主体性，但这并不妨碍它宣称通过实践人能够达到对自己心灵和本性乃至外在宇宙自然的正确知识。中国儒家哲学讲人的伦理道德修养，道家通过《周易》来表征世间万物的规律。从本质来说，二者皆不去过多地怀疑知识的可靠性与合理性。因此，人的认识的可靠性在中国哲学当中并不具有核心地位。换句话说，东方哲学关注的是人怎样达到具有更高认识能力的状态，而不是去质疑能不能达到这一状态。

二、笛卡尔、康德的主体观

尽管笛卡尔是主体性哲学的奠基人，但是他在论证主体的认识与外部现实世界的一致性的时候，暴露出主体概念的不彻底性，这表现在他引入了上帝来解决上述难题："上帝一方面在我们出世之前就已经把物质世界的观念引入我们的心灵之中，另一方面由于上帝自身的完满性，他绝不可能把毫无真实性的观念放入我们心中，从而保证了外部世界的实在性，同时也保证了心灵与外部世界之间的一致性。"① 在这种解决方式中，是上帝充当了担保主体认识可靠性的角色，而非主体仅仅凭借自身的力量就能够把握客观世界。因此，这并非真正意义上的最为彻底的有关主体性的观点，而是要到后来康德、黑格尔那里，主体的内涵才得以最终完善。在《认识主体性理论的逻辑进路：从笛卡尔到伽达默尔》这篇文章里，作者对笛卡尔的哲学评论道："笛卡尔以清楚明白作为判定真理的唯一标

---

① 吴德凯：《认识主体性理论的逻辑进路：从笛卡尔到伽达默尔》，《北京理工大学学报》2014年第2期。

准，从'我思'出发来推演一切，这本是彻底的主体主义的理想。但是他在证明了上帝存在之后，又反过来通过上帝来保证其'清楚明白'真理标准的可靠性，并以上帝作为一切天赋观念、外部世界以及心灵与外部世界之间一致性的根本保证，这就大大降低了人在认识中的主体地位。"① 可见，笛卡尔所开创的主体性哲学急需更有说服力的批判性分析。

到了康德这里，他的《纯粹理性批判》在认识的可靠性问题上彻底摒弃了笛卡尔对上帝的依赖。他所运用的解决方式，是在借用了经验论的基础上，认为认识主体有一整套先天的认知结构，是这套结构将认识对象过滤之后形成了"知识"："不通过范畴，我们就不能思维任何对象；不通过与那些概念相符合的直观，我们就不能认识任何被思维到的对象。现在，我们的一切直观都是感性的，而这种知识就其对象被给与出来而言是经验性的。但经验性的知识就是经验。所以唯一地除了关于可能经验的对象的先天知识而外，我们不可能有任何的先天知识。"② 康德认为人的先天综合判断，即十二个知性范畴是将事物变为认知"对象"的中介，当事物成为"对象"时其实已经是先验的知性范畴这套框架作用的结果了，它是人类知性建构而来的对象。这就颠倒了自古希腊以来哲学上本体论的观点，就人和其认识对象的关系而言，不是人的认识去符合外在的

---

① 吴德凯：《认识主体性理论的逻辑进路：从笛卡尔到伽达默尔》，《北京理工大学学报》2014年第2期。

② ［德］康德：《纯粹理性批判》，邓晓芒译，北京：人民出版社，2017年，第84页。

对象，而是外在事物符合人的普遍有效的认知结构，这是认识论占据哲学主流所迈出的重要一步。与此同时，康德认为人的这套认知结构所过滤出来的知识是能够与客观世界中的事物相一致的，理由是数学和自然科学的命题并非经验的、后天的，而是主体凭借自身的知性范畴由内在直观而来的，并且，这些直观而来的命题是放之四海而皆准的，具有永恒性和普遍性。于是，康德不仅是从观点上，而且是从具体的论证上更加充分地说明了笛卡尔"我思"在知识形成方面的合法性，以及主体认识规则的内在结构。

　　不过，值得注意的问题是，主体性哲学到了康德这里已经在很大程度上关联到了美学，这意味着将审美问题放到人类认识的整体过程中观照。美学学科的创始人鲍姆嘉通虽然是在康德之前就写出了《诗的哲学默想录》这样的美学著作，并且将美学确立为一门学科，但是他并不是在总体性的哲学视野当中来看待艺术和审美现象，而仅是从文学或说"诗"这一个侧面来展开思考，这就使我们在看待 18 世纪美学史的时候，要格外注意理论家在探讨美学问题时的不同进路。尽管所谓的"普遍性"并不一定就是评判美学品质高下的绝对标准，但是在目前我们所谈问题的语境下，既然美学这一学科立志要解决的问题本身具有"普遍性"，那么由这一意识所催生的看待问题的独特视角必然在西方美学发展的整个历程中具有某种程度的价值。在此，这个普遍性和总体性的问题在康德那里有了新的进展之后，又在黑格尔那里继续推进。

三、黑格尔的主体观

黑格尔对笛卡尔、康德的认识论进行了改造。在哈贝马斯看来，黑格尔的"主体性"概念包含四个要素："一是个体主义，二是批判的精神，三是行为自由，四是唯心主义哲学本身。"① 具体来说，他的认识论与笛卡尔、康德有着质的差异，原因在于他力图克服认识主体和客体之间的二元性。如果说在笛卡尔那里，最终不过是用上帝作为中介来保证主体认识的真理性，而康德在意识到这种主体性的不彻底时彻底抛弃了对上帝的诉求，转而通过说明主体认知的先天综合判断以及知性的十二个范畴来将理性认识的可靠性完全建立在主体自身之上，那么黑格尔就是通过消除主客体之间的二元性来解决不同事物之间如何相符合这一难题。人的理性和客观事物是完全不同质的事物，在黑格尔看来，单纯在这两者之间无论怎样建构联系都无法彻底说明它们是如何统一起来的："无论是主张对象决定主体的经验主义反映论，还是主张主体决定对象的先验唯心主义，都是从二元性出发，最终又回到二元性。正因如此，他们永远都达不到真正的'知识'，达不到'真相'（das Wahre）。"② 于是，黑格尔既拒绝了客体决定主体，又拒绝了主体符合客体，也就是他完全拒绝了主客体二元论这样的哲学架构，转而通过阐述意识

---

① 赵一凡、张中载、李德恩主编：《西方文论关键词》第一卷，北京：外语教学与研究出版社，2017年，第870页。

② ［德］黑格尔：《精神现象学》，先刚译，北京：人民出版社，2016年，第10页。

发展的过程而将主客体统一于精神的自我运动之中。在他看来，精神归根结底只能认识自身以内的东西："因此《精神现象学》的任务就是要表明，无论多么千差万别的、不同领域不同层次的'他者'，其实就是精神自身，都是精神的各种变形和规定性。精神在这些无穷的差别和对立里，且正是通过这些差别和对立，认识到他自己。就此而言，《精神现象学》表述的是精神的自我认识。"①

黑格尔的这种消除主客对立的解决方式既有费希特和谢林两位哲学家的影响，又有德国早期浪漫派——尤其是施莱格尔与诺瓦利斯二人的影响。虽然他与费希特都避开了有神论，但是在这种表面的无神论的外衣之下，他的客观唯心主义实际上有着德国早期浪漫派神秘主义的印记，具体来说就是对于主体之"反思"以及这种反思的媒介的独特界定。德国早期浪漫派所认为的反思依托于一个朝向无限之可完美性的主体，一个不断将思维客体化并对之进行超越的自身直观。对此，施莱格尔有言："原本自我和在原本自我中包容一切者就是一切；除此之外一无所有；除了自我性之外，我们什么也不能假设。限制不单单是自我的暗淡反光，而是实在的自我；不是非我，而是反我，是你。——一切都只是无限的自我性的一部分……返回自身的活动的能力，亦即成为自我的能力，就是思维。这一思维除了我们自己之外没有别的对象。"② 正是在这种返回自

---

① ［德］黑格尔：《精神现象学》，前引书，第10页。
② 转引自［德］瓦尔特·本雅明：《德国浪漫派的艺术批评概念》，王炳钧、杨劲译，北京：北京师范大学出版社，2014年，第36页。

身、向内在自我进行开掘的活动中，在这种意识层面实际上受到诸多限制的反思之中，人才能认识真理。这种对主体反思性的重视深刻影响了黑格尔的哲学思想，他的"绝对精神"的运动过程从本质来看就是精神本身进行自我认识的过程。个体的人的意识是整全的精神展开自我认识的高级阶段，肯定、否定、否定之否定作为达到真理的意识之运动过程，其前提便是主体之可完美性的特殊观念，只有预先设定一个可以不断更新和超越的主体，思维和意识的进步才是可能的。此外，黑格尔有关主体与自然及其真理之间具有一致性的观点似乎是施莱格尔和诺瓦利斯观点的变体，因为这一观点就认识论而言最终导向的是精神和意识之反思的有效性和真理性。事实上，这种一致性并非仅仅是猜想，考虑到诺瓦利斯和施莱格尔的神秘主义倾向，以及清教的虔敬主义对德国唯心主义的影响，我们可以认为，这二者之间内在的一致性源于他们与基督教思想之间的关联。

在实际的著述过程中，黑格尔也较前人有更系统化、更细致的对自我意识的论述。在康德那里，自我意识有两个层次，即经验性的自我意识和先验的自我意识，但只有后者才被认为是认知的主体，它被称为"先验统觉"，是它将人的所有认知层次统一起来。这意味着在康德看来，"自我意识"就等同于先验的、作为认识之根基的"我"，就等同于"统觉"，也即自我意识指的不是这个意识的自我，而是知识所以形成的那个存在于主体之中终极的先验根据："先验自我单凭自身就可以构成一个对象的表象，但是这个先验的对象的表象在先验自我意识的层面上还没有充实以经验的材料，先验统觉作为一种先天的能力，它可以先天地想出一个对象来，但是这个对象在它还没有应用于经验的材料之上的时候，它只是一个对象的表象，它的内容还是一个未定的 X。"① 在他的哲学架构中，尤其是《纯粹理性批判》当中，他着力进行研究的就是先验自我。但是到了黑格尔这里，研究的重心发生了偏移。在黑格尔看来，康德的观念论的我思最大的问题是将自我意识设定为一个静止不动的东西，是一个没有生命冲动的东西，但是他又明显感觉到灵魂有着扬弃自身、不断提升的内在冲动。于是，他在绝对精神概念的统摄之下，在"我思"与"精神"之间建立了关联："我们在黑格尔的哲学中，看到了另外一种自我意识的我思，这是一种绝对精神的我思，它与康德的我思的根本区别是：黑格尔把康德的知性意识（我思）引入到了绝对精神那个维度，从而使观念论的思维进入到理念论的思维。"②

具体而言，黑格尔将自我意识设定为绝对精神运动过程中的一个阶段，也即自我意识是从意识到经过扬弃的个体化的精神的一个过渡，它具有精神的属性，这一创新的关键之处在于引入了"精神"的理念："在那里，黑格尔不但把自我意识表述为精神，而且还第一次对个体化的精神进行了考察。这样也就把自我意识的内容

---

① 邓晓芒：《纯粹理性批判讲演录》，北京：商务印书馆，2017 年，第 119—120 页。
② 陈也奔：《论康德的我思与黑格尔的自我意识》，《理论学刊》2016 年第 1 期。

与精神联结起来，设定了意识与精神的一般关系。"① 当自我意识具有了精神的色彩，它也就迥异于康德意义上的"先验统觉"了，即它并不是一个静止的、毫无时间性的东西，并不是一个仅在自身内映照出对象的单纯认识论意义上的事物，而是一个有生命的、不断变化着的实体。精神从本质上而言是一股自足的、自我推动的生命力量，于是自我意识亦变动不居，不断超越自身而成为更高的存在。在黑格尔看来，精神活动的冲动性和辩证运动是精神本身不可或缺的，也是与意识的自我同一性不相违背的："黑格尔实际上是指出了自康德以来自我意识关系的那种缺陷，那种缺陷是由无差别化（无矛盾）的同一而引起的。知性的意识是被设定为直接现成的东西，而缺少在自我扬弃中渐进的辩证法。用黑格尔的话说，自我意识好像在对象中自在地知道自己，而对象在这方面又好像与生命的冲动相适应。但实际上，这就把精神活动的冲动取缔了。"② 黑格尔对自我意识的思虑不可谓不深刻，他填补了康德的自我意识在知性的精神冲动方面有所缺失的问题，在逻辑上使对自我意识的规定性更加完善。

这样一来，黑格尔的认识论就走向了与笛卡尔、康德截然不同的方向，将主体性推到了极致。在黑格尔那里，哲学意义上的主体性被提高到一种前所未有的高度，而主体在自我认识之外的另一个本性则是"自由"："黑格尔对时代的哲学把握最终表现为一个百科

---

① 陈也奔：《论康德的我思与黑格尔的自我意识》，《理论学刊》2016 年第 1 期。
② 陈也奔：《论康德的我思与黑格尔的自我意识》，《理论学刊》2016 年第 1 期。

全书式的体系，包括对'较高级的思维关系'（逻辑）的把握，对道德、伦理（权力哲学）的把握，对国家、宗教问题及其相互关系的把握（政治哲学与宗教哲学），等等。而'自由'则是这一体系的核心，它集中体现为'主体性'概念；正如哈贝马斯所指出的，在黑格尔那里，'现代世界的原则就是主体性的自由'。"① 而黑格尔本人在《法哲学原理》中也说道："在主体中自由才能得到实现，因为主体是自由的实现的真实的材料。"② 于是，黑格尔的主体概念与以往相比又加强了主体与"自由"的联系。

黑格尔的主体观念在身体与灵魂的关系问题上与笛卡尔有所不同，他对这二者之间关系的论证是主体的"自由"本质得以确立的关键步骤。笛卡尔明确表明了身心二元论的基本观点，也即身体和灵魂之间是平行的关系，二者之间有着不可逾越的壁垒。但在黑格尔理念说的框架当中，他在身体与灵魂之间建构出了一种特有的联系："具体说来，概念以灵魂的形态存在于人的肉体里，而灵魂与肉体的结合，也就是普遍性与个别性的结合。因此人的肉体除去表示它的概念（即灵魂）的规定以外，不表示任何的差别。就人的肉体的个别性来说，它是外在的和杂多的，并且是否定的。也就是说，人的肉体终究要扬弃其外在的客观性而返回到内在的主观性来。"③ 在黑格尔看来，生命的理念是灵魂，身体是灵魂这一本质在

① 赵一凡、张中载、李德恩主编：《西方文论关键词》第一卷，前引书，第867—880页。
② ［德］黑格尔：《法哲学原理》，范扬等译，北京：商务印书馆，1961年，第111页。
③ 吴琼、刘学义：《黑格尔哲学思想诠释》，北京：人民出版社，2006年，第133—134页。

现实世界的外化、实现，灵魂有变化，身体也会相应改变，因此二者之间是相互关联的，并且"灵魂"的这一方面起着主导生命有机体的根本作用。由此可以看出，在身心关系的问题上，黑格尔尽管提到了身体，并认为身体和灵魂之间有着某种复杂微妙的关系，但是，他的最终目的是要通过强调灵魂对身体的决定性作用而进一步确立主体的中心地位，确立主体的"自由"的本质，身体仅仅是被动、次要的角色。对于这一目的，他有着极为清醒的意识：

> 身体与灵魂的这种区分对于哲学研究也是极其重要的，我们在这里也得研究它，不过灵魂与身体的统一的关系也同样重大，而且对于哲学思考一向就是一个极难的问题。正是由于这种统一，生命才形成理念在自然界中最初阶段的显现。所以我们不应把灵魂与身体的统一理解为单纯的互相联系在一起，而应把它看得更深刻些。我们应把身体及其组织看成概念本身的有系统的组织外现于存在，这概念使生物的一些定性在生物的肢体中得到一种外在的自然界的存在。①

在这段文字中，黑格尔道出了身体与灵魂的关系是他关注的一个重要方面，身体与灵魂的关系是区分不同派别哲学的重要量度，

---

① ［德］黑格尔：《美学》第一卷，朱光潜译，北京：商务印书馆，2019年，第153页。

任何哲学在运思的最初时刻都不得不对这个问题做出回答。黑格尔对这个问题的回应可与迪萨纳亚克形成鲜明的对比：黑格尔认为世界是精神的外化和显现，灵魂决定着身体，而迪萨纳亚克始终都对自我意识这样的概念避之不及，在她的概念体系当中，尤其是物种美学的理论基础当中，她始终未能明确提及自我意识和身体之间的关系。这可能是她所借用的生物学的思想体系当中缺乏西方传统哲学当中的问题意识和相应的话语，也可能是她有意为之，以此来避免由这一问题意识所带来的理论建构过程中的麻烦。

在《精神现象学》"自身确定性的真理"这一章的第二小节"自我意识的自由"里，黑格尔通过对哲学史当中的斯多亚主义、怀疑主义以及苦恼意识进行批判来阐明传统意义上的自我意识在克服主体与客体、思维与存在之间二元对立时起到的关键作用，并论述了他本人在面临这一难题时的应对方式。自我意识作为哲学当中的重要问题古已有之，黑格尔不过是在前人的基础上对这个概念的内涵进行了改造。对他而言，自我尽管是一个实体，却并不是固定不变的；相反，它处于不断变化的过程中，并且能够在思维着的意识当中对自身进行否定和超越：

> 一方面，独立的自我意识把自我这一纯粹的抽象表述看作是本质，另一方面，由于这个纯粹的抽象表述处于塑造的过程中，并赋予自身以各种差别，所以它的这些活动在自我意识看来并不是一个客观的、自在存在着的本质。

因此自我意识并没有转变为一个既是单纯的、同时又真正
区分着自身的自我，或者说没有转变为一个既作出绝对的
区分、同时又保持着自身一致的自我。①

静止、统一的主体在能动性上自然比不上非同一的主体，这种
对自我意识的精神性的发挥为自我的超越奠定了哲学上的基础，这
也就是为什么后来海德格尔对该著作"意识自身确定性的真理性"
这一章展开了深入的研究，并在 1930 至 1931 年的冬季学期讲座
《黑格尔的〈精神现象学〉》（GA 32）期间讲完这一章节就结束了
讲座。在他看来，直至这一章节，全书最精要的内容已经完全呈现
了出来，之后的内容只不过是对于这一章内容的细化和深化，并没
有超出它所确立的主旨范围的核心。

在这一章中，黑格尔将有关自我意识的自由这种观念追溯到了
古希腊哲学："众所周知，自我意识的这种自由已经作为一个自觉
的现象出现在精神史之中，这就是斯多亚主义。"② 而在黑格尔用精
神的发展和自我认识来解决认识论中的二元论困境时，实际上采用
的也是斯多亚主义的理路。斯多亚主义哲学的主旨在于人如何获得
自由的问题，因此，它对于主客体二元论的克服从根本上来说是为
让人摆脱外在现实的束缚、最终获得自由和解脱建立哲学基础。如
果主体和客体不是截然分离的，而是说客体蕴含在主体自身之内，

---

① ［德］黑格尔：《精神现象学》，前引书，第 126 页。
② ［德］黑格尔：《精神现象学》，前引书，第 128 页。

那么人获得自由的最终方法和根据就在于主体本身："作为一种独立的自我意识的斯多亚主义，从形式上非常干脆地拒绝了被对象或他者所奴役、束缚的状态，它拒绝任何对物的依赖性，返回到纯粹内心世界中去寻找自由意识。"① 这样一来，通过返回古希腊哲学寻找理论资源并进行哲学上的重构，黑格尔以哲学的方式回应了自文艺复兴以来的对摆脱社会以及他者化的个人所构成的外在束缚的要求，即布肯哈特所提到的文艺复兴以来人的意识的转变所带来的相应的诉求："当文艺复兴和启蒙运动特别强调个人应从一切限制人、监督人和约束人的机构桎梏中，从社会和别人的羁绊中，从宗教、哲学和意识形态的牢狱中解放出来时，人们的目光无疑地由普遍转向个别、由共同体或共同本质转向个人、自我。"② 因此，黑格尔有关主体意识自由的观点是时代精神发展到极致的表现。

　　值得注意的是，自我在不断变化的同时也力求在自我与他者之间的关系中得到对方的"承认"，即自我的自由必须要接受考验才能化为现实。在这里，自我并非获得知识的观念性的存在，而是作为绝对精神分化环节之一个阶段的个体精神，这种个体精神在生命冲动的推动下展开对自身确定性的追寻，它要历经劫难，在惊心动魄的较量中将自身确立为纯粹的自为存在，这就赋予了黑格尔哲学强烈的现实性色彩："唯有冒着生命危险，自由才会经受考验，自

---

① 潘斌：《黑格尔自我意识的辩证进路及其批判》，《贵州大学学报》2020 年第 9 期。
② 张文喜：《自我同一问题之现代哲学史嬗变》，北京：中国社会科学出版社，2020 年，第 2 页。

我意识才会认识到，本质既不是存在，不是它直接出现时的形态，也不是那种陶醉于散漫生命中的状态。毋宁说，依附在自我意识身上的一切都不过是一个转瞬即逝的环节，而自我意识本身仅仅是一个纯粹的自为存在。诚然，即使一个个体不敢去冒生命危险，我们仍然承认它是一个个人，但在这种情况下，它并没有获得'承认'的真理，因为它不是作为一个独立的自我意识得到承认。"① 可见，黑格尔所理解的主体有着极为复杂的内涵，主体的本质规定之一就是渴望得到"承认"。这种被他者承认的渴望就暗含着主体间性的理念，即主体是在与"他者"的互动关系中实现其自由的。同时，黑格尔对精神的强调，以及对自由的独特诠释使得他的主体从一开始就摆脱了虚无主义的诱惑，成为一种积极进取、不断超越的强有力的个体，这使得他的哲学体系与尼采相比在体系的完善性以及论证的有力程度上占据了优势。尼采一方面解构主体，另一方面又在其权力意志哲学当中强调主体，他虽与黑格尔在某种层面上有相同的问题意识，却由于许多对主体性直言不讳的攻击而致使其思想在主体问题上所达到的理论高度不甚清晰。

至此，黑格尔在自我意识的问题上突出强调了个体意识精神性的本质，意识哲学尤其是自我意识的自由在他这里达到了一个高峰。在他之后，无论是胡塞尔的现象学、卢卡奇的《历史与阶级意识》、法兰克福学派，还是海德格尔哲学、拉康的精神分析，都有

---

① ［德］黑格尔：《精神现象学》，前引书，第 120—121 页。

黑格尔意识哲学的影响，都是在他的观点的基础上进行下一步的肯定、否定或改进。绝对精神或说自我意识的演进在各种哲学流派当中反复地出现，但它是以一种改头换面的方式。尽管自后结构主义思潮以来西方哲学力反从一个中心出发的、传统意义上体系化的形而上学，但是形而上学自身当中所蕴含的对于灵魂或说意识的独立性的推崇使得个体意识的内在规律能够被当作一个自律性的事物而被谈论，从而使得自我拥有了"自由"的可能性。

事实上，早在黑格尔的老师谢林那里，"自由"就已经成为哲学的核心议题："对谢林而言，哲学只有从自由出发才是可以完成的，并且哲学的完成是最高自由本身的一种行动。"① 谢林认为自由必须成为哲学体系的核心。而海德格尔亦对谢林《对人类自由的本质及与之相关联的对象的哲学探讨》的运思方式给予了精辟的总结："自由并非视为人的属性，而是反过来：人至多视为自由的所有物。自由是有容括和贯通作用的本质，人反过来置于这一本质，人才会变为人。这乃是要说一点：人的本质建立在自由之中。而自由本身是整个真正的存在高于一切人性存在的一种规定。就人是作为人，人就必须分有存在的这一规定，而人之是，也是以人完成对自由的这种分有而言。"② 黑格尔正是在其老师的影响下，将"自由作为哲学体系的核心"这一理念贯彻了下来，从而促成了以自由作

---

① ［德］马丁·海德格尔：《谢林论人类自由的本质》，薛华译，沈阳：辽宁教育出版社，1999 年，第 258—260 页。

② ［德］马丁·海德格尔：《谢林论人类自由的本质》，前引书，第 13 页。

为本质的自我意识的最终完成。

那么，自我意识及其自由本性的确立与审美的本质、审美的人有什么关系呢？实际上，这种自我意识的独立性，或说"自我"的自由与近代以来艺术的"自律"有着深刻的内在关联。自康德区分知、情、意这三个主体认识层面的领域以来，科学、道德与审美就在不断地走向分化，它们分别在各自的领域建立起了严格的规则，遵循各自的价值取向，相互之间的壁垒愈发森严。正是自我意识的自由以及自我同一性保证了一个稳定的、自我同一的审美主体，同时也确保了审美活动的价值的成立。只有与身体以及外在现实相独立的自由的自我才能保证康德意义上审美的无功利性，才能使审美真正成为一个自律的领域。一旦审美主体丧失了实体的本性，沦为或身体，或资产阶级意识形态的产物，审美的自律就不可能继续成立，艺术对抗资本主义现实的功能就难以维系。从这个角度来看，主体性哲学与反主体性的哲学在审美领域的最重大分歧就是艺术自律问题。而艺术自律问题的核心又是普遍人性和自我同一性的问题。因此，在此背景之下，就更能见出黑格尔有关自我意识的理论在为主体自由进行辩护的同时也为审美主体的自由及超越的可能性奠定了基础，从而深刻影响了其后美学思想的发展，尤其是法兰克福学派有关审美救赎的理论。

第二节　解构哲学对美学中主体观念的冲击

艺术中主体的解构构成了 20 世纪后半叶的一股巨大浪潮，后现代主义艺术不讲求主体的体验和感知，而是通过理论来塑造艺术的意义和价值，这就是物种中心主义美学最反感的地方。归根结底，解构主义哲学对主体观念的反对以及对于解释的推崇为后现代主义艺术观奠定了基础。其实，对主体的解构体现在 19、20 世纪的多位思想家身上。马克思认为启蒙意义上的主体是特定意识形态之下的主体，号召从阶级的角度来鉴别启蒙话语的意识形态特性。弗洛伊德也讲主体，他从生物的性本能出发将理性主体视为文明的产物，它与非理性的自我始终处于紧张的对抗关系之中。但是，这二人对主体的解构都不如尼采的解构那般彻底，那般在艺术观念领域产生如此大的影响力。尼采对主体的解构，其思想来源于东方的佛教，它不仅摧毁启蒙哲学所建立的稳定的理性主体，也摧毁个体意义上有关主体存在的感知。作为幻象的主体所认识到的"真理"是相对的，不同的主体以自身为基点所认识到的都能成为真理。这种被称作"视角主义"的思想被战后法国新尼采主义加以发挥，在与结构主义语言学相结合后发展为解构主义，而当这种解构主义传到美国之后，成为后现代主义艺术"多元性"特征合法性的依据。自此，艺术不再单纯是和技艺、感知，即和人这个主体有关的事物，而是变成了依靠理论氛围的"加持"才能够被理解和欣赏的东西。虽然物种中心主义美学缺乏主体的相关言说，但是对于玩弄概念的后现代主义艺术，它也是极力批判的。

一、马克思、尼采和弗洛伊德的相同点

黑格尔之后，出现了数位反对形而上学主体意识的重要思想家，他们从不同的角度出发，对自我同一的稳定主体展开质疑，以至于 20 世纪被认为是"拆解主体的时代"。自马克思以降，直到 20 世纪 70 年代形成了一整条解构主体的哲学脉络："马克思主义文化哲学认为主体受文化霸权与意识形态的宰制；胡塞尔把主体置入意识中的自我和他者的复杂关系之中；弗洛伊德把主体分裂成冲突的若干部分，摧毁了主体独立的幻觉。20 世纪 70 年代之后，'主体性'更受到后结构主义与解构主义的毁灭性打击，从而完整的主体，在学理上已经无法辩护。"[①] 而对于彻底否定主体的后现代主义而言，这一脉络当中的尼采具有决定性的意义。第二次世界大战之后，法国以福柯、德里达、德勒兹为代表的新尼采主义者着重挖掘尼采思想与传统哲学之间的断裂，将尼采视为解构传统哲学乃至反主体的先驱而加以推崇，从而将主体性哲学中"主体"的合法性推到了遭受质疑的舞台中央，其中，德勒兹所著的《尼采与哲学》则成为尼采思想在法国大放异彩的重要转折。

在前文所述的反主体性哲学的思想家当中，马克思、尼采和弗

---

① 赵毅衡：《符号学》，南京：南京大学出版社，2012 年，第 335 页。

洛伊德三人对后来者产生了无法估量的影响，他们塑造了 20 世纪思想的基本走向和最终形态。不可否认，尼采和弗洛伊德之间有很多相似之处，但如果从主体之解构的角度出发，将尼采与马克思放在一起对比会产生有趣的发现。这二人在学术思想、政治观点上的差异之大使人们较少关注他们之间的共同点。虽然尼采出生时间晚于马克思，但二人的学术活跃期有较大的重合，因此可以认为他们处于同一个时代。就反对形而上的主体而言，二人都可以算作黑格尔的批判者。马克思对黑格尔哲学进行了批判性的改造，具体表现为他引入了"实践"的概念来说明人的主体性的形成过程。在马克思看来，传统唯物主义对现实以及客观事物的理解是静止的、直观的，它没能将客观世界与人的意识和行动联系起来，反倒是唯心主义极力发展了人的能动性这一面向。于是他将黑格尔在《精神现象学》以及《精神哲学》当中所讲的主观精神的发展挪入现实世界，让精神的发展与现实的实践活动相结合，唯有现实当中人的具体的、历史的实践才是主体精神不断发展的动力，而非黑格尔所说的作为世界本源的"绝对精神"的自我认识的冲动。在他看来，人只有在与客观对象不断发生关系的情况下，即在不断参与社会实践的过程中才能使自身的主体性最终得以形成。而在参与实践的过程中，人的社会性必然会日臻完善和成熟。由此可见，马克思所认为的人既是个体的人，又是社会的人，人是"一切社会关系的总和"①。这就对拆解一个稳定的形而上主体迈出了重要的一步。正如有学者所言:"马克思对形而上学的主体意识的拒斥,使他和后来的尼采一起成了后现代思想最主要的预言家。"②

然而,马克思对近代主体性哲学所建构的"人"的概念的颠覆并没有获得广泛的承认,这可能是由于与尼采相比较,马克思的思想流露出强烈的人道主义关怀,并且对近代主体哲学有着颇多的继承,尤其是黑格尔哲学。因此,重新认识马克思主义在解构近代以来的"主体"上所具有的意义和价值很有必要:"无论怎样,更严肃地说,马克思对近代哲学传统的'人的形象'的揭露,开启了一个新的气候、一个新的时代,马克思哲学作为一种更深刻的哲学前不是一种号称,作为给现代性根基的主体性观念的第一次下葬,是其实质性标识。自马克思以降,葬礼却始终还在进行。但是,人们对马克思为主体观念送葬的实情却没有始终能够说得恰到好处。"③马克思的哲学同以往的哲学有着质的差别,他把人从虚无缥缈的形而上世界,从理念、纯粹自我等概念拉回到现实,但同时又避免了回到现实之后的虚无主义。如果说黑格尔是通过将自我意识纳入绝对精神外化的过程当中来给予"我思"以不断超越的动力,那么马克思就是通过"实践"来赋予主体一种不断更新的可能性,主体通

---

①　[德]马克思、恩格斯:《马克思恩格斯选集》第一卷,北京:人民出版社,1995 年,第 56 页。

②　赵一凡、张中载、李德恩主编:《西方文论关键词》第一卷,前引书,第 872 页。

③　张文喜:《自我同一问题之现代哲学史嬗变》,前引书,第 137 页。

过实践而认识，又通过认识而实践，最终达到自我实现。可以看出，早在尼采之前，马克思就已经走在了建构一种新的"主体性"的道路上了。也就是说，马克思给尼采造成了"影响的焦虑"，这导致尼采不得不另辟蹊径来完成他反传统形而上学的哲学追求。

如果说马克思通过引入"实践"的概念，让人的主体从过去形而上的稳定、统一的实体变为一个有着社会性、阶级性以及可塑性的非连续存在物，那么尼采则是通过语言学、实用主义以及谱系学将我思之"我"看作语言的误用所导致的幻觉。是语言的幻觉使人觉得行为有一个所谓的发出者，而这个发出者与行为之间有一种必然的因果关系，"自由意志"也不过是处在奴隶状态的人为了对自身卑下的生存状态做出辩护而发明出来的对"主人"进行攻击的武器。换言之，尼采深刻地质疑以语言为表征的理性，并进一步质疑以理性为根本性质的主体的存在。在他看来，首先，自我意识并不是一个实体，而是由无数潜意识的身体欲望相互较量的结果，因此它并非自我同一的；其次，在认识论问题上，他也与笛卡尔、康德、黑格尔有很大的不同，通过建构自我与自然的关系，他在个体对自我的经验性认识和关于世界的真理之间成功搭建起一座桥梁，使个体的认识能够获得真理的资格，并进而获得普遍性。换句话说，认识自我即是认识宇宙和世界。事实上，尼采的认识论充满了悖论，甚至是晦暗不明的地方，而如果将之与黑格尔的认识论即"绝对精神"的自我认识相对比，就会发现尼采对于主客观如何相符这一问题的解决与黑格尔有很大的相似之处，甚至可以说，尼采在寻求解决方案的过程中不得不去考虑黑格尔的思维方式并竭尽所能摆脱他的影响。二人都认为，如要使主客观相一致问题的解决符合逻辑，那么客观对象与个体的主观精神从根本上而言必须要统一于一个更高的事物，在此重要节点上，黑格尔构造了"绝对精神"这个具有强烈唯心主义色彩的概念，而尼采则从赫拉克利特以及诺瓦利斯的自然哲学那里寻找灵感，将这种统一的最后根据归为"世界"或"自然"："尼采的基本出发点是，人由于自身属于'世界的性质'（见第 2.3 节）也就能够占有世界；世界的结构最后只能在人身上反映出来。从这里出发，如果人利用自己作为认识的源泉（见第 2.1 节），如果人力图把蕴含在自己内心深处的'知识'转变为有意识的认识（谢林语），情况也就前后一致了。"① 也即在尼采看来，个人的小宇宙与天地之间的大宇宙在本质上是同构的，对外在宇宙真理认识的通路在于回返到个体的自我认识，在于揭示统一于"我"之名下的各种真实的欲望及其斗争。

　　在此，尼采一方面解构"我思"之"我"，另一方面又主张通过认识自我来认识宇宙自然的真理，于是我们所看到的是主体性哲学与解构哲学奇妙的混合。归结起来，尼采与黑格尔认识论之间最大的不同就是前者力求抛弃传统哲学的形而上色彩，即他是要对言说哲学的框架进行彻底的扭转。对黑格尔而言，世界是由绝对精神、人以及自然构成的，绝对精神是贯穿和连接这个整体的关键，

---

① 刘小枫选编：《尼采在西方》，上海：华东师范大学出版社，2014 年，第 182 页。

也就是说，他把保证整个世界之演进的原因推向了一种所谓的客观精神；而尼采则力图在去除这一形而上色彩的情况下仅仅将人和自然这二者之间的关系建构为哲学上而言终极的关系，在人和自然以外并不存在德国唯心主义所言的那种作为终极实在的理念（或绝对精神），即他在这里所依靠的是"自然"的概念。在尼采看来，人属于自然的一部分，于是人就逃不脱自然的属性，换句话说就是，自然的全部属性都会在人的身上显现。于是，应当通过观察人来观察自然，通过观察自身来知悉宇宙的道，同时用真正属于自然的精神及法则来衡量人、评价人。可见，在构思认识论的哲学路径时，尼采的关键性动作就是将黑格尔的绝对精神替换成了"自然"。那么，问题是这一"替换"以哲学的眼光来看是否是实质性的，即尼采的"自然"概念是否真的能传达比黑格尔绝对精神概念更多且更具颠覆性的内容。实际情形是我们在这两个概念中看到的更多不是二者之间的差异和对立，而是一种源自德国早期浪漫派的对主体和自然二者之间关系的独特兴趣。

尼采对"我"或者"我思"的解构，其理论资源首先是来自叔本华的意志哲学，同时也是对休谟怀疑论的进一步发展。叔本华认为人的理性不过是一种掩盖真实动机的假象，理性或者说"我思"，并不是实体性的东西，而是意识在时间当中形成的"自我同一"的幻象。这种对"我"的虚幻性的强调与佛教当中"诸法无我""万法唯识"的理论颇为一致。叔本华对古印度的《梨俱吠陀》有很深的研究，因此其意志哲学的风格迥异于西方传统哲学，流露出强烈的非理性主义色彩。尼采早年视自己为叔本华哲学在世间的真正传人，因此，从根本上来讲，尼采哲学当中振聋发聩的非理性主义，其对自我同一的主体性的攻击之根本来源当属印度佛教。这种非理性主义对基督教背景的西方甚为陌生，但是，对于东方国家譬如中国来说，情况则恰好相反。甚至连尼采所提倡的通过观照自身来洞穿宇宙的真理这一认识论形式都与中国宋代的禅宗颇为相似："宋代禅宗主张从'本心'出发认识外在世界。这种认识方式可以归结为简单的'明心见性'，即要摒弃世间的一切杂念，洞察被杂念遮蔽的佛性……与唯识学说所争论心识内二分的实在与否不同，禅宗主张一种'即事而真'的无相观，即从'心'这一角度出发，主张摒弃'不真'的万事万物，以达到真正意义上的'实相无相'境界。"① 所谓洞察被杂念遮蔽的佛性，以及从"本心"出发来认识世界，其实就是将人这个主体作为认识真理的一个管道，而这一认识真理的行为，即脱离世俗的行为在现实层面具有明显的颠覆意义。尼采在《快乐的科学》当中所提倡的认识论就是主张从认识自我出发来认识世界，而这种认识真理的方法很大程度上来自叔本华所推崇的古印度教。尽管尼采一直反对基督教意义上的具备自由意志的主体，但是这并不表明他反对任何形式的主体，"快乐的科学"所要求的是一个科学实证主义、认识真理的主体，就此而言，尼采对主体的反对从本质上来说是为了攻击基督教。在从中期到晚期的著

① 曹忠：《唐宋佛学的符号学思想及其伦理价值》，《符号与传媒》2021 年第 1 期。

书过程中，尼采极力避免一种因解构主体而导致的虚无主义，而这种对于虚无主义的抵抗又使得他的哲学与马克思主义在"重估一切价值"这个层面上具有相当强烈的一致性，这种一致性最终在 20世纪后半叶的北美表现为左翼与尼采结合而成的后现代主义：

> 实际上，尼采在二战后的西方思想界是被"政治化"、甚至被"左翼化"了的。艾伦·布卢姆说过，德国哲学在本土并未造就真正意义上的政治革命，虽然导致了俄国甚至中国革命，却不似法国哲学推动了本国政治革命。但德国哲学与法国哲学在美国却引发了价值观与文化观上的革命，也就是实用主义、虚无主义、特别是声势浩大的北美特色的后结构主义、后现代主义与法国理论。在美国，尼采与马克思的结合导致了尼采的"左翼化"或者左翼的"尼采化"。马克思主义由于苏联教条主义的影响在西方一度变得名声不佳，但由于与尼采的结合却成了盛行一时的作为"价值重估"的意识形态批判理论。①

在这种与马克思主义的一致性中，可以窥见尼采哲学从根本上来说并不是完全否定主体的。但在进入 20 世纪以后，他的思想中反主体的这个面向被不断地放大，有理由认为，对主体不存在的持

---

① 刘怀玉：《论法国尼采主义的激进现代性批判意义》，《马克思主义与现实》2021 年第 6期。

续强调最终是服务于价值重估这一政治目标。尼采与马克思二人之间的共同点是：他们皆反对旧有的基督教的主体，提倡与之对立的新的主体，提倡要构建新的人类。然而悖论的是，二者结合而成的法国理论、后现代主义却不可避免地走向了多元主义、虚无主义，这其中的缘由值得人们展开深入反思。

　　在尼采之后，20 世纪有关"主体"之不存在的观念继续发展壮大。具体而言，在 20 世纪初的几十年，它表现为精神分析理论从心理学扩展到哲学、艺术和批评等人文学科的领域，成为西方文艺理论的支柱理论之一；二战后，法国的新尼采主义兴起，德里达、德勒兹、福柯和利奥塔四人作为这一派的代表人物，他们合力"颠覆了尼采的法西斯主义反动思想家反动形象，使他成为彻底批判现代性社会、政治与文化的激进角色"①。而从 20 世纪末直至今天，由于医学和脑成像技术的发展，从神经科学的角度来解释人，进而颠覆传统"主体"观念的倾向也愈演愈烈，在科学观念成为衡量一切事物以及概念的合法性标准的同时，人作为主体的稳定性和永恒性在科学的面前受到了前所未有的质疑。上述这三个方面与本书所要研究的物种中心美学有着千丝万缕的联系，即在精神分析对稳定主体的消解以及神经科学对审美机制进行生理性解释的情形下，物种中心主义美学事实上与这种时代风潮保留了高度的一致性，而不是像迪萨纳亚克所说的那样，其理论做到了对后现代主义

---

① 刘怀玉：《论法国尼采主义的激进现代性批判意义》，《马克思主义与现实》2021 年第 6 期。

理论及其虚无主义后果的颠覆。面对这一情形，当今我们需要反思的问题是：把科学作为万事万物的最高评价标准这一行为是否拥有不容置疑的合理性？如若这一标准不合理，那么真正合理的标准又是什么？我们今天依旧面临尼采叩问自身的那个问题，即重估一切价值之后我们将走向哪里。

精神分析在弗洛伊德那里成为一个以性驱力为核心的理论体系，它是西方非理性主义在 20 世纪的最新发展形态。精神分析对主体观念的破坏表现为对理性主体不可靠性的揭示，进而表现为对主体真实所在之处——无意识的阐发。从弗洛伊德到荣格，再到拉康，主体的真正所在从性驱力，转变为集体无意识，最终转移到了作为社会文化符号体系的"大他者"。无论这承载主体的无意识究竟是什么，总之，主体不是思维着的自我意识，不是能够自我确证的理性，主体唯独不是它自己，永远"生活在别处"。在对人的意识与他真实的"意志"之间的这种割裂中，以及在将语言与意识所意味的理性还原为无意识的非理性的过程中，"主体"这一概念变得尴尬而多余，它是一个被命名但却不成立的事物，一个被划线的、否定性的名词。如果说在弗洛伊德那里，人是他自身生物性的奴隶，在荣格那里，它是祖先们集体的原始记忆的奴隶，那么在拉康这里，人就是父权制权力体系与社会习俗的奴隶，即无论是顺从还是反抗，人都紧紧地依附于这个体系之上，人无法作为一个独立的个体彻底摆脱这个体系。于是，不管其内部有多大的分歧，精神分析在整体上都可以看作一种能够导向悲观主义和虚无主义的理论，它在对主体性的否定中将人简化和还原为某种单一力量支配的产物或者一种可以把握的符号系统。也就是说，这一理论乍看提出了一种惊世骇俗的观点，但是深究起来，它有着西方哲学思想的弊病，那就是希望在复杂难解、流变不息的表象之下找寻到一个永恒不变、放之四海而皆准的"真理"或"真相"。说得更明白一点，那就是这一流派仍旧像过去的形而上学那样渴望通过找到一个终极真理来把人的本质究竟为何的问题"一揽子"解决掉。这不由得令人想到以赛亚·伯林对西方理性主义传统三大支柱的总结：

> 首先，所有的真问题都能得到解答，如果一个问题无法解答，它必定不是一个问题。我们可能不知道问题的答案，但总有人知道。或许我们自己太无能、太愚蠢、太无知而无法发现答案。若是那样，总有一些比我们聪明的人——比如专家、精英之类——也许能够找到答案。也许我们是有罪之人，因此无法掌握真理。若是那样，我们此生不会，但在来世可能掌握真理……如果答案根本不可知，如果答案以某种方式隐而不露，那么这个问题就有问题了。[①]

正因为有这种对于"真问题"一定能够得到解决，一定有一个

---

① ［英］以赛亚·柏林：《浪漫主义的根源》，前引书，第28页。

答案的乐观主义信念，精神分析的理论家才敢于迫切地为自己的主张确立一个核心概念，并将之视为问题的终极真理。对于"人是什么"这一问题，精神分析学家的回答可以归纳为简短而具有否定性的一句话：人不是他的理性。这一回答是对启蒙主义关于"主体"认识的正面颠覆。就这种对问题能够解决的信心以及通过提出一个明确的概念来统摄一个理论体系这一做法而言，迪萨纳亚克与精神分析之间极其相似，二者皆通过一个与主体相对抗的概念来回答人是什么这一问题，只不过前者用"审美的人"这一修辞遮蔽了它其中深藏的对终极答案的确信以及对主体的消极理解。在此，我们看到西方非理性哲学这一传统始终倾向于将主体还原为一个单一且固定的方面，非理性主义在主体和主体之下非理性的本源之间构设起了牢固的二元对立，本源对于理性主体具有压倒性的优势。而在迪萨纳亚克那里，是人的进化而来的本能，或说"行为"与识字的文化之间构设起了牢固的二元对立，前者具有压倒性的优势。于是，抛开具体学科的不同点，就对主体的态度而言，物种中心主义美学与精神分析是同构的。

二、法国新尼采主义的主体观

相比精神分析，法国新尼采主义对主体的解构负有更大的责任。之所以这么说，是因为他们将尼采哲学中解构主体、解构"我"之存在的这一部分推向了更深的层面，最终导致了尼采极力想要避免的局面——虚无主义的蔓延。在有关尼采与新尼采主义或说后现代主义的主体性这一话题的探讨中，尽管后现代主义的多位哲学家宣称自己是尼采思想的继承者，并且他们与之的确有着某种表面看上去的相似性，但这其实是一种假象，"尼采与后现代主义者之间明显的相似之处事实上并不相似，而且，尼采甚至可以看作含蓄的后现代主义的批评家。我所说的尼采对后现代主义的含蓄批评，核心问题是他对人的主体性持截然不同的观点"①。在《尼采与后现代的主体性》一文中，凯瑟琳·希金斯论证了尼采哲学对个体的主体体验至为关注，并且基于这种关注而提倡某些被后现代主义所批判的策略——元叙事和总体化神话。她认为尼采赞同"（1）个人的、直接的现世参与（反对理论上对历史传统进行间离批判的发展），而且（2）嬉戏而又严肃地占用元叙事来作为获得主体意义的手段（反对后现代主义者对所有总体传记小说和'意义'本身的否定）"②。此种观点试图表明尼采哲学自身在蕴含着后现代"解构"的同时又动用元叙事对行动赋形的力量来进行一种积极的建构，从而巧妙地避开了由解构所必然导致的后现代的虚无主义。元叙事在利奥塔那里是一种需要被解构进而被抛弃的东西，但在尼采那里，尽管元叙事没有一个可被视为具有终极合法性的根据，但它依旧有存在的必要，甚或说是建立人之生存的意义感的重要基石。也就是说，后现代在走完了尼采哲学的"解构"这一阶段就停滞了，它由

---

① 汪民安、陈永国编：《尼采的幽灵：西方后现代语境中的尼采》，北京：社会科学文献出版社，2001年，第298页。

② 汪民安、陈永国编：《尼采的幽灵：西方后现代语境中的尼采》，前引书，第299页。

于普遍地否定元叙事以及对主体持悲观态度从而实现了尼采关于旧价值崩塌之后"虚无主义"的预言，当主体的能动性和旧有的价值体系均遭到否定，那么虚无主义就是不可避免的。因此，从这个角度来看，现如今法国的新尼采主义恰恰是尼采所要批判的那类哲学，问题在于，即便认识到了这一不足，他们也无法在自身的逻辑之中合法地建构一个新的"元叙事"。元叙事究竟是好是坏，应不应该批判？就事实而言，元叙事或说神话能够让人生从混沌中开辟一种秩序，而生命的意义与价值就在这种秩序的界域内向未来筹划。就在这一个体的人为避免虚无主义而建构元叙事并运用它来为行动赋予意义时，主体的能动性和意义感将同时被激活。也就是说，对元叙事展开否定实际上也损害了活跃而强劲的主体，这一行为在阻止主体为自身塑造意义感的同时将主体逼入了绝境。

福柯作为法国新尼采主义的代表人物，将权力的观点融入尼采的谱系学，加之德里达对传统逻各斯中心主义下的二元对立所展开的一系列颠覆行动，二者共同将尼采"价值重估"的理想推向了一个新的高度，而这也加速了西方美学对主体的排斥。如果说谱系学的要旨在于澄清事物发展过程当中无数的偶然，以及扑朔迷离的决定其走向的外在因素，那么有关权力的观点则为反叛主流思想和价值观奠定了理论基础。正是在福柯思想的笼罩下，埃克伯特·法阿斯写作了《美学谱系学》一书，力图挖掘主流美学思想压制之下的另外一条重视"身体"与"生理"的美学脉络。按道理说，这一风向的转变能够对传统西方美学贬低身体的偏颇加以纠正，从而使其更加综合地来看待审美这一行为的本质。但事实是，法阿斯在著作中走向了绝对强调审美的肉体性这一观点的极端，即他在表面上对"身体"或"生理"的强调之下，实际上强调的是一个完全丧失了主体性的仅保留了动物性本能的人的躯壳。出于一种对过往美学思想展开颠覆的急迫心态，他对尼采的解读非常狭隘地集中在"艺术生理学"的方面，即仅仅集中在尼采晚期权力意志哲学当中的一个组成部分上。更具体地来看，这种解读在"生理学"这一概念上大做文章，以至于此生理学已非尼采所言的彼生理学。通过"谱系学""解构"等方法，法阿斯只达到了福柯的层次，并没有达到德里达那样的高度，更遑论尼采的境界了。

主体之解构在德里达那里是逻各斯中心主义崩塌之下的副产品，因此这一"事件"本身并非德里达的最终目标，他的终极旨趣在于借尼采之名发展一种后形而上学的以"公正"为核心的思想方式。"公正"是德里达所渴望的后形而上学的价值判断标准。德里达对解构的理解是，解构是一种持续进行着的活动，它并不仅仅是对二元对立中两个对立项之间的价值进行翻转，让曾经受到压抑的一方反过来压抑另一方，而是要比之更进一步，那便是彻底打破这个系统本身。对德里达来说，颠倒等级秩序只不过是解构的第一步，最终，解构主义必须"通过一种双重姿态，双重科学，双重文学，来在实践中颠覆经典的二元对立命题，全面移换这个系统。唯有基于这一条件，解构主义将提供方法，'介入'为它所批驳的对

立命题领域"①，即"解构"对于防止新的二元对立思维的形成负有
责任。我以为，如果从追求"公正"的角度来理解德里达的解构，
并将"公正"这一价值标准运用于对美学思想的衡量，那么在心灵
与身体的二元对立中，偏废二者中的任何一方都是不公正的。但问
题在于，如果这二者皆有其重要性，那么他们各自所占的比重应当
是多少，即二元对立破除之后问题的解决变得更为棘手和不确定，
这就是说，你得去描述身体的地位是怎样。于是，这里出现了值得
注意的现象。尽管德里达的目的是达到一种"不可名状"的公正，
但是强调差异、重复和意义的延宕，尤其是过度强调意义在能指之
间的滑动，实际上暗藏着语言对意义展开建构的绝对性。也就是
说，在解构主体的同时，德里达依旧将解决问题的可能方式局限在
主体的领域。这真是奇怪的现象，在主体与身体的二元对立中，他
为了公正而选择继续站在心灵的一边，即对他来说否定主体不代表
否定心灵的作用，更不代表肯定身体。这其中蕴含着极为复杂的考
量，或许他意识到，只有避免对身体的言说，即避免身体成为具有
价值的一极，才能避免将某些重要问题的解决移交给科学。在此，
所谓后形而上学的价值标准，并没有倒向科学，而仍旧是在哲学的
范围内运作。与德里达相比，法阿斯处理问题的方式则极为简单粗
暴，问题的关键并不在于他仍囿于精神－身体二元对立的框架，而

①　［美］乔纳森·卡勒：《论解构：结构主义之后的理论与批评》，陆扬译，北京：中国社会
科学出版社，1998年，第69—70页。

在于他在强调身体和生理维度的同时一并放弃了从哲学的角度来谈论审美问题本质的思路。在德里达那里，主体这一概念虽然已经丧失了它一贯具有的稳定性的内涵，但这并不意味着紧接着就要否认任何意义上主体的存在，事实上，在传统主体的解构之后，将人视为一个偶然的、临时的主体成为大势所趋，这是哲学在主体这一问题上最后的底线。

三、美学领域对主体的态度的变化

在埃克伯特·法阿斯这里，用哲学来解决艺术问题的方式被彻底否定掉了，科学成为唯一合理的话语。在这样的语境下，连"被语言建构的主体"这样一种言说都已经变得不再合法，因此对审美主体的否定也就不足为奇了。正是由于彻底走到了强调主体的对立面，他对于同样否弃主体的物种中心主义美学才极为推崇，认为这就是未来美学发展的新方向，而其立场的形成显示出科学对美学的霸权正逐步确立。在书中，他这样写道：

> 事情的整个这种序列，就是尼采在让他的认识论从"把被盗用的物质合并到变形虫里去"的过程开始之时所期望的东西；他要求我们把身体当作我们探索心灵和灵魂的指南；他把美和各种艺术追溯到"我们最根本的自我保存的价值观"；他依靠科学向我们表明：就连这些高级现象也要受到感官、神经和大脑的约束，它们是从"寻找食

物"的各个物种所遇到的困难中进化而来的；最后，他坚持生命科学对其他学科的"霸权"，尤其是对于像神学、道德哲学、社会政治学、最后却并非最不重要的就是对于美学的"霸权"。①

　　坚持生命科学对其他学科的"霸权"这一观点本身就预设了对人之主体的排斥，生命科学对"人"展开理解的方式是将人类的一切行为均还原为着眼于进化的功利性选择的结果。主体在这种观念之下是一种迫于环境压力而形成的展开"自我保存"的工具。在这里，进化论生物学以及生命科学"霸权"地位的逐步扩张对美学的影响就表现为"先天的""天生的"以及"后天的"这几个概念之间地位的变化上。如果说，康德的三大批判将人的审美理解为一种植根于人的先天综合判断的理性能力，它是主体内在不需要借助概念就能运行的一种理性机能，那么审美就是"先天的"。这一观点强调了审美的主体性，但是排除了身体的纯粹意识方面的主体。在此意义上，黑格尔美学与之一脉相承。"后天的"则主要是结构主义、解构主义、后现代主义以及马克思主义的看法，前三者皆认为人是语言和文化也就是"结构"的产物，预设人的主体性的存在是启蒙主义的元叙事，而何为审美、何为艺术这一问题的解决要考虑文化和思想潮流变迁的持续影响，甚至连"艺术"这一概念本身都

---

① ［美］埃克伯特·法阿斯：《美学谱系学》，前引书，第551—552页。

是质疑和解构的对象；而马克思主义虽然也认为人性和人的观念是后天环境的产物，却在一种"实践"哲学的描述中赋予主体一种不断自我创造的可能，最终将审美的特性与"实践"相联系，因此较为注重主体性的发挥和自我创造，单就这一点而言，他就能够与尼采相提并论。

而"天生的"则是指完全与德国唯心论哲学观点相对立的彻彻底底唯物主义，一方面，它对传统形而上学无身体的主体感到厌恶，另一方面，它对解构主义意义上的文化决定论也感到厌恶，在这种情形下，它走向了"天生的"这一强调身体但抗拒主体的思路："因此，在这种进化的经验论意义上的天生倾向，与传统哲学所提出的神的或先验既定的先天论的观念，很少有或者毫无联系，更不用说与'在'或'延异'那些有意识的反进化、元先验论的非概念有什么关系了。因此，为了现在的目的看来最好是使这两者分开，这要通过把先验论的概念叫做'先天的'，把它的进化的对应物叫做'天生的'来做到。"① 在这种对概念的区分之中，法阿斯的观点逐渐明晰了起来。尽管他也曾做出过某种看似具备公正性的评断，例如："如果美学通过反面，即通过过度强调它对于身体、性欲、生物学遗传学和进化论试图取代在传统上对它的过度知性化的话，那么任何未来的美学都不会成功。"② 但是，就其著作实际的写作旨归而论，尤其是就建构未来美学发展的新方向这一目标而论，

① ［美］埃克伯特·法阿斯：《美学谱系学》，前引书，第553页。
② ［美］埃克伯特·法阿斯：《美学谱系学》，前引书，第549页。

他明显更偏向一种彻底的生物进化论的研究思路，这体现在他看似具有包容性的计划之中：

> 我们要评述一种根本的转移，一、从精神到心灵－大脑－身体的复合体，二、从观念的抽象到实验的可定量性，三、从排他性到包容性，四、从超短暂性到进化的史实性……五将涉及这种转移，即从对于作为"始终都已经"赋予人类和只赋予人类的美与艺术的创造性的先验论的理解，转向致力于它们的根源，转向确定一个对另一个的可能的优先性，以及转向在这样一种优先性中建立可能的因果关系。与传统的美学家们不一样，他们大多否定美和艺术具有一种实用的功能、目的或效用，我们也将探究美和艺术"为了"什么，最初是在自然选择和性别选择的框架之内，然后是在进化力量与文化力量之间日益矛盾的关系之内。这最终将把我们导入六，尝试把进化的进程从动物的感性追溯到人类的艺术创造。[①]

从第一条和第三条内容来看，作者是想要采取一种摆脱传统二元对立思维的较为理想的态度。但是，第二条"实验的可定量性"这一说法本身就已经暴露了一种以科学为最终标准的霸权心态，而

[①]　［美］埃克伯特·法阿斯：《美学谱系学》，前引书，第 553 页。

在第四条，从强调进化的史实性开始，表明作者已经将进化论设定
为最具"科学性"的理论。到了第五条，所谓就根源而言一个对另
一个的优先性实际上也就是进化力量对文化力量的优先性，即作者
在逐步展开计划的过程中已经做出了明确的非此即彼立场的选择，
最终，这一选择落实为第六条所言的人类艺术创造的进化特性。至
此，作者所渴望达到的那种公正或说包容就已经变得不可能，从
"先验的"到"进化的"的这一转变本身意味着立场的绝对变更，
它意味着"人"从一种神性的存在跌落为一种不能自我决定的受自
然和功利性所支配的被动的存在。试问，人的神性主体性和动物性
的无主体性怎么能够并列存在呢，对后者的认同又如何能够"包
容"前者呢？于是，这种理论之间的矛盾性是无法从根本上调和
的。从法阿斯结论的这种矛盾性之中，我们不得不再次回到伊格尔
顿对理论的某些颇为深刻的见解：

　　　　伊格尔顿认为，很多所谓的纯粹理论"事实上都有一
　　个隐而不显的乌托邦层面"。我们也许可以说，所有理论
　　作为理论最终都隐秘或公开地追求成为"至大无外"者，
　　成为能解释一切者，就像物理学追求可以解释宇宙一切现
　　象的"普遍理论"那样。此乃理论的本性使然，因为任何
　　理论的雄心或梦想都是要做出能够解释一切的普遍陈述，
　　至少是在其所关切的特定领域内。这也就是说，希望成为

该领域内"唯一"的理论。①

法阿斯的美学谱系学在提倡一种进化论视角的同时,不可避免地将一种彻底唯物主义的思想奉为美学的基础。我们说,无论是注重"先天"的先验论美学,还是注重"后天"的后现代主义美学,都有对主体的言说。尽管二者对主体的态度有巨大的差异,但是他们都对主体问题进行了详尽的描述,就是说,即便主体不存在,那么也要竭尽全力说清楚所谓的不存在究竟是怎么一回事,而这一哲学阐释的过程本身使主体不存在这一命题成为一个需要倾注大量笔墨的、严肃对待的问题。这种对待主体的严肃态度显示出一种对于运用哲学方式来解决美学问题的根本思路和态度。而如今,当先验的思考方式因与传统哲学有关而被抛弃,解构的思维方式因过于强调语言对主体的建构性而被认为是有悖于人的生物属性,那么强调"后天"的进化论思想真的有资格以科学的名义代替哲学思维从而彻底解决美学遗留下来的千古疑难吗?这里所呈现出的问题最终可以表述为:美学问题可以或应当从哲学移交给科学来处理吗?

这一质疑在今天时常显得多余,因为美国哲学家蒯因早已通过提倡运用自然科学经验研究的方法来研究认识论的问题而掀起了一场研究范式的革命:"认识论的自然化为认知科学的发展提供了哲学正当性,认知科学的迅猛发展也将自然化的方案逐渐延伸到了善

---

① 伍晓明:《理论何为?》,《文艺研究》2022年第1期。

与美的领域，从而相继出现了神经伦理学与神经美学这样一些新的研究领域。神经美学就是将美学理论的规范性问题转化为描述性问题，通过神经科学的技术手段来描述审美活动的神经现象，并且在神经现象的描述中寻找审美的先天条件。"① 经由蒯因的论证，在认识论领域将过往通过哲学方法来研究的问题移交给神经科学和脑神经成像技术就变得理所应当；与此同时，美学的问题很大程度上也就变成了脑科学的问题。具体来说，神经美学的研究主要集中在描述对艺术以及非艺术事物审美态度的神经对应物上，也就是在神经科学的层面验证、补充或纠正传统哲学美学中有关审美的关键概念上。尽管它与迪萨纳亚克的进化论美学同属于认识论研究的自然化这一潮流的产物，但是神经美学对于经验科学的实验数据有着更为强烈的依赖。在实际当中，从事神经美学的研究必须要跨越美学、脑科学、神经生物学等多个学科，其研究方法表现为在实验室中让受试者参与事先通过现象学原理安排好的特定的审美活动，同时对受试者的神经反应进行观察和记录。

在神经美学的研究者看来，这种通过经验科学来验证经典美学理论有效性的活动是一项划时代的突破，因为它通过数据证明了传统美学的某些概念是创造者的主观臆想，而另外一些则具有切实的合理性。在他们看来，哲学研究范式的自然化意义重大，唯有掌握实实在在的实验数据才能使美学研究具有真正意义上的科学性。举

---

① 彭锋、盛晓明：《神经美学能做什么？不能做什么？》，《浙江学刊》2021年第4期。

例说来，像审美的无功利性这一观点从前只是哲学通过观察和思辨而确立的一个命题，如今在转换为神经美学的语言时，尤其是落实到神经系统具体的功能和运作方式的问题时，它就被转化为神经系统中喜好系统与需求系统二者之间的关系问题：

> 神经美学发现审美愉快与一般愉快情绪的差别来自于大脑情绪系统中喜好系统（liking）和需求系统（wanting）的差异……当喜好系统和需求系统没有一起发生，并且只激活了喜好系统而没有激活需求系统的时候，此时我们处于一种没有需求驱动的愉快状态，这种无利害的愉快就是审美愉快。换言之，神经美学将审美愉快视为一种"没有需求的喜好"（liking without wanting）的情绪……对神经美学来说，具有审美愉悦的审美活动以一种拒绝需求系统驱动的方式，完成与一般活动的区别。①

但值得我们思考的是，尽管研究者通过脑成像技术观察到了大脑内部神经系统在进行审美活动时的运作方式，但是这一研究所观察的方向以及对研究结果所做出的假设皆需要参照过往以思辨为主要特征的哲学美学。如果没有哲学美学所建立起的一整套有关审美本质的说法，神经美学将无从下手，即它并不能仅凭自身就创建出

---

① 彭锋、盛晓明：《神经美学能做什么？不能做什么？》，《浙江学刊》2021年第4期。

新的概念。从这个角度来看，神经美学的独立性并不强，它本质上更像是一种比较美学，一种在哲学美学与人的神经系统的器质性活动之间展开的类比性质的研究。而由于脑成像技术以及当前对人类神经系统功能认识的局限性，这二者之间的对应到底达到何种程度其实也很难有一个确定的答案。例如，当寻找审美活动非功利性的证据时，能找到喜好系统与需求系统之间运作的复杂关系；那么，如果锁定审美活动是功利的这样一个命题，甚至找到比前一种假设更具说服力的证据也未必不可能，因为如果考虑到现代生物学和生理学所形成的共识，则任何人类行为包括"艺术"最终都不可能是彻彻底底非功利的，任何现有人类行为的存在本身就是它"有用"或曾经"有用过"的最佳证据。同时，随着技术水平的不断发展，尤其是对人类大脑神经活动更为精细化的了解，未来极有可能出现新的证据来推翻现有的观点。只要科学不断地进步，这种认知的刷新就会无穷无尽。那么，面对这一情形，问题就产生了：这种从哲学认识论到神经美学、神经伦理学的过渡真的如其所说的那般合理吗？

当神经美学从科学实验的角度来检验西方经典美学的概念和范畴时，我们应当考虑神经美学本身的哲学倾向性，即无论在具体的实验当中得出什么样的数据，神经美学都无法逃脱它反主体的本质。不仅仅是提不出新的概念，神经美学经验式的研究方法其实忽视了审美活动的整体性，也就是说，审美活动并不仅仅是审美的神经活动，它事实上集中体现在主体的体验之上。因此，对神经美学到底能够解决美学领域中的哪些问题，需要有清醒的认识。这里关键性的问题在于：我们究竟如何看待审美活动？如果我们把审美看作一种多层次的，同时涉及神经系统、意识以及知觉的综合性活动，那么神经美学所能探知的只不过是其中的一个角落。审美活动的神经基础只不过是审美活动诸要素的一个组成部分，甚至是次要的组成部分："对审美神经层面的研究不可能替代我们对审美的身体或意识等其他层面的理解。我们可以说一个人感到审美愉悦，但不能说神经活动感到审美愉悦。审美的神经基础构成了人们的审美体验，但它并不能等同于审美体验本身。"① 即神经美学囿于自身的学科限制而无法将审美活动视为一项综合性的人类活动，它只从一个特定的比较狭窄的角度出发探求审美在人的脑神经系统中以怎样的过程呈现出来。这里再次显示出通过经验科学来展开美学研究的一个明显的局限，那就是它往往将审美和艺术活动简单地看作纯物质性、器质性的一种反应，而无法将之看作一种具有高度个性化的由创造性的能量所驱动的主体性的活动。

　　上文提到的神经美学对哲学美学的扬弃可以视为启蒙主义的扩张在 20 世纪的表现。这里再次显示出启蒙主义的局限性，即将不可描述、不可分类的人类经验纳入空洞的概念当中，妄图通过分类、归纳以及实验这些自然科学的方式来达到对人的理解，这样做，在第一个对启蒙发起攻击的哈曼看来就是"遗漏了一切知识，

---

① 彭城、盛晓明：《神经美学能做什么？不能做什么？》，《浙江学刊》2021 年第 4 期。

就是杀死了一个活生生的人，就是把跃动的、独特的、非对称的、不可归类的活生生的个体经验一股脑地装进空洞的概念和范畴的大筐里"①。在这个勇敢地向启蒙发起挑战的人看来："人所采取的一切行动源于他自身力量的联合，所有的分离都应该被否定。"② 在他看来，那种以科学为名的简化主义和还原主义非但不能说明人是何物，还会将人的存在带入更加苍白的境地。如果按照浪漫主义运动的核心观念，这种通过神经科学来研究审美何为的路径本质上就是在认可世界上存在着事物的永恒结构，认可人就是这个静止的、固定不变的结构的组成部分，人不可以重塑价值，只能是自然的必然性的奴隶。换句话说，如果我们认为浪漫主义关于人的意志自由以及世界的流变性的观念具有合理性的话，那么今天的世界对科学的推崇以及人对科学的绝对顺从就是重新向自身施加禁锢。在对事物的本性、不变的结构、稳定的法则的遵循之中，行动的空间、人的潜力，新的价值的可能性都将成为大逆不道。

从重视主体这个面向来看，浪漫主义的艺术观与中国古代艺术哲学有着相通之处，那便是它们都有将主体视为自然和艺术作品之间"中介"的倾向。浪漫主义艺术观，尤其是施莱格尔兄弟以及诺瓦利斯的诗歌理论主要是建立在费希特和谢林的哲学之上，尽管国内的西方美学史向来并不着重强调二人在美学方面的影响力，但他们美学思想的颠覆性却是真实地存在："费希特的意志理论和谢林

①　[英]以赛亚·柏林：《浪漫主义的根源》，前引书，第49页。
②　[英]以赛亚·柏林：《浪漫主义的根源》，前引书，第50页。

的无意识理论的结合产生出的第一个伟大的理念是象征主义。意志
和无意识构成了浪漫主义美学的基本要素，进而成为它的政治学和
伦理学的基本要素。"① 象征主义的核心在于主体，它既是主体意志
和无意识联合运作的过程，亦是这一运作的结果，最终，象征具体
表现为打破既定规则创造出的诗歌、音乐以及绘画作品，尤其是后
两者。象征主义颠覆了传统所建立起来的符号与世界之间的关系：
在过去，符号与世界之间的关系是不容置疑的一一对应的稳定关
系，一种符号对应于世界中的某一个固定而具体的存在，能指与所
指完全等同，不存在二者之间的错位；而现如今，世界从过去那种
静态可把握的并且可还原为理念的存在转而成为一种不断向前演
进，甚至永远不会停歇的过程性的存在，即它变为一个无限性的、
理论上不可以一次性地通过符号来彻底把握的动态性的永恒生成。
在这种新的认识中，以有限性的符号去对应那通往无限的世界就变
成了知其不可而为之的荒唐行为；但是，作为人类，理解和把握世
界的行为又是不可避免的，于是问题的关键就变为人应当以何种方
式来进行这项活动。对于浪漫派而言，诉诸寓言和象征符号是唯一
可行的途径，应在文学和绘画领域通过"象征主义"的方式来不断
逼近世界流变的本质和自然最真实的悸动。象征主义所表现出来的
东西远比作者的理性所意识到的要多，诗歌能够不断逼近那不可言
说的"神秘之物"，它比哲学那种通过概念和范畴来捕获世界实体

① ［英］以赛亚·柏林：《浪漫主义的根源》，前引书，第120页。

的方式更能挑动人的激情、想象，更具诱惑力，更符合浪漫主义对人的"意志"的强调。在诺瓦利斯看来，它是令自我与无限沟通并且合一的唯一方式。因此我们可以说，以象征主义为核心的浪漫主义呈现出一种人和自然之间神秘主义的关联方式，这一关联方式集中于主体之上。也就是说，唯有通过主体这一种途径，唯有通过主体能动的、永不止息的创作才能接近"神秘之物"："生命之根遗失在黑暗中，生命的魔力依赖于难解的神秘之物。"① 若要抓住变化中的自然那就不能通过僵死的概念和教条，就要诉诸主体的想象力、创造力，诉诸一种"意在言外"的非哲学的表达方式。

浪漫主义在这个层面上就是追求一种"意在言外"效果的运动，它认为理性的正常语言以及哲学根本无法使人获得与自然之间的深度链接，因此，必须以寓言和艺术的方式来实现这一目的。一言以蔽之，西方哲学走到浪漫主义这里已经开始反思既有哲学形态的有效性，反思通过主体意志的力量来创造新的规则、新的价值。从客体－自我二元论的角度来看，通过将自然从理念的稳定和永恒不变之中解放出来，主体势必要拥有意志的力量方能够与自然形成实际且有效的关联。因此，从哲学上来讲，主体自由的观念与自然之变化的观念是相辅相成的，唯有永远趋向前进，趋向无限的自然，才配得上一个具备强烈意志和能动性的主体。在此，我们看到了浪漫主义对于主客二元对立问题的解决方式。如果说在哲学当中

---

① ［英］以赛亚·柏林：《浪漫主义的根源》，前引书，第123页。

主客之间永远存在无法逾越的鸿沟，那么，浪漫主义艺术观则是通过意志以及无意识的结合让主体与作为世界的对象之间的鸿沟得到弥合，主体所创造出来的艺术作品就是这种沟通和弥合的物质表现，主体越是对自然理解得深刻，其本性越是贴近自然，那么他的作品就越是具有"深度"。

第三节　审美与主体的关系

审美是由主体进行的具有创造性的精神活动，"审美"这一概念本身就意味着存在一个进行审美活动的"主体"。这里的"主体"指的是身心合一、感性与理性相结合的人的意识。它在次一级的意义上可以理解为黑格尔美学中的主体，因为黑格尔的主体最大程度上承认了人的精神性的力量。事实上，讨论审美问题将不可避免地同时涉及精神和身体，即便身体不能直接触及审美活动的核心，也能作为审美活动的一个重要部分而具有存在和被言说的合理性。但是，西方美学中主体和身体是互不相容、非此即彼的概念，就是说并不存在同时言说精神和身体这两个对立事物的传统。近代主体性哲学中的"审美"是在一个排除了身体的哲学框架之下进行言说的，这导致即便人们发现了身体对于艺术和审美具有一定的影响，也无法轻易地将身体纳入美学的话语之中。而一旦将身体纳入美学探讨的范围之内，则又会被看作轻视和否定精神性的"主体"。我以为，这种非此即彼的思维是西方美学的一大困境。审美的主体应当是一个包含身体，但又不过分推崇身体的概念，即它应当是一个以主体的精神为主、以身体为辅的概念。就审美和艺术活动是一种高级文化活动而言，它存在三个层面：以视、听、触觉为代表的直接的感官感觉的层面，主体意识当中对对象的呈现，以及主体对于意识中主观之物的现实对象化。这个过程始于身体感官对外在对象的接触和反映，结束于主体精神和意识的形式化呈现。在后两个层面中，受文化影响的主体意识发挥着极其重要的作用。

一、主体在艺术中的核心地位

主体性哲学的形成和发展让"美"成为人的主观认识机能的产物，进而使得"审美"只关乎主体本身。按照认识论哲学的思维，审美是谈论主体性哲学时绕不过去的问题，它作为人类认识机能中的重要方面在当时的时代语境下必然要遭到哲学化的对待。这个在主体性哲学中自然而然的问题到了20世纪后半叶逐渐变为了谬误。如今，我们生活在一个充斥着各种"理论"的社会中，它们一再地透过一种反传统的方式挑战我们旧有的认知。那么，曾经探讨审美的方式——"哲学美学"是否依旧还有可资借鉴之处呢？我以为，哲学在概念上的创新以及现象学的方法都能够为研究艺术和美学问题建立可靠的基础，从主体性的角度来构建审美意识的过程具有特殊的意义，它是如今身体美学、神经美学的研究方法所不能替代的。

在艺术和美学领域中，主体性是一个至为关键的问题。主体性的有无决定了对人的本质属性的不同理解，继而也导致了对艺术创作性质的截然不同的看法。近代以来，西方哲学领域交织着两种对主体性的看法，其一是自笛卡尔、康德以来所确立的自我同一的、普遍的、稳定的理性主体，其二是尼采所主张的与之相对立的看法，即"主体"不过是对语言的误用，是语言的幻觉使人觉得行为有一个所谓的发出者，这个发出者与行为之间有一种必然的因果关系；而"自由意志"不过是处在奴隶状态的人为了对自身卑下的生存状态做出辩护而发明出来的对"主人"进行攻击的武器。换言之，尼采深刻地质疑以语言为表征的理性，并进一步质疑以理性为根本性质的主体的存在。尼采对"主体"的攻击极易使人误以为他同时认为人完全不具有主体性，即在自我决定以及自主的能动性方面没有任何仅仅属于个体的独特性，人是一团可以被历史与社会任意塑造的橡皮泥，在时代风潮的形塑之下保留不下任何属己的特征。事实上，由尼采反主体的思想所做的一系列推论在战后法国新尼采主义者那里得到了最充分的发展，于是人们便看到了德勒兹的尼采，德里达的尼采，以及福柯的尼采，是这些解释使得主体的解构成为大势所趋。而在福柯那里，此种倾向表现得更为明显，尤其在他那些运用谱系学方法展开研究的著作中，主体最终成为权力的建构物，本然的、超越历史的永恒主体变成了启蒙叙事的神话建构。

福柯着力发展了尼采哲学中反对主体的那一个理论面向，以至于他最终走得比尼采更远——用"人死了"这一命题标示出人的主体性的灭亡。这种对尼采哲学的推进虽然将其理论当中具有颠覆性意义的观点加以放大，使之获得了广泛的接受，但是它也由于激进的观点造成了对尼采思想真实面貌的遮蔽。对这种遮蔽的揭示使尼采哲学中的主体性问题成为一个专题得以被研究和讨论。"对于尼采哲学，海德格尔和诸如福柯、德勒兹和德里达等后现代哲学家，分别给出了两种截然对立的解释。前者将尼采的哲学看成一种'主体性形而上学'，而后者则反过来为尼采哲学辩护，认为它完全消解了主体性的问题。"① 尼采哲学当中究竟有没有主体性？如果有的话又是哪种主体性？哲学上而言的主体性在涉及艺术时对艺术创作的主体和创作过程会有哪些别样的解释？

事实上，尼采在质疑主体的同时并没有彻底否定人的主体性，这在他中期和后期的思想当中都有所体现，只不过是在不同的层面上。就主体内在结构有认识主体、伦理主体和审美主体三个部分而言，尼采对宽泛意义上的主体的质疑立足于对宗教的批判，这就导致了在正面论及审美主体的相关问题时，他的态度有时并没有那么激进。

在法国新尼采主义的叙事中，尼采是解构主体的前哨。在这一观点的笼罩之下，人们想当然地就会认为审美主体亦无法逃脱被解构的命运。但是，这种关于尼采解构审美主体的认识确实是太过草率了，因为在中期尼采《快乐的科学》以及《人性的，太人性的》

---

① 吴增定：《没有主体的主体性——理解尼采后期哲学的一种新尝试》，《哲学研究》2019 年第 5 期。

这两部作品中，他流露出对主体性的重视。这看似与他的基本主张矛盾，但细察之下也在情理之中。从人的角度来理解艺术创作，理解人自身所具备的对对象展开赋形的活动，理解人对自己生活风格的塑造，这其中暗含的思维方式其实带有浪漫派的影子，尤其是费希特哲学的印记。而如果说连尼采这一被视为极端反主体的人都会对审美主体强大的塑造和赋形能力有所褒扬，那么更何谈主体性哲学脉络当中的美学家呢？

尼采的哲学思想呈现出极为突出的反主体的特征，他认为近代哲学自笛卡尔以来建立的一整套关于理性主体的言说，从本质上而言不过是自古希腊柏拉图哲学直至基督教神学以来形而上学的现代变体，并不具有其所标榜的真理性。他的这一思想被后现代主义哲学家发挥，最终形成了福柯有关"人死了"的著名断言，并引发了艺术学领域对主体的解构。但是，这种后现代滤镜之下的尼采解读遮蔽了其哲学思想当中主体性问题的复杂性，即在对主体的解构这个层面上，尼采最有力的论证集中于对传统形而上学乃至康德意义上的伦理主体的解构，但是，对伦理问题进行价值翻转的有效性并不适用于审美主体。尽管尼采艺术哲学中的酒神精神以及艺术生理学看似不承认人的审美主体性，但是他在中期哲学中流露出对于审美的理性主体的诉求。事实是，就"艺术"对于人生的审美化本身需要自我及理性的参与而言，审美主体实际上占据着核心地位。这就是说，尼采驳斥伦理主体的那些理由，并不能同时有力地应对解构审美主体这一任务，身体并不能解决审美问题的全部。因此，在主体性这个问题上，尼采哲学呈现出深刻的矛盾性。本节通过考察自康德以来数位哲学家的美学思想，试图说明主体在审美问题中具有核心地位，主体性是艺术哲学无法回避的关键性问题。

　　尽管尼采明确反对康德有关主体性、物自体、审美主体之类的观点，但是在具体的哲学思索之中，他依旧是在康德哲学论述的基本框架的限度内展开活动，也正是这个原因，二人的哲学思想能够展开某种程度的对话。事实上，即便在康德那里，审美与主体性的问题，或者说我思之"我"与审美对象之间关系的问题，都显示出某种深刻的矛盾性："康德一再坚持美是有关主体感觉方面的事情，但同时，正如我们在他有关反思判断力的言说中所看到的，他认为使我们得以展开审美判断的那项能力也要求我们能够客观地交流对自然之理解的结果。"① 也就是说，康德并没有如他宣称的那样完全站在主观性的那一面，在其思想的深处仍然有一种客观性暗含其中，并且，最终也正是这种客观性使得审美判断的一致性、普遍性得以保证。而在尼采那里，审美判断的普遍性以及客观有效性并非因为视角主义以及分裂和破碎的主体而荡然无存，它借助形而上学的效力，在把握"绝对"的不可能性中强行赋予世界以意义，权力意志哲学以价值上的绝对优势占据意义评价序列的顶端；同时，借助于以往哲学当中认识自我与认识世界之间关系的认识论观点，自我认识终于获得了合法性。因此，就审美判断而言，尼采并没有坠

---

① Andrew Bowie, *Aesthetics and Subjectivity: from Kant to Nietzsche*, Manchester: Manchester University Press, 2003, p. 102.

入完全的相对主义之中。

在对审美判断力的看法上，中期尼采显示出对于人的理性认识的重视，这乍听上去是令人颇为吃惊的：

> 艺术家有一种兴趣，即相信灵感，相信所谓的神启；好像艺术作品、诗歌、一种哲学的基本思想等的理念如一道神恩之光从天上照耀下来。实际上，好艺术家或好思想家的想象力不断产生着好、中、差的产品，但是他们的判断力被磨砺和使用到了最高的程度，它对这些产品加以拒绝、选择和编织；就像我们现在能从贝多芬的笔记本里所看到的，它是逐渐地把最精妙的旋律汇集到一块儿的，在某种程度上是从多种多样的起奏中挑选出来的。谁选得不太严格，沉湎于模仿式的记忆，谁就有可能在某些情况下成为一个伟大的即兴创作者；但是艺术家的即兴创作同严肃认真、十分上乘的艺术思想相比处于低下的地位。所有伟大的艺术家都是伟大的工作者，不仅在创造发明中，而且也在拒绝、筛选、改造和编排中孜孜不倦。①

在这段文字中，重要的是"判断力"的概念以及"拒绝、筛选、改造和编排中孜孜不倦"的言辞中所显示出来的对于主体之

---

① ［德］尼采：《尼采全集》第二卷《人性的，太人性的：一本献给自由精灵的书》，杨恒达译，北京：中国人民大学出版社，2011年，第96页。

"我思"，即知性运用的重视。但凡涉及反复的修改和编排工作，就必然包含着对于主体内在鉴赏判断的特定要求，主体只能够按照心目中的艺术目的来对作品进行修改，也即主体在成为一个优秀艺术家的层面上必须拥有完善的、比常人更加敏锐的审美判断力；同时，对于主体知性能力强有力的调用在尼采这里显得比所谓的"即兴创作"更具价值，也就是说，在艺术创作的实际情形当中，主体对艺术作品在理念上的先行预设尽管是必不可少的，然而在其后朝向这种目的的辛勤工作则更为重要。在此，理性在艺术创作之中的重要性是不可置疑的。这不由得使我们联想到康德在他的《判断力批判》当中对艺术的表述："正当地说来，人们只能把通过自由而产生的成品，这就是通过一意图，把他的诸行为筑基于理性之上，唤作艺术。"① 在此，两位重要哲学家在对艺术创作本性的看法上何其相似，他们都强调了理性主体在艺术创作中的核心地位，这就使对于审美主体性问题展开思考的人可以提出这样一个一般性问题：主体性是否是审美乃至艺术创作的必需？

对于这个问题，历史上自康德以来的不少重要哲学家都展开了思考。在《审美和主体性：从康德到尼采》一书中，安德鲁·鲍威将康德以来的德国哲学家有关主体性和审美之间关系的看法进行了汇总。在这一整条脉络当中，尤其明显的是尼采对主体性的看法建立在对数位哲学家及德国早期浪漫派观点的继承之上："他在攻击

---

① ［德］康德：《判断力批判》（上），前引书，第 143 页。

作为认知确定性基础的主体性时多次回应了费希特、谢林和浪漫主义：'人愿意知道事物就其本身而言是什么样的：但请看，在事物本身当中根本就什么也没有！甚至仅仅设想在其本身中有绝对存在，它也不可能因为这个理由而被知晓！绝对之物不可能被知晓：否则准确说来它就并非绝对！'"①"尼采的这种更为简化的处理方式显示了我们所认为的浪漫主义观念的力量，这些观念认为'我'并非绝对的基础。例如，施莱尔马赫对'我'的解释并未导向一个统一、自明的主体，而是导向了一个不断挣扎着要获得统一性但又因为其所是超越了其所知而屡遭失败的主体。主体内在统一性的缺失迫使它进入自我解释，这种解释是不可能完成的，但是主体也不可能轻易地分散。如果它分散了，意识生活的基本事实将变得不可理解。"②

在安德鲁·鲍威看来，尼采与德国浪漫主义之间的亲缘关系是不言而喻的，不过关键问题还在于，尼采也将浪漫主义思想本身的内在矛盾一并继承了下来，那就是在主体的非统一性与主体之无法彻底分裂之间的深刻矛盾。施莱尔马赫的观点中蕴含着并非统一的主体必然有一种朝向统一的倾向这种看法，而正是这一看法在之后的尼采那里以一种超越形而上学的形而上学方式存在着。在主体从分裂到统一的这一进程中，尼采终究还是不得不求助于形而上学的元叙事。

---

① Andrew Bowie, *Aesthetics and Subjectivity*: *from Kant to Nietzsche*, op. cit., p. 305.
② Andrew Bowie, *Aesthetics and Subjectivity*: *from Kant to Nietzsche*, op. cit., p. 304.

在对艺术的看法上，谢林在事实上显得较为保守，他认为艺术特征与主体的自我意识有密不可分的联系：

> 谢林坚持认为韵律可以将非韵律、无意义的序列转化为有意义的，并且这指向了一个具有决定性的星从。韵律既联系着认知，也联系着身体的快感，于是一个关于某物的更进一步的实例在这里展现出来，此物不符合感觉（sensuous）/智性可理解的（intelligible）分界线的一边。自我意识和韵律是不可分割地联系在一起的，自然的韵律不可能不由它所包含的瞬间相连接而成，而假若没有某物多次重复性的组织，那将多个瞬间连接为韵律之物就不可能使之进入到确定性之中。这种前概念的通过瞬间而连接起来的自我认同在谢林的意义上同样是有节奏的，因为它使任意的序列转变成为有意义的事物。正如我们所看到的，"意义"的建立依赖于自我在存在上的连续性，浪漫主义名之曰"感觉"（feeling）。①

换句话说，如果就艺术是有形式和意义的事物而言，它就必然伴随着人的自我意识，没有自我意识的参与，一个任意的序列无法被赋予意义。尽管谢林本人在美学史上的地位并不特别突出，但是

---

① Andrew Bowie, *Aesthetics and Subjectivity：from Kant to Nietzsche*, *op. cit.*, p. 301.

他对主体，或说自我意识的见解却是触碰到了艺术问题的核心地带，他所提出的问题也是极度发人深省的。他对于艺术问题的影响力更多是在其后的黑格尔那里体现出来。

但是我们的关注点始终还是尼采。或者，如果我们把线索拉的长一些，就会产生这样的问题，即赫拉克利特的审美的人生态度，康德的美的艺术的鉴赏，甚至尼采的酒神精神和艺术生理学，究竟调用的是不是同一种人类认识机能，或者说，这三者所说的审美是不是都具备主体性的审美。首先，尼采的酒神精神与赫拉克利特"宇宙艺术家"的哲学思想有着明显的相似性，它们都立足于人生，试图为人生的无意义赋予意义，于是强调一种看待人生的艺术化的眼光。但是，这种艺术化的眼光与康德的审美判断力并不是同一个层面的事物。尼采的酒神精神既不是康德意义上的美的理论，也不是对具体艺术作品的鉴赏，它实际上接近康德所批判的那种因理性的滥用所导致的"幻相"，即由于对物自体的一种知性层面的越界把握而导致的误解，因为尼采所强调的面对生活的审美态度归根结底是一种形而上学。康德的美的艺术的鉴赏对象才是艺术作品，尽管在他那里，艺术的理论其实还有别于美的理论，在天才、艺术的创造和审美判断（鉴赏）之间还有一个鸿沟，它们是不同层面的问题。他的反思性的审美判断力主要是就美的理论而言的，是不借助于概念的；而在他对艺术的看法中，正如我们在上文中所提到的，他强调艺术是要结合于概念的。

至此，在洞察到尼采艺术哲学内在矛盾性的同时，我们也能对艺术主体何为这个具有普遍性的问题下一个结论，那就是艺术的创造不可避免地要涉及一个自我意识着的主体，即便是尼采也在其中期著作中流露出这种看法的痕迹。或许，我们可以用黑格尔解释艺术美高于自然美的看法来回答前面所提出的那个一般性问题，以显示心灵对于艺术的重要性：“艺术美（黑格尔说）高于自然美，它是精神产生和再生的美……只有精神才是真实和现实的；所以，一切美只有涉及精神并从精神中产生出来时，才真正是美的。在这种意义上讲，自然美只是属于精神的那种美的反映，但它所反映的只是一种不完全、不完善的形态，而按照它的实体，这形态原已包含在精神里。”①

在这段话中，黑格尔用一种比康德更为极端的方式强调了主体，尽管他为对象的客观自然的美留有余地，但从根本上来看它只处于次要的从属地位，心灵或者说主体是赋予对象美与意义的终极根源。黑格尔的看法尽管在今天后现代的语境当中毫无立锥之地，但是从中依旧能够见出关于艺术的某些很有分量的观点。在解决审美问题的诸多视角中，无论其主张有多么大的分歧，无论其观点有多么反对主体的存在，最终，主体都如一个幽灵一般会再次回到问题的核心当中，成为一个无法回避的事实，一个必须要得到解决的难题。如今，当后现代艺术观已经将主体毫不留情地变为历史并自觉到这是成问题的时候，谢林和黑格尔的观点反倒显得像是一个坐

---

① ［意］克罗齐：《美学的历史》，前引书，第195页。

标，标示出解决艺术问题的极为有价值的路径。

二、判定美学理论价值的标准

一旦要对一种新的美学思想展开批评，就势必要为这项任务设立一个价值的坐标，即我们必须明确衡量不同的美学或艺术哲学体系之间价值高下的标准。而为了拥有这样的标准，作为研究者，我们就必须与研究对象之间有一定的间隔、缝隙，用弗里德里克·詹姆逊的话来说，就是要获得一个相应的"批评距离"。只有获得了一定的距离，并且确立起某种确定的价值标准，我们才能去评判一种美学思想有什么优势与不足。

树立美学理论价值的评判标准，首先要做的就是承认艺术从诞生时的功利性到如今的非功利性是处在由低到高的发展过程中的。当艺术具有强烈的功利色彩时，它对于社会中的大多数人都是可理解的、可欣赏的，但是当它渐渐发展到一种艺术的自觉状态时，就变为高度专业化和精英化的了。在我看来，迪萨纳亚克的物种美学填补了关于早期人类艺术起源方面知识的不足，为人们理解艺术的另外一种面貌创造了可能性。这种对于原始艺术起源和功能的解释通过阐明艺术对人类可能的"用处"启发了拯救现代性危机的新思路。

其次，应当考察这种理论对艺术起源和功能的解释是否具有科学性，即是否阐明了事实的真相，哪怕只是说明了部分的真相，也是有价值的。尽管过分的物理学和生理学分析会造成对审美问题还原论的解释，但是科学性依旧是衡量某种理论是否有价值的重要标准。这里所说的"科学性"是就理论是否符合客观事实而言的。迪萨纳亚克在建构其物种中心主义美学理论体系的过程中，曾屡次强调应当建立一种具有普遍性的，囊括一切人类艺术起源和本质的学说，而这种从事物的普遍性出发求探真理的冲动能够得出一定程度的有效知识。从《艺术为了什么》到《审美的人》，物种中心主义的美学尽一切力量去探索一种艺术发生学，并得出了颇有价值的结论。将一切人类艺术视为具有相同本质的物种行为，一方面符合达尔文主义的内在规定性，另一方面也符合 20 世纪六七十年代结构人类学对人性的看法。单就艺术的起源来看，无论是西方的现代和后现代主义，还是前现代小型部落社会以仪式为载体的艺术行为，皆起源于早期人类对自身内在需求的满足，尤其是对自身情绪的调节。也就是说，艺术在其发展的早期阶段对人类基本的心理和生理需求的满足是真实存在的，是切切实实发生过的。物种中心主义美学对于原始艺术功能和特征具有很强的阐释力。

紧接着，应当留意这种理论对艺术发展到高级阶段时形成的新问题的阐释力。在起源的问题弄清楚之后，是否应当将起源等同于本质，将其视为本质的最佳证明？事实上，由于"艺术"概念的含混和复杂，将起源和本质捆绑在一起的思维方式已经显得不合适了。当人类艺术发展到高级阶段，也就是精英艺术阶段，艺术一方面在自觉地朝内探索自身表现性的可能性，另一方面也会与哲学相联系，成为探求形而上真理的工具。在提倡物种中心主义的艺术观时，迪萨纳亚克将仅属于早期原始艺术的功能归为一切艺术都应当具有的功能，而这与近代以来西方美学对艺术功能的界定背道而驰。从德国早期浪漫派开始，理论家们便开始挖掘艺术在表征人的心灵，以及在作为人和自然的中介时所具有的可能性。在浪漫派那里，艺术，尤其是诗歌成为一种哲学探索的媒介，远离了早期人类对于构建世界秩序这一心理的满足。艺术变成了人的精神活动的产物，而它所蕴含的甚至比能够意识到的更多，正因为如此，它在理论上才能够成为沟通人这个小宇宙与自然这个大宇宙的桥梁。

物种中心主义美学与精英主义艺术观极端对立，如果一定要找到这两者的契合点，那便是精英主义艺术家的创作行为在调动身心全副机能方面具有强大的促发作用，并进而使艺术家感受到普通人无法体会的激情和圆满的充实感觉。也就是说，当艺术逐渐脱离了普通人，成为一种高度专业化，因而具有强烈排外性的活动时，它仍旧能够对人类的情绪起到"感觉良好"的作用。但是，这种情绪调节的作用在艺术理论的领域并未被看作有多少分量。到了这个阶段，艺术家和理论家对艺术的自觉是过去原始艺术所没有的，而这一点对于理解何为艺术极为重要。如今，应当将"艺术"视作一个开放性的概念，随着发展阶段的不同为其注入新的含义。

除了上述几个方面，我认为，主体性是否突出应当成为衡量美学价值高低的标准之一。如果主体性的思辨美学无力从根本上定义艺术和审美，那么实证主义的、经验主义的方法未必就能超越前者，得出具有普遍有效性的答案。后者远离了作为实体的主体，也就远离了主体自主的精神性，因此很容易使艺术从近代以来建构的那种形象退回到更加原始的状态。在近代西方认识论哲学中，费希特对作为实体的主体进行了大量的论证，主体能够认识、创造和反思，它绝非决定论意义上的被动性存在。这种阐发人的精神性的哲学后来启发了20世纪的存在主义，间接影响了一大批存在主义艺术作品的品质和主张。同时，中国古代艺术哲学的一个重要特征就是承认主体在认识能力和想象力方面能够达到极高的层次，主体的心灵能够凭借特殊的观察方式直达对象的本体，从而达到物我不分、物我两忘的哲学和美学境界。尽管二者各有侧重，但是它们都重视精神性主体的价值以及人的个性。

系统性、体系性能够成为衡量美学理论价值的标准之一，但这要建立在对何为体系的正确理解之上。任何有价值的美学理论必然有其内在的体系性，但这种内在的体系性只是在近代西方美学中才会被要求以外部形态上哲学的体系性展示出来。现如今，当国外的研究者已经在反思体系的弊端时，国内的学者才敢正视自身传统美学资源的意义和有效性。中国传统的美学资源看似没有系统，并不意味着它当真没有内在体系。这种形态上的零散一度被认为是缺乏理论性和深度的表现。但是，随着西方哲学不断地自我反思，尤其是对所谓"系统性"的反思，对"系统"或"体系"这一形态价值的看法发生了逆转。中国古代艺术理论体悟式的文字看似缺乏系统性，但它却失之东隅，收之桑榆，在体现主体性方面具有先天优势。

那么问题是，在上述评价标准中，主体性这一标准与其他标准相比，重要性和价值如何？如果说近代西方美学体系性的完善和明晰是其第一大特征，那么它对主体作用和地位的强调就是其第二大特征。在美学还没有发展到艺术哲学这个阶段时，也就是"美学的艺术哲学化"① 还没有完成时，谈论美学还包括讨论自然美的问题，主体并没有统治美学的所有领域。但是自黑格尔以后，美学讨论的对象就已经转移到了艺术哲学上，这一转移本身就意味着美学领域对主体态度的变化。艺术的根源在于人的心灵，所以黑格尔才将它列为美学研究的唯一对象。现如今，美学与艺术哲学这个词基本等同，它们主要围绕着艺术作品的阐释问题展开研究。说到底，正是黑格尔美学的思想奠定了主体在艺术哲学中的核心地位。了解了这一背景，也就相当于知道了近代美学和艺术哲学最根本的出发点。把握住这个出发点，才能够理解迪萨纳亚克物种中心主义美学与主体性的美学最大的不同是什么。

三、早期德国浪漫派对审美主体的探索

西方"理论"形成的早期阶段曾有过对于传统哲学写作方式的反叛，这一反叛揭示了系统性的哲学写作方式在探讨审美和艺术问题时收效甚微。从德国早期浪漫派的诗歌理论，到受其影响颇深的尼采哲学，再到 20 世纪 40 年代本雅明的批判理论这一整条脉络，

---

① 朱狄：《当代西方艺术哲学》，武汉：武汉大学出版社，2007 年，第 1 页。

皆在尝试一种将诗性和哲学融为一体的写作方式。从德国早期浪漫派开始，出现了一种被称为"理论"的东西，之所以称之为"理论"是由于若是以过去的学术系统和学科体系的分类为坐标则根本无法为其归类。这种全新的对诗歌和哲学展开反思的学术路径其形成的动力主要来自对西方学术界长久以来存在的诗与哲学之争这一问题的回应。这一论题争论的焦点在于二者之中究竟谁更优越，更能表达真理。对此，诺瓦利斯和施莱格尔两人做出了与以往主流观点，尤其是与费希特哲学相背离的选择，肯定了诗相较于哲学的绝对主导地位："诗是绝对真实的，这是我的哲学的核心。越诗性的，越真实。"① 恩斯特·贝勒尔认为这句陈述"反转了费希特哲学所理解的哲学与诗的关系，亦宣示了由诺瓦利斯所提出的作为德国早期浪漫主义理论核心的诗的统治地位"②。而在另外两篇断片中，诺瓦利斯更为细致地表达了他对哲学与诗两者之间关系的看法："……哲学家成为诗人，诗人是思考者或感受者的最高境界。（诗人是分层次的）诗人与思考者在现实中无法分离——分离会对二者皆有害——分离是不健康状态的迹象。"③ "诗是哲学的中心，哲学把诗提升到它的原理层面。哲学教我们认识诗的价值，哲学是诗的理论。哲学教我们认识到什么是诗，认识到诗是唯一也是全部。"④ 在

---

① ［德］恩斯特·贝勒尔：《德国浪漫主义文学理论》，李棠佳、穆雷译，南京：南京大学出版社，2017年，第175—176页。
② ［德］恩斯特·贝勒尔：《德国浪漫主义文学理论》，前引书，第176页。
③ ［德］恩斯特·贝勒尔：《德国浪漫主义文学理论》，前引书，第176页。
④ ［德］恩斯特·贝勒尔：《德国浪漫主义文学理论》，前引书，第176页。

此，尽管诺瓦利斯表明诗歌是比哲学更加优越的展开"反思"的媒介。

在诗与哲学之争的背景下，德国早期浪漫派的代表人物开始实验新的诗学写作方式，"断片"式的写作并非削弱了过去哲学的系统性，而是对这种系统性的深入完善和加强。德国早期浪漫主义诗歌理论当中诗与哲学之间关系的复杂性标志着近代西方诗歌理论在打破传统方面的高度自觉，这一自觉的结果是自此以后诗歌理论乃至对哲学本身的思考都脱离了过往传统的形态，即这一派的学者认为既然要对传统进行反叛，那不妨在写作上采取更为激进的方式。于是，德国早期浪漫主义的诗歌理论的代表人物在实际当中采取了一种"断片"式的写作方式，即以一种看似毫无系统性的方式来言说普适性的诗歌原理，尽管这并未在根本上有损于其理论的系统性本身，正如菲利普·拉库－拉巴尔特和让－吕克·南希在《文学的绝对》一书中所言：

确切地说，始于 1798 年的这种深入研究是与哲学不可分割的，因为在弗里德里希看来，断片是"综合哲学真正的形式"：对基本问题的深入研究就包括在对断片的需要之中，这种需要就是自我生产的需要而非其他，正如我们现在了解到的那样。从某种更加极端的意义来看，这也是主体本身的问题。这就是我们的假设，为此，人们所谓的断片的顽固不化标志着朝向这种高深莫测的衔接迈出的

一步，文学与哲学就在（不是不可能的）无休无止的主体
自主概念当中不顾一切地不断炮制"系统"。①

　　从上述这段话中，我们能看出所谓的断片其实就是一种"高深
莫测的衔接"，即文学与哲学的结合，而在这一结合当中，过往哲
学中的"系统性"实际上被保留了下来。若以文学为思考的立足
点，或者也可以说，所谓的哲学与诗的"结合"其实就是反思、理
论和哲学对艺术、诗歌和文学领域的入侵。② 因此，所谓的"系统
性"本身既没有消失也没有遭到否定，相反，它依旧是作为浪漫主
义美学或说批评理论的最内在的规定性而存在着的，尽管这种存在
颇为隐蔽。正如《雅典娜神殿》断片集的第 206 条所言："一条断
片必须宛如一部小型的艺术作品，同周围的世界完全隔绝，而在自
身中尽善尽美，就像一只刺猬一样。"③ 或者我们也可以说，"断片"
这一写作方式的合法性是由早期浪漫主义对文学与哲学之间关系的
界定来决定的，即表面上或说形式上的逻辑性并不一定是传达完整
思想的最佳方式，它并不能绝对地传达思想之内在逻辑本身。这一
结论革命性的影响会在之后的岁月中逐渐显现出来，它不仅对此后
德国哲学的书写方式，也对 20 世纪法国解构哲学产生了极大的影

---

① ［法］菲利普·拉库－拉巴尔特、让－吕克·南希：《文学的绝对：德国浪漫派文学理论》，
　　张小鲁、李伯杰、李双志译，南京：译林出版社，2012 年，第 142 页。
② 参见 ［德］恩斯特·贝勒尔：《德国浪漫主义文学理论》，引言第 5 页。
③ ［法］菲利普·拉库－拉巴尔特、让－吕克·南希：《文学的绝对：德国浪漫派文学理论》，
　　前引书，第 88 页。

响。德里达在《白色神话》一书中对诗与哲学之间关系的分析就是对这一观点的解构主义式的回应。

人与人之间以及人与自然之间的沟通都不是以理性和逻辑为其主要特征的，美学要在人与人之间实现沟通，最好采取一种诗性写作的方式。对于早期浪漫主义这一文学与哲学相结合的趋势，有些德国学者认为它实际上反映的是一种"文学现代主义意识"的萌发。如果说人类之间的交流理解从根本上来说并不以理性的语言为媒介，理性化、概念化的哲学语言最终既无法捕获现实中的真实，亦无法捕获主体内部情感与想象力的真实，那么，这种交流的理想媒介只能是诗："如果完全交流不可能实现，如果语言不能把我们直接引领至现实，那么我们就只剩下间接交流、比喻、隐喻和寓言。"[①] 就这一倾向的根本诉求依旧是一种真正意义上的可理解性而言，诗的模糊性更能传达那不可言说的神秘事物本身。

那么 19 世纪中叶的尼采曾身体力行地通过写作格言和警句来传达他的哲学思想，这也是一场诗性写作的实验。这从一个侧面反映出西方哲学对于自身写作方式的承载力和表达有效性的深刻反思。一种将诗与哲学相结合的冲动已经逐步地展现出来。在早期《悲剧的诞生》之后，尼采开始尝试格言体写作，其中期作品《人性的，太人性的》极为突出地呈现了格言体所能达至的这一风格的巅峰。而在将近一个世纪之后的法兰克福学派那里，阿多诺否定的

---

① ［德］恩斯特·贝勒尔：《德国浪漫主义文学理论》，前引书，引言第 5 页。

辩证法对哲学体系和概念的否定性的要求开启了后现代的先声，而本雅明对哲学"系统性"的反思与阿多诺亦有相通之处，只不过本雅明与前者相较更具有诗人气息，他对波德莱尔的推崇显示出其在文学方面的高深造诣。正所谓"太阳底下无新事"，法兰克福学派这两位学者对哲学系统性的反思从根本上来说是对早期浪漫主义有关反思媒介这一问题的再思考，但值得注意的是，如果说在早期浪漫主义那里是让艺术、诗歌和文学代替以往的哲学，那么在本雅明这里则是让一种散文化的批评文字成为他思想展开的媒介，对他而言，这其实是一项高度自觉化的文学实践。在其博士论文《德国浪漫派的艺术批评概念》当中，本雅明特别纠正了对施莱格尔与系统思维之间关系流行的错误看法，并借此表达了他对有关"系统"问题的精辟见解：

> 如果只是为了首先感知弗里德里希·施莱格尔在世纪转折时期思维中的坚定系统倾向，当然根本没有必要远远深入于他的表述之后；人们往往是过少地、而不是过分准确地来理解他的字面意义，所以才会有通常那些有关他与系统思维关系的看法。对作者用格言来表达自己的思想这一事实，没有人最终会承认它是对作者的系统意图的反证。比如，尼采曾以格言形式写作并把自己称为系统的反对者，尽管如此，他依照自己的指导思想对他的哲学进行了广泛的、整体的透彻思考，最终开始撰写他的系统。而

与他相反，施莱格尔从来就没有在任何情况下承认自己是系统的反对者。①

即本雅明认为，在施莱格尔甚至尼采表面上断裂、零散的写作方式中，其实蕴含着作为严肃思想的总体性和整体性。不得不说，本雅明这种对哲学与系统性之间关系的认识与海德格尔有极大的相似之处，他们皆认为应当于看似破碎的观念之中寻找其内在的关联性，而这种看法事实上受到了诠释学极大的影响。如果说海德格尔所受的影响来自有关《圣经》的诠释学，那么本雅明所受影响的来源则是犹太教的神秘主义。在此语境下，不同的哲学家对于经典以及格言式写作的解读反证了内在的系统性无疑是哲学式写作的标尺，即他们真正反对的仅仅是那种表面上以"系统性"为表征的书写方式。为了澄清这种哲学之内在系统与外在系统之间的复杂关系，本雅明再次引用施莱格尔的论述："要构成哲学基础，不仅要有交互验证，而且还要有交互概念。对每一概念和每一验证，又可继续探寻其概念和验证。因此，哲学必须像叙事诗一样，从中间开始；根本不可能先表述它，然后一段段补充，似乎开头本身已经完全成立、解释清楚了一样。它是一个整体，认识它的道路不是一条直线，而是一个圆圈。基础科学的整体必须派生于两种思想、定理和概念……而不需任何其他素材。"② 从这段表述中，我们能够感受

---

① ［德］瓦尔特·本雅明：《德国浪漫派的艺术批评概念》，前引书，第45页。
② ［德］瓦尔特·本雅明：《德国浪漫派的艺术批评概念》，前引书，第46页。

到有关哲学写作的一种现代意识的萌发，亦能感受到哲学为了自身的完全表达而走向诗歌的必然倾向，但是这一观念的陈述又因对于"概念"和"验证"的强调而受到了某种程度的削弱。如果抛开这种表述上的矛盾性，而从施莱格尔诗歌观念的完成来看他的观点，尤其是从他最终将小说视为艺术反思的最佳媒介这一观点来看，形式上的"系统性"已然成为思想表达的一种障碍。

在对主体性问题展开分析的过程中，我屡屡提及早期浪漫派、费希特、谢林、康德和黑格尔这一系列人物，之所以频繁地引述这些人的理论观点，最根本的原因是他们几乎生活于同样的时代氛围中，因此分享着一种全新的生活观和世界观。他们的作品从各个不同的角度彰显其对这种新的世界观的态度，正是这一共通性将他们联结在一起。狄尔泰对此总结道："1770 年至 1800 年在德意志出现了一个文学与哲学运动，前后三代人，第一代是康德和莱辛，第二代是歌德、席勒和费希特，第三代是耶拿浪漫派和黑格尔、谢林，构成一个整体，促使一种新的生活观和世界观的形成。"[①] 这一新的生活观就是，主体对生活负有责任，主体能够并应当达到反思、超越以及能力的无限增长。为了使主体能够拥有足够的力量去实现自身，就不可避免地需要进行认识论以及神秘主义概念的建构。

在认识论方面，早期浪漫派的自然认识理论就已经显示出与黑格尔绝对精神以及尼采认识论的相似之处："在反思媒介中，事物

①　［德］威廉·狄尔泰：《体验与诗》，胡其鼎译，北京：生活·读书·新知三联书店，2003年，第 129 页。

与认识者相互交融。两者都只是相对的反思单位。如此看来，的确没有一种通过主体对客体的认识。每一认识都是绝对物中的，甚至可以说，是主体中的一种内在关系。客体这一术语所指的不是认识中的一种关系，而是一种无关系；在认识关系出现之处，这一术语便失去意义。"① 这种对于认识论的表述是极度唯心主义的，它让主体与客体二元对立的两项最终落脚于主体的内在精神之上，让主体承担那奔向无限的超越性的责任。这与黑格尔绝对精神的哲学架构简直如出一辙。由此可见狄尔泰的眼光是多么锐利，他深刻认识到时代精神笼罩之下群体的精神状态之间的一致性。而在神秘主义这一方面，所谓的"观察"与费希特的"实验"皆为神秘主义术语，"观察"本质上而言就是主体认识对象并将对象纳入自身的方法。本雅明认为，观察在认识的过程中最终要达到与对象的统一，然而这种统一并不是指仅达到某一个规定好了的境界，如果单纯是这样来理解的话就弱化了"观察"这一术语的神秘主义特性。具体来说，"观察"就是主观对对象的创造过程，它很像是后来20世纪德国现象学所说的主体的态度对对象所具有的决定性作用。这尤其体现在本雅明的如下一段话当中："观察更多注意的只是对象中正在萌发的自我认识，或者，观察是正在萌发的对象意识本身。它完全有理由被称为反讽的，因为它在不知中——观看中——知道得更多，因为它与对象是同一的。如果把这一相互关系排除在外不是更

---

① ［德］本雅明：《德国浪漫派的艺术批评概念》，前引书，第66—67页。

为妥当的话，那么，可以把它称为客体方面和主体方面在认识中的重合。每一对象的形成本身，是与对它的认识同步的，因为，按照对象认识的基本原理，认识是一过程。正是这一过程才使认识对象成为被认识者。"① 在此，早期浪漫派的"观察"理论与后来的现象学相比，其不同之处在于对具有神秘主义特性的概念不加掩饰的使用。事实上，主体作为物自体，它与对象事物之间的吻合只能从哲学和神秘主义的角度去加以建构，而无法通过实证的方法找到如自然科学般精准的答案。也正因为主体与客体相统一的难题在西方哲学的传统框架内最终只能从形而上学和神秘主义那里寻找理论支撑，完全仰赖主体的"观察""实验"以及"反思"诸概念才具有一种模糊的不确定性，以及一种认识论意义上的无限性——无限地逼近对象的真实以致最终将对象包容进自身之内。

主体性哲学对于近代以来西方文学艺术观念的变迁起着至关重要的作用，主要表现在它是 19 世纪浪漫主义文艺思潮的哲学基础。就研究 20 世纪后半叶形成的美学思想而言，应当把 19 世纪的文艺思潮看作极其重要的文化背景，而不是将它们抛入历史的尘埃。浪漫主义作为一股国际性的艺术思潮是对西方自古以来的注重模仿与再现的艺术观的第一次颠覆与反叛，它重视个人主观情感的表达，注重想象，崇尚天才，同时还挖掘了丑的美学内涵，可以说它体现了在一个驱逐了神的世界里对主体性的人的赞颂，而这些观念皆与

---

① ［德］本雅明：《德国浪漫派的艺术批评概念》，前引书，第 70 页。

德国古典哲学中对主体的弘扬密不可分。如果说在康德那里，人的
主体地位得到了确立，人为道德立法同时也为审美立法，道德的自
由以及审美的自由都得到了一定程度的辩护，那么费希特、谢林和
黑格尔则是推进式地为人的理性，尤其是精神反思性的价值进行更
加系统化的哲学阐释。这一阐释客观上来看促进了德国古典哲学更
为彻底地向唯心主义迈进，即在对"自我"及人的精神的重视中将
人的主观心灵中的反思性、批判性的力量建构为人的本质性力量。
正是由于对心灵和理性的重视，这一派理论必然会将理念世界、理
想世界抬至现实世界的地位之上。就对客观现实世界的否定和轻视
这一点而言，它饱受诟病，被视为对残酷现实的逃避。但是，如果
仔细衡量与之产生了交互影响的德国早期浪漫派，就会发现浪漫主
义关于诗歌的看法本身对当时以及后世的理论家产生了不可估量的
影响。施莱格尔和诺瓦利斯的诗歌理论同费希特的哲学之间产生了
相互的影响，而后来的黑格尔哲学又是在对这二者进行批判的基础
上建立起来的。因此，主体性哲学的发展与浪漫主义艺术思潮的发
展之间具有极为重要的关联性，浪漫主义诗歌观对主体的阐发即便
不能说具有放之四海而皆准的绝对价值，却也具有一种强烈的可参
照性，也就是说，它是一种对于文学艺术可能或"应当"为何的有
价值的精神探索：

　　　　总括来看，浪漫派至今一直没有失去其现实性，在德
　　国更是时刻与政治和意识形态之间有一种剪不断理还乱的

298   埃伦·迪萨纳亚克物种中心主义美学研究

关系。浪漫派研究与德国的历史发展息息相关，成为德意志民族认识自我的一面镜子。德国浪漫派虽然饱受抨击，常常被批得体无完肤，但却打而不死，一次次凤凰涅槃，死而复生，直至今日，仍然活在历史中。这就说明一个事实：浪漫派的理论与实践当中必然有某种不断引起人们兴趣的东西，必然包含了某些超越时空的特性，否则不会不断地引起人们对它的关注，那么这些东西又是什么？浪漫派的作品和理论想要告诉我们什么？[①]

之所以说浪漫主义在西方自古以来的文艺思潮当中具有如此重要的地位，其实是基于两点：首先，具有普遍意义的艺术精神的实质是人的自由，这一自由无法在现实社会中实现；其次，浪漫主义对主体的重视所促发的对于理想的描绘和塑造是对上述自由的一种精神实践。尽管浪漫主义文学创作自始至终也没有塑造出能够在现实中得以存在的最完美的典型人物，但是它展现出人对于超越平庸现实的渴望，于是，浪漫主义就是人在面对残酷和丑陋的世界时所能抱有的最乐观也最激进的态度。它通过在小说中创造理想的人，在绘画和雕塑中创造与现实之卑微琐碎截然不同的理想对象而成为人之自由本性的实验场。在这里，我事实上已经预先将主体精神的自由作为价值判断的标准，以此来衡量文学创作以及美学理论品质

---

① ［英］以赛亚·柏林：《浪漫主义的根源》，前引书，第63页。

的优劣。这一倾向早已在黑格尔那里得到了最为彻底的表述："人的存在是被限制的、有限性的东西，人是被安放在缺乏、不安、痛苦的状态，而常陷于矛盾之中。美或艺术，作为可以从压迫、危机中回复人的生命力的东西，并作为主体的自由的希求，是非常重要的。"① 在黑格尔这里，主体与自由是等同的，自由就是主体本质的规定，主体就是凭借意志自由实现自身价值观的个体。这种对主体的规定，即对主体意志的强调源于更早的费希特和谢林的哲学，并非黑格尔的原创。如果说自由是黑格尔哲学的终极要义，而人在艺术与美中又能够体验到在现实中根本无法实现的自由，那么艺术与美就自然而然地成为人之救赎唯一合法的领域。

四、主体性的艺术哲学对艺术创作的阐释

在黑格尔的美学中，人的心灵的参与是令艺术美高于自然美的原因，艺术不仅需要技艺，更需要灵魂在深入探索内在和外在世界中的学习。这种心灵和灵魂的探索是产生好的艺术的前提，艺术家必须让自己成为一个具备审美和艺术修养的有文化的主体。也就是说，主体性的艺术理论能够通过提高对艺术家心灵的要求而对艺术作品产生影响。这在《美学》一书中有着清晰的表述："一个艺术家的地位愈高，他也就愈深刻地表现出心灵和灵魂的深度，而这种心灵和灵魂的深度却不是一望而知的，而是要靠艺术家沉浸到外在

---

① 徐复观：《中国艺术精神》，桂林：广西师范大学出版社，2007 年，第 45 页。

和内在世界里去深入探索，才能认识到。所以还是要通过学习，艺术家才能认识到这种内容，才能获得他运思所凭借的材料和内容。"① 艺术是从无到有地在"创造"新的事物，而这种创造归根结底还是依赖于心灵的禀赋和力量。由于这种心灵的力量，艺术作品的形式也获得了超越于自然之物的永恒性："心灵不仅能把它的内在生活纳入艺术作品，它还能使纳入艺术作品的东西，作为一种外在事物，能具有永恒性。"② 总之，艺术发源于人的心灵，对这一观点的坚持迫使艺术家朝着挖掘和塑造内在主体的方向努力。

与黑格尔对主体的推崇相比较，中国古典艺术哲学亦强调主体精神在艺术创作中的作用，尤其是更为直接地表达了艺术创作所需要的非功利的精神境界。进行艺术创作首先要对外在自然进行观察，但在这之后，更要通过主体向内的工夫来营造一种"与道合一"的状态。这从他们在表达哲学观点时，尤其是在表明精神的自由状态为何时常常用艺术创作者的精神境界作为例子就能够明确地表现出来。这些例子中最具代表性的就是庖丁解牛和梓庆削木为鐻的故事。值得注意的是，这种中西之间艺术精神的对比表明哲学上主体精神的自由与艺术创作的最高精神状态之间有着千丝万缕的联系。在庖丁解牛的故事中，庖丁在熟练掌握解牛技术的基础上，迈向了"技近乎道"的更高一级的境界，这一境界是在技巧达到出神入化地步之后所体验到的与道合一的圆满、自得而又畅快的精神状

---

① ［德］黑格尔：《美学》第一卷，前引书，第35页。
② ［德］黑格尔：《美学》第一卷，前引书，第37页。

态，其外在表现则是"莫不中音；合于《桑林》之舞，乃中《经首》之会"。解牛本是一项有着极大限制的技术性工作，而庖丁却能以桑林之舞的动作和节奏来完成，可见他已经忘记了物质性的技巧的层面，进入了精神高度自由和愉悦的"游戏"状态，并且得到了极致的艺术享受。庄子认为达至这一艺术性的享受则是进入了"道"的层面。对此，徐复观在《中国艺术精神》一书中讲道："庄子绝不曾像现代的美学家那样，把美、艺术当作一个追求的对象而加以思索、体认，因而指出艺术精神是什么；庄子只是顺着大动乱时代人生所受的像桎梏、倒悬一样的痛苦中，要求得到自由解放，而这种自由解放不可能求之于来世，也不能如宗教家的廉价的构想一样，求之于天上、未来，而只能求之于自己的心——心的作用、状态，庄子即称之为精神——即是在自己的精神中求得自由解放。"① 也就是说，老、庄思想所指明的达到自由的方法与西方近代以来主体性哲学所认为的人达至自由解放的其中一种选择是高度一致的，那便是通过艺术的创造，通过无功利的、忘我的"游戏"最终达到"心"的自由。这一境界用庄子自己的话来说，就是"入道"，"体道"；用席勒的话来说，就是在艺术中实现主体理性和感性方面的调和与平衡；用黑格尔的话来说，便是绝对精神在人的身上照见并重返自身。

　　在上述分析中，我们看到近代以来西方主体性哲学在对精神的

---

① 徐复观：《中国艺术精神》，前引书，第46页。

推崇之中走向了对艺术的推崇，最终，它在走向自身的顶点——黑格尔哲学时与中国传统的艺术精神不期而遇。抛开我们已有的价值立场，这一现象本身就呼吁我们重视主体性在艺术及美学思想当中所具有的普遍意义。而从历史上来看，在主体性哲学的影响下，西方文艺创作也发生了创作理念尤其是价值观方面的剧变。

在此，我们不妨探讨一下主体性哲学影响之下的观念论美学对于认识和评价迪萨纳亚克美学思想的意义。之所以提出这个问题，是因为我认为主体性哲学框架下的美学思想本身拥有极高的价值，这并不是说近代以来以认识论为基础的西方美学思想代表了艺术和审美终极的本质，而是说，就审美和艺术问题而言，西方思想界此时终于把讨论的焦点转向了主体以及主体的精神本身，转向了人的内在性本身。有价值的正是这一转向本身。在 18 世纪末 19 世纪初那样一个自然科学迅速发展的时代，美学探讨在德国这样一个远远落后于英、法的国家中如火如荼地进行，并且未受到商业化和自然科学实证思维的侵入，虽显另类，却也在意料之中。当时的德国没有如巴黎那样的超大型城市的存在，人口较少的小城市散布于整个国家间，居民们于其中感受到一种知足，尤其是内心未受物欲挑动的安宁。这种小城镇的氛围使得当时的哲学家和批评家们得以通过共同的兴趣和纯粹的美学追求而聚拢在一起，避免了那种随处可见的急功近利的心态。通常来说，西方美学家与批评家都是一些不能创作艺术但又对艺术充满了兴趣的业余爱好者，他们由于自身创作经验和艺术体验的匮乏而无法准确描述艺术创作的实际情形，于是只能通过哲学思辨来逼近美学问题的真相，这就在事实上导致了哲学化的美学和艺术理论与实际的艺术创作之间的脱节。在理论与实践各自独立发展的情形之下，美学理论的探索就会存在符合或不符合艺术创作规律和实践这两种可能。我以为，德国哲学在转向主体性问题的探讨之后，其影响下的艺术哲学终于深入到艺术问题最为重要的方面。主体性哲学框架内的美学对今天最大的贡献就是浪漫主义运动对主体的挖掘，由这一运动催生出来的想象、天才、意志、无意识、美感经验等词汇大大丰富了美学和艺术理论的基本概念，令艺术问题的探讨转移到以主体及其体验为中心。

在今日的学术语境下，18、19 世纪德国观念论这一派的美学家由于缺乏亲身的艺术实践而饱受诟病，他们被认为是出于与英、法和意大利诸国的学术相抗衡的意图才致力于观念论美学体系的建构，但是，黑格尔的《精神现象学》和《精神哲学》中相当多的内容在主体精神特性的阐明方面见地独到，尤其是它们能够揭示与现实功利事务相区别意义上的"艺术"这一概念的精神实质。徐复观认为，就艺术精神的实质这一问题而论，黑格尔的"绝对精神"概念与庄子的"道"颇有相通之处："假定把黑格尔所说的'绝对精神王国'改为庄子所说的'道'，则仅就人的生命在此领域中能得到自由解放的这一点而言，实与庄子有共同的祈向。"[1]黑格尔绝对精神的王国是一种主体达到绝对自由的精神境界，绝对精神其实就

---

① 徐复观：《中国艺术精神》，前引书，第 45—46 页。

是宇宙的道，是同宇宙合一的那个绝对的客观性的主体；而庄子
"逍遥游"中"游"这一概念亦是要建立一个内在性的精神自由的
王国，它通过"离形去知"，"心斋"和"坐忘"等功夫而力求摆脱
世俗功利的束缚，渴望最终达到与天地宇宙之道相同一的精神境
界。庄子与黑格尔二人生活的时代相隔两千年，而从二者都对
"道"做了详细阐释这一行为当中，我们至少能见出有关艺术问题
的探讨在根底上都与哲学有着密不可分的联系。如果说中国艺术精
神自古以来都贯穿着由道家所提倡的离形去知的精神主体，贯穿着
蕴藏有灵魂之美、意味之美的心灵，即从根本上贯穿着道家哲学玄
远淡泊的韵致，那么西方艺术精神的情形则要更为复杂，或者更直
白地说，它长期处于一种相对落后的境况之中。

正因为庄子在中国文化发轫的早期阶段就提出了主体的精神自
由这一哲学要求，后续的中国艺术才能够在此基础上不断地生长，
并且最终在绘画和诗歌的实践领域达到主体精神自由驰骋的精神境
界。与之相对照，西方古代艺术家的创作主要以模仿论为基本理
念，亚里士多德《诗学》的创作理念占据西方思想两千余年。模仿
论注重与模仿对象形象上的相似性，注重作品的客观性、真实性，
此种理论影响下的西方艺术，尤其是视觉艺术，虽说不可能完全没
有主体精神的介入，但是它相较于中国古代注重主体心灵和情感表
达的"诗言志""诗缘情"思想影响下的诗歌以及"独与天地精神

往来"、"上与造物者游"（《庄子·天下篇》）①、"通乎物之所造"（《庄子·达生篇》）② 这些道家思想影响之下达至巅峰的宋元山水画相比，就显示出主体精神的匮乏。我们不能说西方艺术家在创作中就完全没有主体性，但是就诗歌与绘画这两种最主要的艺术形式中主体精神的灌注这一点而言，他们并没有一种实践及理论上的自觉。囿于传统美学理论的权威，主体的精神性、情感的表现性只是在一种无意识的情况下表露出来，而在意识的层面，艺术家们始终认为自己是在进行着"模仿"的活动。

徐复观将黑格尔所言的自由理解为庄子所讲的精神和心灵的自由，从意志自由的这个层面也算讲得通，但是，对于黑格尔所讲的自由这一概念应分别从人生哲学和美学两个角度来看。就人生哲学而言，黑格尔并没有如庄子那样走向一种完全的内在性，即那种对于人生艰难困苦的逃避，或最终走向出世的道路。从黑格尔哲学中有关主体间性的描述尤其是关于主奴关系之间的讨论来看，他非但不主张对于与他者之间矛盾冲突的消极态度，反而提倡一种与他者的精神意志的较量，这是《精神现象学》当中的一个重要主题。也就是说，黑格尔是在一种将自身意志外化到现实中这个角度来谈"自由"的问题的。自由的意思既是进行自由的选择，也是这种选择的结果——在与他者的殊死较量中让他者拜服于自己的意志之

① 郭庆藩撰，王孝鱼点校：《庄子集释》，北京：中华书局，2019 年，第 1091—1092 页。
② 郭庆藩撰，王孝鱼点校：《庄子集释》，前引书，第 633 页。

下。换句话说，自由不是通过放弃纷争和远离矛盾来消极地达到，而是需要发动自身意志去努力挣得的，自由是具有它的积极性和行动方面的要求的，它具有中国道家老、庄哲学构建的自由境界所不具备的那种于现实层面进行开拓和奋争的价值维度。与此同时，自由还表现为将环境变得适合于主体自身的心灵和个性，让个体的意志在其间感到和谐与共鸣，这在《美学》第一卷的"艺术美，或理想"这一章当中有具体的体现。在此，黑格尔着重讲人的活动（实践）所构建的人与自然之间的统一，于是，他从人与自然之间关系的几种可能性来谈主、客体之间的关系。在主体与客体之间的第二种协调一致的模式中，他描述了人为了达到他的自由而改变自然状况的倾向："只有在人把他的心灵的定性纳入自然事物里，把他的意志贯彻到外在世界里的时候，自然事物才达到一种较大的单整性。因此，人把他的环境人化了，他显出那环境可以使他得到满足，对他不能保持任何独立自在的力量。只有通过这种实现了的活动，人在他的环境里才成为对自己是现实的，才觉得那环境是他可以安居的家，不仅对一般情况如此，而且对个别事物也是如此。"①这一描述后来在马克思"人化的自然"那里被再次理论化，对马克思的实践哲学和美学有重要启发。黑格尔美学当中主体意志应参与现实社会的改造这样一种思路已经具备了非常强烈的主体性色彩。人与自然达到和谐的前提并非如中国道家哲学所言的那样浑然天

---

① ［德］黑格尔：《美学》第一卷，前引书，第 326 页。

成，而是要经过一番对自然环境的激烈改造，这其中对人的力量及其意志的信仰是前所未有的。

这种对主体力量的推崇延伸到艺术层面就表现为下述两个方面：其一，是艺术家的想象、天才、灵感及其尚未展现的内心生活；其二，是戏剧主角以坚定的性格为表征的主体性的呈现。可以说从早期浪漫派的"反思"和"观察"概念到费希特的意志自由说，再到黑格尔的"个别人物性格的独立性"① 这一观念，整个贯穿的是西方思想当中对主体力量及其生命价值的全新理解。悲剧作为西方两千年以来占据主流的文学样式，它的创作最能体现出时代精神的发展状况，而对于悲剧主角的刻画方式尤其能显示出主体性观念对于戏剧创作的重大影响。从根本上来看，黑格尔哲学体系与他的美学观点之间的关联是一脉相承的，其对主体性的重视贯穿在他的全部著作当中。

直到浪漫主义运动振聋发聩地提出主体以及意志的中心地位，西方艺术才开始打开崭新的局面。西方始于德国的浪漫主义运动对主体的强调具有多个侧面，尽管这些侧面彼此矛盾，无法调和，但它毕竟是构建了全新的讨论艺术何为的话语框架。在这一框架内，主体的想象与意志是两个极为重要的关键词。在对主体进行描述所展开的多个面向当中，从浪漫主义与费希特、谢林哲学之间错综复杂的或借鉴或排斥的关系当中，能见出意志论和无意识理论相结合

---

① 这是黑格尔《美学》第二卷第三章第一节所探讨的中心问题。

对艺术创作理念所产生的颠覆性影响。随后，在黑格尔美学对主体以及艺术之间关系的阐释中，我们看到的则是上述影响的进一步深化。这些探讨与阐释的价值在于，它们令艺术创作的问题随着主体性的复杂化而相应地复杂化了，也就是说，艺术理论可以变得无穷无尽，而艺术实践也变得前所未有的"不确定"。

　　近代美学的这种颠覆性看似异军突起，但事实上并非突如其来，它是对中世纪美学的继承。早在中世纪，伪狄奥尼修斯和奥古斯丁二人对古典希腊时期模仿说的前提就给出了新的解释，这一解释是对模仿论的改进。大体上来看，柏拉图和亚里士多德二人的模仿说建立在两大前提之上，塔塔凯维奇对此做了总结："人心是被动的，因而只能知觉到现存的事物；其次，即使是它能虚构出没有存在的东西，发挥这种才干也只能算是鲁莽的冲动。"① 即二人对人类心灵当中"虚构"或说"想象"这一类型的活动是持否定态度的。但是到了中世纪，我们上面所特别提到的两位哲学家依旧觉得艺术就是模仿，但他们对模仿的对象应当为何提出了新的看法："在他们看来，如果艺术在模仿，那就理当让它去模仿那不可见的世界，它不仅永恒，而且比可见的世界更加完美。如果艺术一定要把自己局限在可见世界的上面，那么就让它在其中探索永恒之美的踪迹好了。而欲达到此目的，与其透过实在之直接的再现，莫如借助于各种象征。"② 即要在模仿论的内部对旧有的法则展开突破，在

---

① ［波兰］塔塔凯维奇：《西方六大美学观念史》，前引书，第 307 页。
② ［波兰］塔塔凯维奇：《西方六大美学观念史》，前引书，第 308 页。

主流的美学规则之下开辟出"想象"在理论范畴中的一席之地。描述不可见的世界需要想象，描述可见世界中美的踪迹亦需要想象，而"借助于各种象征"这一建议就更加明显地表明了这种倾向与后来的浪漫派之间在思想上的承续关系。在中世纪，经院哲学的哲学家们"也还是相信精神性的再现远比物质性的再现要来的高级，而且有价值"①。这种观念亦表现出对于精神以及与之相伴随的"想象"的极度重视。在浪漫主义运动之后，想象在艺术创作中的核心地位进一步巩固，心灵的作用得到了承认。不得不说，在这一从古代到近代的思想发展历程中，强调艺术创作主体的倾向从希腊文明的发轫时期就已经存在，但一直没有得到尽情地舒展，直至浪漫主义运动的到来才发生了翻天覆地的变化。

如果说浪漫主义运动对于"想象"进行推进、发挥是对主体性当中一个侧面的强调，那么黑格尔美学当中对于价值观的坚守实为对浪漫主义的主体性另一个侧面的强调。这里其实隐含着从浪漫主义到黑格尔美学，再到存在主义的一条强调意志的脉络。浪漫主义认为，人的实际生活，人类的活动可被视为美学的素材，应当把人生审美化。这种审美化乍听上去不切实际，主观性色彩过于浓厚，但其实如果把"审美化"理解为对自我意志的贯彻和执行，理解为以某一确切的价值观向未来筹划自我的生存，就会发现 20 世纪法国的存在主义是浪漫主义最终的继承人。存在主义强调人的意志自

---

① ［波兰］塔塔凯维奇：《西方六大美学观念史》，前引书，第 308 页。

由，但这一自由并不是在某一特定处境下面临两种或多种选择时拥有随心所欲地进行选择的余地，而是"非如此选择不可"，即按照我的意志，按照我的价值观来说，非如此选择不能使我安心。因此，这种选择面临着道德感和良心的驱使，在实际当中反倒是痛苦的。浪漫主义对于审美的人生实际想说的是，应当让人生变得有目的、丰富，以及恰到好处的、合道德的沉重。黑格尔的美学思想亦受到这一思潮的影响，即人应坚守并捍卫自己的意志。事实上，如果我们能够肯定黑格尔美学的价值，肯定主体精神的重要性，那么我们实际上就是在肯定浪漫主义所产生的崭新的价值观："伴随着浪漫主义运动，簇生出新的美德。既然人即意志，我们必须获得康德或费希特意义的自由，动机就比结果重要得多。因为我们无法控制结果，但是可以控制动机。既然我们必须自由，必须最大可能成为自己，伟大的美德——一切之中最重要——就在于存在主义者所说的本真（authenticity），和浪漫主义者所说的真诚（sincerity）。"①当动机本身的重要性超越了行为的结果，真诚本身就成了美德，主体的意志也就拥有了裁判一切行为的终极权力。

尽管黑格尔对主体精神特性的研究很深入，也很有价值，但是其哲学中对主体精神的强调并非来自他的原创，而是建立在费希特和谢林二人哲学的基础之上，因此黑格尔哲学和美学所表现出的那种"集大成"式的特征并不能说明他的理论的原创性和深度。这就

---

① ［英］以赛亚·伯林：《浪漫主义的根源》，前引书，第138—139页。

是说，面对黑格尔美学在主体性方面所达到的深刻程度，应当视之为对前人的继承和进一步的发挥，而他所继承的哲学的特质决定了它自身所关注问题的重心。黑格尔的哲学美学始终还是处于对人的内在精神展开研究的层面，它既非对过往德国艺术经验的总结，也没有对当时本国的艺术创作产生直接的影响，而是在向外传播的过程中影响了别国的文艺创作。如果与中国艺术哲学中的主体相对照，就会发现这种理论当中通往形而上的那个面向，即通过主体来灌注和体认宇宙之道的这个面向始终未能深刻融入西方艺术精神的内核当中，而仅仅是停留于哲学的领域之中。尽管早期浪漫派极力强调艺术作为反思的媒介这样一种观念，并试图通过模糊哲学与文学的界限来让哲学更具活力，或者说让诗来代替哲学行使那接近于真理的职能，但是他们始终更看重诗歌对事物进行"反思"的功能，即诗歌的哲学功能。"反思"这一概念的使用模糊了感知和理性这两个概念之间的区别，但是这种概念使用上的创新并未发展出一套真正意义上感性的、以渐进方式抵达"道"的境界的工夫论。如果说黑格尔理论对后来西欧各国文艺创作有何影响的话，那便是浪漫主义对价值观的坚持在戏剧和小说创作中所引发的创作理念的革命。浪漫主义的其中一个支脉强调主体自由的想象，而它的另一个支脉则强调主体意志对自身价值观的坚守。这种对价值观进行誓死捍卫的观念在黑格尔美学里集中体现在对古希腊悲剧《安提戈涅》的阐释中，而在法国则表现为以雨果为代表的一系列浪漫主义作家从文学的角度对这一观念展开的更为全面且戏剧化的演绎。在

《九三年》这部小说中，雨果的浪漫主义理念达到了巅峰，正面角色和反面角色之间的斗争已不是善恶之间的斗争这么简单，而是两个拥有对立立场的人为捍卫自身的信仰而进行的殊死较量，因此即便是反派的毁灭也显得悲壮和令人敬佩。

　　于是我们发现，即便是强调主体，西方美学由于其重戏剧的传统，尤其是对于悲剧艺术的情有独钟而更加突出主体的"行动"和"抉择"这个维度，即它更加强调一个实现自身意志的、道德的主体；而中国艺术哲学所面对的是本土具有主流价值的诗歌和绘画艺术，它更加注重的是主体内在情感的表达以及主体的个体精神与宇宙精神合二为一的那种形而上境界。中国艺术哲学强调创作过程中主体高度的参与性，而黑格尔哲学强调的是主体心灵对于艺术对象的赋形，这一赋形因其发源于内在的精神性而拥有了价值。这一赋形本身就给予创造理想人物、创造现实中不存在事物以可能性与合法性。由此可见，中国以道家精神为核心的艺术哲学与达到主体性巅峰的黑格尔美学虽然都重视主体，但黑格尔美学更加具有西方哲学长久以来的那种理性精神。

　　主体性是审美与创作的核心，从这一基本观点出发，我们就能对迪萨纳亚克的美学思想展开批评。如果我们肯定浪漫主义对意志的青睐，肯定黑格尔对精神现象学的研究，肯定主体对"道"或"绝对精神"的体认以及创作实践当中主体精神的灌注，那么迪萨纳亚克的物种中心主义美学在这个以主体性为核心的评价体系之中应当被如何看待呢？事实上，我们对其最深刻的感受就是它形而上学层面的缺乏，以及相应的主体精神的匮乏。神秘主义以及形而上学对于艺术创作的价值就在于它在事实上以宗教和哲学的名义为人的主体性保留了发挥的空间，为主体的内在精神活动保留了领地。形而上学的匮乏与主体精神的匮乏是一体两面的，如果没有形而上学对天、地、人之间的关系，或说人与自然之间的关系进行某种哲学层面和宗教层面的探索和建构，那么就无法对主体进行定位，无法对主体的特性进行规定。主体的性质如若处于一种不确定性之中，那么由这样的主体所完成的艺术行为也就无法被定性、被评价。因此，一种完善而有效的艺术理论必须要对形而上学和何为有价值的主体进行具体的规定。就中国传统哲学而言，无论是儒家哲学还是道家哲学，都有对自然的哲学化的认识以及对主体应当为何的独到见解。就近代西方主体性哲学而言，它因受着基督教甚至犹太教的影响而提出了以主体和主体精神为核心的形而上学，这种转变从事实上来看是脱胎于宗教对终极问题的关怀，因此始终带有强烈的形而上学的印记。而物种中心主义美学在解构主义以及后现代主义思潮的大背景之下，完全抛弃了形而上学思维，抛弃了任何形式的神秘主义，在对自然的理解方面代之以近代自然科学为基础的生物进化论。这一解决美学问题的方式看似符合当今科学主义的时代氛围，实际上却问题重重。

如果主体对于艺术创作而言是至关重要的，那么物种中心主义美学的核心要义中不仅是没有主体，而且是贬抑主体，因为对人的动物性的强调必然会导致对人的精神性的贬损。当我们说"主体"

一词的时候，我们真正在说的是人的精神，是人异于动物的精神性、道德性的品质。在儒家，是"自明诚""自诚明"之后所达到的那个止于至善的道德人格，而在道家，则是由庄学熏陶、涵养之后所得到的超越世界的自由精神，或也可称之为一种隐逸人格。在这里，天地宇宙之道、自然的山水、主体的精神以及作为主体精神之呈现的山水画这四者之间是彻底贯通了的。由心斋、坐忘等工夫达至的完全摆脱了世俗羁绊的纯粹主体与道相同一，被道所灌注、充盈，而经这样的主体所成就的山水画作，亦是道的体现。与此同时，作为主体观察之对象的自然山水本身就是道的具象化，主体与山水的相遇即是与道的相遇，如此一来，这四者之间最终形成了以庄子所言之"道"为线索，以主体玄远淡泊的艺术精神为核心的一个逻辑严密的整体。这个整体作为一个系统最终落脚于作为主体的艺术家本身，它对艺术实践者的内在修养即主体性提出了极高的要求。这种主体内在自身的超越性亦体现于庄子所言的"道"与今人所说的艺术精神之间内在层次上的关联，对此，徐复观有言：

> 若不顺着他们（老子、庄子）思辨的、形而上学的路数去看，而只从他们由修养的工夫所达到的人生境界去看，则他们所用的工夫，乃是一个伟大艺术家的修养工夫；他们由工夫所达到的人生境界，本无心于艺术，却不期然而然地汇归于今日之所谓艺术精神之上……人人皆有艺术精神，但艺术精神的自觉既有各种层次之不同，也可

以只成为人生中的享受，而不必一定落实为艺术品的创造，因为"表出"与"表现"本是两个阶段的事。所以老、庄的道，只是他们现实的、完整的人生，并不一定要落实而成为艺术品的创造，但此最高的艺术精神，实是艺术得以成立的最后根据。[①]

最终，以庄子为代表的道家哲学所推崇的人生境界的最高层次实为一种非功利的艺术境界，这种境界的获得是一个不断进行内在自我超越的过程，它可以无限地提升，无限地趋近于"道"的本体。在这种对中国艺术精神的整体观照之中，我们一方面看到哲学或形而上学对艺术实践具有怎样的影响力，另一方面也看到中国古代艺术由哲学思想萌发而来所具有的主体性的品性，即艺术创作是一个"技进乎道"的过程，它关涉"澄怀观道"的高度精神化的主体，关涉与天地自然浑然一体、物我不分的精神境界。也正是因为对于主体内在精神，对于"气韵"的推崇，中国传统美学范畴中"美"这一关涉事物外在形象的审美范畴不像在西方那般突出，甚至在多数时候对所谓的世俗之美采取一种排斥的态度。在老子那里，他要超越世俗的浮薄之美、感官之美，即"在反对世俗之美的后面，实要求有不会破灭的、本质的、根源的、绝对的大美"[②]。于

---

①　徐复观：《中国艺术精神》，前引书，第37—38页。
②　徐复观：《中国艺术精神》，前引书，第43页。

是，我们在这种"道"与主体高度融合的哲学当中所看到的是主体性达至顶峰的美学样式，它与黑格尔美学对主体性的推崇极为相似，即他们都强调人对于自然精神的体悟。但是，中国古代以老、庄为代表的道家哲学对"道"之体认的最巅峰状态是艺术的状态，而黑格尔所认为的对绝对精神之认识的最高阶段是哲学，在艺术、宗教、哲学所处的这一人的主体精神的阶段，艺术的形象性和宗教的情感性都是要被扬弃的，绝对精神的自我认识和回归自身所成就的是纯粹反思的主体，这一纯粹思维的理性主体便是绝对精神即"道"本身。可以看出，老、庄以人生哲学为其起点，在看尽世俗之虚妄惨淡之后最终走向了与"道"浑融一体而又无限自由的艺术精神的主体；黑格尔将艺术和审美作为讨论的对象，同样将艺术视为理念，也即"道"的显现，却终未能摆脱其哲学体系内在的要求，乃至最终落脚于非艺术性、非感性的理性主体，其看似是在谈美学，而终极旨归却是建立一整套逻辑自洽的哲学。一言以蔽之，二者虽都在谈主体，却有着理性主体和感性主体之分别，不可混为一谈。

第四节　物种中心主义美学审美主体的缺位

　　物种中心主义美学将讲艺术的起源和本质，而在这个过程中，主体主要是以一种被动性的面目出现。由于行为学对人的生物属性的强调，人受文化影响的那个维度被尽可能地遮蔽掉了。所谓物种美学主体的缺失，主要指的就是由文化统摄的那个精神性主体的缺失。尽管解构主义一再强调主体的被建构性，但它毕竟也表明了主体首先是存在着的，正因为主体能够被社会文化所塑造，其才有相对意义上的稳定性和同一性。在此，物种美学与拉康的观点极端对立，与物种美学相比，拉康精神分析称得上是"反物种中心主义"。在人能够被文化塑造的观点之下，拉康看到的是人在语言中极强的可塑性，而迪萨纳亚克看到的则是不同文化背后所隐藏的相似的人类心理需求。也就是说，不同的文化仅仅表明它们满足人类需求的方式不同罢了，需求本身是相通的。对主体的否定一方面与行为学理论对生物的理解相一致，另一方面也与早期人类的原始艺术相一致。但是，当人类社会的文化发展到高级阶段时，当人已经远离了单纯的求生存的意志时，尤其是人类已经能够对艺术和审美有着明确的自觉时，物种中心主义对艺术的解释就显得狭隘和片面了。

一、物种美学对主体的否定

迪萨纳亚克的物种中心主义美学遵循了科学主义的方法论原则，在分析论证方面不遗余力，却掏空了近代主体性哲学所设立的大前提：人的主体性以及审美的主体性。审美的主体性是审美活动的本质所在，这并非一个其真理性仅仅由于已经在哲学上得到了充分认可而下的未经考量的结论；相反，这是审美欣赏乃至艺术创造活动得以成立的根本条件。在对审美活动中主体性的必要性进行论证的过程中，康德的著作迈开了重要的一步，他认为知觉、理性以及想象力的共同参与完成了无目的的合目的性的审美。但是，由于认为审美鉴赏中理性的参与会影响审美活动的纯粹性，他所认为的审美主体性实际上还处在一种不那么活跃的状态，有待后继者加以完善。而若是连康德的审美主体性都还需要加强，需要有更多理性参与的话，那么对于迪萨纳亚克"审美的人"又当如何评价呢？

　　物种美学在建构"审美的人"时主要参照的是远古社会语言尚未形成时部落社会的成员及其"艺术"活动，但是语言尚未形成是否可以成为当时审美及艺术活动不需要人的主体性的理由？与此同时，本源意义上的艺术概念在当今语言和理性高度发达的现代社会是否还能有效，也就是说，此种对艺术的界定在面对今天的后现代主义语境下的艺术创作时是否还能拥有解释的力量？从迪萨纳亚克对物种中心主义的坚持，对行为学理论的调用，对福柯、德里达等后现代哲学家以及阿瑟·丹托等后现代艺术理论家的反对中，可以看出她对这些问题的回答是肯定的。她明确反对人性的建构论。她反对语言对人有本质性的影响这一观点，也反对所谓"艺术的终结"这样的命题。总而言之，她反对那种通过哲学理论来解释艺术作品内涵的过于文绉绉的方式。

　　迪萨纳亚克认为艺术具有固定不变的本质，其本质的界定源于它最初产生时对人类这个物种的生存和延续所具有的特别意义。从生物学及人类学这两重视角来看，"艺术"是一个可以独立加以探究的概念，它是人类自然而然、必不可少的行为。正是由于认为"艺术"具有明确的功能，所以就必定能够加以定义。现如今那种唯有通过理论才能抵达艺术的方式为她所深恶痛绝，她认为那实际上只不过是在用语言来扰乱人类对艺术的本能体验，语词与真实并非如看上去的那样一致。迪萨纳亚克的观点在某种程度上与分析哲学的结论具有一致性："维特根斯坦发现，我们是语言的欺骗性力量下的俘虏。语词的虚幻力量能够非常逼真地模仿真实的事物，以致没有任何辨别性的词语的力量允许我们将真理和谎言区分开来。当词语单单把我们挑选出来作为传授真理的对象的时候，我们就已经受到了欺骗。"① 在一种实证主义的时代氛围之下，尤其是过往的任何形而上的神秘概念和观念皆遭到驱逐的情形下，语言具有了原罪的性质。在维特根斯坦看来，既然一切谬误都是出自语言在概念方面所导致的不清晰，那么澄清语言的问题也就使得所有难题都迎刃而解了；而迪萨纳亚克比他更为极端，既然语言罪大恶极，那么何不把自语言形成以来的文明对人类行为的影响彻底否定掉，并且把语言形成之后的历史看作人的异化的历史？虽说维特根斯坦的认知显得非常简单粗暴，但他确实对其所讨论问题的领域进行了框定，并未自大到以为其哲学能解决一切问题的地步。相形之下，迪萨纳亚克并不是某种生物学理论或者哲学理论的创立者或奠基人，但她对于这些理论的实用性和有效性的自信却显得比维特根斯坦更强。这或许就是理论创始人和借用理论的人心态上的根本不同。毕竟维特根斯坦还曾说过："凡是可以说的东西都可以说得清楚，对

---

① ［英］约翰·西顿：《维特根斯坦与精神分析》，徐向东译，北京：北京大学出版社，2005年，第23页。

于不能谈论的东西必须保持沉默。"① 这无法说清楚的事就是美学和伦理学。

　　但是这里面有着更为复杂的问题存在：那便是，即使福柯、德里达对人性的建构性持肯定态度，二人理论的反本质主义基调极为分明，但二人观点的对立面也并不确凿的就是物种中心主义，而是西方哲学传统中的形而上学以及近代以来有关主体性的人的信念。悖论的是，迪萨纳亚克竟然与自己反对的一方有着诸多惊人的相似之处，因为她的物种中心主义美学并没有给"审美的人"留出主体性的余地，也就是说在主体性的问题上，她并不那么有资格成为她所集中反对的人的对手。根据她的描述，审美的人是一种被动接受审美刺激的动物性存在，审美活动在主体的外在层面是对艺术制作活动以及部落仪式的参与，而在其内在层面则是一种在参与过程中心理上的"感觉良好"（feeling good）。这种"感觉良好"由于其物种中心主义的框架而与近代哲学与美学当中对审美主体性的描述大为不同，它绝非康德意义上那种无功利静观式的审美，恰恰相反，它是极具功利性的，其心理学效用对人类的生存至关重要："尽管有的人说价值是后天习得的，但更准确地说生物学预设了我们在对人类生存极其必要的特定事物中寻求快乐和满足。"② 也就是说，尽

---

① ［奥］路德维希·维特根斯坦：《逻辑哲学论》，贺绍甲译，北京：商务印书馆，1996年，第23页。

② Ellen Dissanayake, *What is Art for*? Seattle and London：University of Washington Press，2002，p. 132.

管人类在"我思"的意识层面并不能清醒地意识到某些行为的功利性何在，意识不到此种行为的目的，但是他能够循着本能去追求这些让自己感觉良好的事物。每一种对人类有利的行为背后都有一种使人感觉良好的心理因素在进行驱动。在这样的思维方式中，迪萨纳亚克根据生物学进化论的大前提首先就将感觉良好设定为主体进行审美和艺术活动的内在驱动力，但是她对这个"感觉良好"的界定自始至终都停留于生物学的层面，即强调这种感觉的先天性、不可改变性，它是人自打成为一个人的那一刻起就被熔铸进了自己的血肉之躯。于是，这种感觉良好处于一种必须被归结为某种有用性的境地之中，这就大大破坏了审美的自律性，偏离了审美的本性。

迪萨纳亚克对主体的看法与后现代主义有很大的相似之处，二者都反对启蒙哲学建构的那个理性主体。如果说中世纪是神学的时代，神的意志高于一切，人只不过是神的奴仆，那么文艺复兴则是从神的世界回到了人的世界，要以人为中心、强调人的尊严，而随后的启蒙哲学则是在此基础上把人在哲学上建构为理性的人，理性是人的本质，于是人的尊严有了更切实的着落。到了后现代这里，理性的人的观念受到了动摇，理性不再是人的本质，非理性才是。后现代也承认人的主体性，只不过它所说的主体性并不落在笛卡尔意义的"我思"上，而是在"我思"之下，或"我思"与非理性之间的交叉点上："在无意识所在的地方，'我'必作为主体出现，

'我'必作为主体生成。"① 在整个这条脉络中，我们看到主体性是处在不断下移的趋势中：从无所不知的神的主体，到人的理性主体，再到人的非理性主体（无意识主体或身体主体）。发展到这个阶段，自古希腊以来形成的形而上学被彻底颠覆，而作为哲学分支的美学也相应地开始注重"世界"当中的"身体"，注重"身体"在审美和艺术创作活动中的经验与价值，身体的意义愈发凸显出来。

在这样的理论背景下再来看迪萨纳亚克的物种美学，就能知晓它实际上是处在最近的后现代主义否定主体性的这一潮流之中的，但是这一理论同时也在进行着一个与当前后现代潮流不相符的努力，那就是追求理论的确实性——追求一种如自然科学般确实的理论品质。在物种中心主义美学中，我们看到迪萨纳亚克想要给人类的艺术活动一个确实的、普遍的基础，这种努力很像康德在写《判断力批判》时想要给审美判断力一个确实性基础的倾向，也很像弗洛伊德在建构精神分析时要求其理论的精确性、普遍性、透明性的那种倾向，简言之，就是要使得人文学科的理论获得如自然科学所具备的那种科学意义上的确实性和普遍性，那种放之四海而皆准的有效性。

那么，反对审美的主体性以及无功利性，赞同关于非理性主义的本质主义，以及追求一种美学理论的确实性，这种种要素是否能

---

① 吴琼：《雅克·拉康——阅读你的症状》，北京：中国人民大学出版社，2011 年，第 312 页。

有机地融合成一个自洽的理论，就成了一个问题。而在这之中，人的审美主体性的缺失是最为致命的，它从一开始就奠定了物种中心主义美学在当代西方美学中非主流的基调。没有主体高度参与的审美活动是不可想象的，康德在18世纪才将美学的问题建立在正确的基础——主体上，随后席勒进一步阐发了康德的思想，在人格和状态的区分中高度肯定了不变的作为实体的"自我"在审美中的地位，而我们中国古代的艺术理论自从诞生的那一刻就高度重视人的主体性，中国艺术精神的核心——玄远淡薄的道家精神始终贯穿于中国传统艺术的创作和批评当中。这种中西美学的对比着实能给予我们启发，让我们看到，有关主体存在的设定是如何内在地规定着美学思想、艺术批评以及具体的艺术创作的。那么，在这样一种古今中外美学理论的宏观视野之下，迪萨纳亚克美学思想非主流的边缘地位就得到了更为深刻的认识，无主体的动物性的人又何来高度弘扬主体性的"审美"可言？

二、物种中心主义美学的形态

美学理论的形态本身并不必然决定着其理论价值的高低，但是形态本身能够反映出美学理论在哲学方面的偏好。在今天学术界被西方理论包围的情况下，我们本土美学在概念上的优势很难得到发挥，因为你很难用语言描述出类似于风骨、隐秀、坐忘这些范畴的全部意义。这些范畴被创造出来所面对的对象是那些真正懂得写文章，懂得某个特定艺术领域经验的人。而像"以形媚道""澄怀观道"这些具体的方法则更是让普通人心生畏惧。对于普通大众来说，这些说辞的意义都很难搞懂；即便费尽周章弄懂了这些概念的字面意思，也无法通过它们来品评和鉴赏文学艺术作品。这些皆是具备很高文化修养的人才能理解的范畴，即真正的"精英化"的范畴。中国古典美学是理论，但不是今天意义上的理论，它不靠外在的体系化论证彰显自身的正确性。懂的人自然懂。从这个角度来看，西方哲学和美学理论的那种清晰性是一种精英化还远远不够的表现。

迪萨纳亚克的美学理论在形态上极具理论的特征——明晰的定义，完善的结构，环环相扣的论证，但是正如前面所分析过的，表面上的体系性和逻辑性并不一定意味着体系真正的完善。对于乍见物种美学的人来说，很容易被行为学的推理方式所说服，从而相信艺术就是一种普遍性的人类行为，人人都可以是艺术家。之所以会如此，是因为体系在构建时，对言说的对象，对所运用的证据都是有选择的。迪萨纳亚克在诗歌、音乐、绘画、建筑和舞蹈这些艺术门类当中，主要谈论的是视觉艺术；而对于诗歌这种依托于语言文字的艺术类型，则是从"神话"这个角度来说明其选择价值的。也就是说，对语言文字更为发达的形式——近现代诗歌以及非诗歌类的文学，她谈论得相对要少得多。而在证据的选取上，她只选择小型部落社会当中的艺术和仪式，那种高度发展的非西方艺术现象都没有被她纳入视野之中。从某种程度上来讲，这种理论构建的方式就是对不符合自身观点的论据的排除。

　　迪萨纳亚克美学理论的这一特点可以看作理论作为一种文本形态的固有缺陷，那就是以看似逻辑化和体系化的方式表达着自己并不完美的观点。重要的不是观点本身的正确性，而是要用哲学的外衣进行包装才不会失掉体面。这种哲学味道的理论形态本身就有缺陷，而如果再加上科学理论作为支撑，就更显得与美学相距甚远。对于使用科学理论来加持自己美学研究的这种做法，克罗齐曾有过极为辛辣的评价："对自然科学的迷信常常会伴随着（在迷信中常有的事）一种伪善的东西。化学、物理学和生物学的实验室变成了西比尔的山洞，在那里，人们非常自信地探讨着人类精神的最高问题。"① 对物种美学而言，这种自信的结果就是不承认任何形式的精英化艺术观的价值。因此，物种中心主义虽然声称反对西方中心主义，但是它同时建构了均质化的、铁板一块的非西方文化世界，仿佛只要是非西方艺术就都是原始的、带有进化印记的，因而就可用来说明精英艺术观的虚伪。

　　对艺术的讨论应当首先确定有艺术这个事物的存在，其次应该划清艺术理论、美学和科学之间的界限。如果这个界限没有被清楚地划定，那么科学会一再地向这一领域扩张，最终的结果就是各种具有民族特色的艺术体系和范畴逐渐丧失合法性，而代之以审美"快感"为研究内容的神经美学、生物美学。在迪萨纳亚克 2015 年发表的论文《美学原语：自然主义美学的基本生物学要素》中出现

① ［意］克罗齐：《美学的历史》，前引书，第 248 页。

了大量科学化的表述，让人难以分辨这究竟是美学还是神经科学：
"神经科学家已经确定初级视觉皮层（V1）是大脑中寻找最基本的
视觉信息的部分——直线、边缘、轮廓（曲线、直角）和点，它们
为世界上实际的实体提供了证据。在下一个主要区域（V2）中，
这些基本特征被组装成连贯的形状。超过这一点的处理会产生更复
杂的视觉感知，例如将图像与背景分离，提供颜色、运动等。听觉
皮层中类似的独立'原语'成为听觉自然和其他声音、语音和音乐
的构建模块。"① 科学的这种入侵在这里表现为一种语言的暴力，让
严肃的美学研究者感到极为困惑。上述现象不禁让人思考：美学的
边界在哪里？"审美快感"果真应当成为一种科学化的美学研究的
起点吗？美学著作的形态是否应当与自然科学保持一定的距离？科
学对人文学科的入侵在西方已经有一百多年的历史，现如今，当我
们面对西方美学各种眼花缭乱的实证主义和进化论的尝试时，需要
清醒地认识到其与真正有价值的美学研究之间的差距。作为有着悠
久文化和历史的民族，我们需要在深入了解这种倾向的同时，传承
和保护我们自身美学理论的资源，在知己知彼的情况下做到文化自
信、理论自信。

　　迪萨纳亚克所言的身体缺乏形而上的意义，更准确地说它是承
载人的动物性的"肉体"，这一结论使得她的美学理论只具有发生
学的意义。我们知道，迪萨纳亚克美学思想的基础源于完全唯物的

---

① Ellen Dissanayake，"'Aesthetic Primitives'：Fundamental Biological Elements of a
Naturalistic Aesthetics", in *Aisthesis*（*Florence，Italy*），Vol. 8，No. 1，2015.

达尔文主义，而达尔文主义对人的解释则完全建立在物种进化的功利性之上。这种功利性意味着，人在世间的所有活动都只不过是为了现实意义上物种的繁衍以及克服除此之外独处时的寂寞和无聊。无论是我们前面所说的黑格尔理念的感性显现还是老庄的心斋坐忘，在这里均丧失了其言说的意义与价值，人的主体在进化论生物学的思维框架下只可能陷入绝境。

如果我们承认关于艺术和审美的本质问题应当有一个定论，而不是相反被一种普遍的怀疑主义以及虚无主义弄得不能表达任何观点的话，我们就需要在面对如下有关主体与审美之间关系看法的情况下，思考迪萨纳亚克美学思想当中主体的缺失："在主体与对象构成的审美关系中，主体起着主导作用。审美时的主体心态是审美关系得以成立的关键。作为一种触及整个身心的运动，审美体现了主体身心的贯通。作为一种怡情养性的精神活动，净化心灵，摒除杂念，超越世俗功利和滞实的眼光，又是审美活动区别于其他精神活动的标志。审美活动的这些特征，都集中地体现在主体的心灵状态中，主体对对象的审美体悟方式和思维方式，也都是特定心态的具体表现。"[1] 这段文字位于朱志荣《中国艺术哲学》中"主体论"这一章的开头部分，尽管强调了主体的中心地位，却又并不是在说主体性色彩浓厚是中国艺术哲学所独有的特质，而是以一种较为客观的口吻好似在说着某种无可争议的普遍观点。若结合近代西方美

---

[1] 朱志荣：《中国艺术哲学》，上海：华东师范大学出版社，2012年，第7页。

学以及 20 世纪以来欧洲现象学的发展，就不难看出这一观点的表述实际上是将康德审美无功利的理论、现象学美学对于审美态度的理论以及中国哲学重视人的主体性的特征结合在了一起。在这一中西结合中，将重心落脚到主体这一行为本身具有重要的意义：它展现出对于艺术哲学问题的某种基本的态度或说价值判断，那便是拒绝怀疑论，拒绝后现代思潮对概念的无穷无尽的解构。我认为，尽管解构主义以及分析哲学在概念的误用和滥用方面提出了许多具有建设性的意见，但如果真如维特根斯坦所说的那般对艺术问题不进行价值判断的话，艺术哲学的研究最终只能导向一种相对主义，甚或是彻底的虚无主义。本书的目的即是对迪萨纳亚克物种中心主义美学的不足进行批判，这种批判所持守的基本立场就是拒绝任何可能的虚无主义。

　　这里存在几个值得注意的问题。首先，上述观点中审美的无功利性是中西方美学观念中皆有的，但是将主体作为审美活动的主导因素这一观点却更加贴合于中国美学的品性，于是有人就会问，黑格尔不也在说最高的美是心灵的美吗，他的唯心主义哲学不也是将心灵、精神拔高到一种无以复加的地步吗？其次，开篇就谈主体、主体性的问题，就将主体设立为话题讨论的焦点，这不是拿我们本土思想的长处去比别人的短处，然后证明我们古代的艺术思想更加高明、更加优越吗？对于第一个问题，我以为，在黑格尔绝对精神的哲学体系中，最高、最真实的形而上的理念才是最重要的，作为个体的主体，其最终的归属不是独立的审美主体，而是具有普遍性和永恒性的绝对精神，即主体在自我扬弃的过程中最终走向了个体的湮灭。这一个体的湮灭所标志的实际上是宇宙中整全的客观精神的最终胜利，而不是个人化的主体。这就是说，由于黑格尔形而上哲学体系的规定性，主体精神的凸显不过是一种暂时的假象，对主体的强调恰恰是对非主体的强调，这着实是一个认识上难以避免的陷阱。对于第二个问题，我认为，如果说站在将我们本土的艺术思想与西方艺术哲学相贯通的高度这一说法容易造成误解的话，不如说我们是站在相信有一个能够被称之为"艺术"的事物的立场上，即相信有一种叫作艺术的东西，且我们对它的探讨能得出真理。只有具备这样的信心，我们的批评才能够最终成立。

物种中心主义美学提供了许多艺术在人类生活中具有普遍性的例证，阐明了艺术的生物学根源，却无法掩盖其在重视"身体"的名义之下对传统理论当中艺术"主体"的忽视。"主体"很多时候关联的是精英艺术。也就是说，无论迪萨纳亚克主观上有怎样的看法，物种美学都在精英艺术与大众艺术、高雅艺术与通俗艺术之间做出了选择。这种选择在进化论之下是不可避免的，但是在美学探讨上却并非如此。赫伯特·甘斯对高级艺术的态度或许能说明精英艺术中的"主体性"意味着什么："高级艺术提供'更强也许更持久的审美满足'，因为它那创造性的'革新'、'对形式的实验'、对深层'社会、政治和哲学问题'的探索、以及可以'在不同层次上进行理解'的负载；而大众文化在这些审美特征上明显不足。"① 也就是说，高级的精英艺术因具有更深厚的内容负载而具备了更经得起考验的审美价值，它能够向下兼容那些受教育不完善的普通欣赏者。迪萨纳亚克本人不可能完全没注意到这个问题，但是过多地停留在这个问题上将会对其美学的自洽性带来困难。这种种原因导致迪萨纳亚克的美学思想仅仅为原始艺术辩护，而忽略了艺术发展到一定阶段一定程度时所具有的"主体"特性。缺乏主体和主体精神的艺术理论也就无法深入解释艺术作品价值的高下。

三、物种中心主义美学的价值和弊端

当代西方美学在后现代解构主义思潮的影响下呈现出新的发展趋势，过往以人的主体性为核心要义的人本主义美学陷入了前所未有的危机之中。在哲学基础发生转变，传统形而上学遭到贬斥的情形之下，西方哲学家和理论家们开始在谱系学的视角之下挖掘一条被视为非主流的重视身体的美学脉络，希望通过展现被遮蔽掉的对艺术与美学的看法来抵达有关审美问题的真理，迪萨纳亚克的物种中心主义美学应运而生，它以达尔文主义为理论基石，运用生物进化论和进化心理学的视角来看待人类的艺术活动，最终得出了艺术是人类这个物种在漫长的演化中进化而来的具有生物性的行为这一观点。在这种经验式的、带有实用主义色彩的研究中，迪萨纳亚克

---

① ［美］理查德·舒斯特曼：《实用主义美学》，彭锋译，北京：商务印书馆，2016 年，第 227 页。

希望终结关于艺术问题的诸种"臆想"式的讨论。在她看来，艺术
并不是天才、精英才能涉及的领域，而是每一个人类成员都能参与
的与日常生活密不可分的活动。这种看似"平民主义"的立场，一
方面与近代主体性哲学的艺术的观念有着极大的冲突，另一方面也
与战后美国艺术界所形成的反艺术、反审美的风气相对立。

　　物种美学对于现代主义反艺术、反审美的艺术观给予了强烈的
批评，从物种本能的角度出发驳斥了一系列缺乏艺术法则和审美价
值的"前卫"艺术理念。20 世纪 60 年代，美国为从欧洲抢夺对艺
术的话语权，将反审美、反传统的现代主义推向了一个新高度。经
过一系列商业、媒体的宣传和运作，最终的结果是，评价艺术的话
语权被迫从巴黎转移到纽约，就连巴黎高等美术学院这样的学校今
天也不再教授传统的美术。因此，迪萨纳亚克所面对的是美国当时
远离真正依靠技艺展开艺术制作的艺术界。"自 1964 年劳申伯格获
得威尼斯双年展大奖以后，美国艺术的反美术（反雕塑和绘画）在
西方世界全面得势，波普艺术的登场，使与雕塑和绘画无关的物
品，行为，装置，概念，影像成了新的艺术形式，并成了国际当代
艺术的主流。"① 因此，反艺术与艺术之争从根本上来说就是美国和
欧洲的话语权之争，是政治、经济、文化争霸的其中一个重要组成
部分。

　　后现代主义艺术是对现代主义的进一步深化，而现代主义绝非

---

① 黄河清：《"中国当代艺术审美理想和西方现代艺术、后现代主义艺术思潮"笔谈讨论
　　(56)》，《美术》2006 年第 1 期。

仅仅是艺术自我推进和更新的结果，它与商业和政治紧密联系在一起。现代主义自身的混乱常常令研究者困惑不堪，但美国概念艺术的祖师约瑟夫·科苏斯（J. Kosuth）的一番话却让人有醍醐灌顶之感：

> 因为我们没有一种真正的国族个性，我们将现代主义本身作为我们的文化。我们以出口我们的地方主义，改变变形了其他文化，并赋予这种混乱以一种"普适性"的外观……因为我们的文化没有唯一的地理渊源，我们倾向于将自身定位于一种时间的位置——这个世纪，而不是定位于大地上的某个地方。我们出口了一种综合性的文化——麦当劳、可口可乐、希尔顿酒店等。由于各国族文化纷纷退却让给我们地盘，它们最终失去了对自己生活有意义机制的控制，由此变得在政治上和经济上依附于我们。[①]

这就是说，现代主义以及现代主义的升级版——后现代主义艺术根本上彰显的是一种美国性。对后现代主义艺术的提倡客观上来看是要将美国这一国的地域性的艺术推向全世界，而物种美学从某种程度上来看则是从生物进化论的视角来反对这种有着明显缺陷的"美国艺术"。"二战以后，美国在西方世界，乃至全世界实施了一

---

① 河清：《"当代艺术"：世纪骗术——〈艺术的阴谋〉更新版》，上海：上海古籍出版社，2016年，扉页。

场'艺术阴谋'，宗旨是让'美国艺术'称霸世界。"① 这种美国艺术的扩张有着深远的战略考虑，这一称霸战略通过两个概念的合法化来展开，它们分别是"时代性"和"世界性"。在将时代性塑造为值得称颂且具有高度价值的概念时，也隐藏了所谓的时代性最终不过是"美国性"的真相。通过在世界范围内的推广，后现代美式艺术观及其评价标准进一步成为全世界通用的标准。这里的关键不在于谁掌握着关于艺术的真理，而在于谁掌握着游戏规则。美国颠覆欧洲对艺术霸权的方式如下：

> 第一，以"时代性"（"当代性"，"现代性"）掩盖"美国性"，将美国艺术和美国式艺术等同于当代艺术。第二，以"世界性"（"国际性"，"全球性"）掩盖美国性，将"美国艺术"等同于"国际艺术"，美国艺术由此获得时间和空间的双重伪装。所以，国际当代艺术既非"国际"，亦非"当代"，而仅仅是"美国艺术"或"美国式艺术"，一种地域性艺术而已。这场艺术的阴谋从具体战术上讲，1、以反艺术的名义颠覆欧洲古典传统艺术，将美国艺术和美国式艺术确立为"艺术"。反掉了别人的"艺术"，把自己的一套宣称为"艺术"。2、以实物、装置、行为、概念，取代绘画和雕塑，最终消解"美术"。以生

---

① 黄河清：《"中国当代艺术审美理想和西方现代艺术、后现代主义艺术思潮"笔谈讨论(56)》，《美术》2006 年第 1 期。

活取代艺术。将"日常"、"凡庸",甚至低俗的"生活",命名为"艺术"。如此,美国取代了欧洲,美国主导了世界,美国式"当代艺术"成为一种"当代国际艺术",将"美国式艺术"推行于全世界。①

在装置艺术和行为艺术盛行的当代美国,迪萨纳亚克指出这种类型的艺术远离普通人的审美需求,靠玩弄概念来创新。无疑,这是大胆且具有启发性的。美国对法国艺术话语权的颠覆就是直接地"唱反调",艺术不是传统的那一套东西,而这种所谓的颠覆牺牲掉了艺术本应具备的根本性的东西——"技"与"艺"。反艺术、反审美的美国式艺术不强调传统的美术技艺,而是一味地追求创新,并且不惜模糊掉日常事物与艺术之间的边界。在此种情况下,继续用传统的"art"来指称这种混合、杂糅的新艺术形式就显得十分怪异。这种跨界融合的、不讲求"审美"的艺术观念和创作法则最终被证明只不过是艺术家和市场联合上演的一出戏剧,旨在确立以美国为中心的艺术规范。当绘画和雕塑被弃置一旁,所有的美术院校都搞起了"当代艺术"的时候,物种美学这样一种强调艺术"行为"的理论在阐释艺术本质的同时反倒有利于回归传统的艺术观念,它因强调传统的视觉艺术门类反倒显得有些保守。在物种美学的理论中,绘画和雕塑都有其不可忽视的正当性,它们作为人性的

---

① 黄河清:《"中国当代艺术审美理想和西方现代艺术、后现代主义艺术思潮"笔谈讨论(56)》,《美术》2006年第1期。

外化和延伸具有久远的历史。它们是因对人类祖先的生存有着绝非一般的重要性才会被选择、被固定的，因此将二者驱逐出艺术的范围是大有问题的。

同时，物种美学能够为通俗艺术的合法性进行辩护。精英艺术与通俗艺术相对立的背后，所反映的不仅仅是艺术本身审美价值高下的问题，而是对艺术评定的话语权问题。精英和通俗是具有强烈意识形态色彩的概念，对这种两分法的运用本身就表明了资产阶级精英文化的强势。尽管我认为精英艺术承载的内容更多，形式也更加复杂，因而具有更高的审美价值，但我并不认为通俗艺术就一文不值，甚至要被彻底打倒。流行音乐，街舞，商业电影，如果按照物种美学的观点来看的话，都是能够为普通人带来情绪满足的事物，它们让人们在这个残酷而冷漠的世界中还保有生活的快乐和激情。通俗艺术具有广泛的受众，因而更像是真正意义上"人民"的艺术，这一现象本身就说明了艺术在满足人类需求方面的巨大价值。

如果抛开政治方面的考虑，将通俗艺术放在与高雅艺术相结合的整体系统中加以衡量，考察一个国家内部通俗艺术的美学价值的话，就会发现它的价值是无可置疑的。很多通俗艺术的门类都能够愉悦人的身心，尤其是可以满足物种中心主义意义上人类的心理生物学需求。在这方面，我的看法处于赫伯特·甘斯与理查德·舒斯特曼这两极之间的某个位置。尽管都在为通俗艺术辩护，但前者在根本上倾向于高雅艺术，而后者尽管放弃了那种"非此即彼"的二极管式思维，同时接纳精英艺术和通俗艺术，却又过分地赞赏了通俗艺术。何为高雅和通俗是随着时代的发展而变化的，莎士比亚戏剧在创作的那个年代是供普通百姓观看的娱乐性质的戏剧和杂耍，但是今天已经被奉为西方正典；中国文学中，京剧、越剧、黄梅戏一类的戏曲在创作之初都是供人娱乐的消遣性通俗艺术，根本无法与诗、书、画相提并论，但在后世乃至今天则被奉为古典文学中的瑰宝。电影这一艺术形式，通常被认为是通俗艺术的代表，但它既可以承载纯粹的商业电影，也可以承载纯粹的艺术片，甚至也有商业性和艺术性融为一体的可能性。今天，无论是精英还是大众都会进入电影院看电影，一些高质量的电影能同时满足这两类观众的审美需求。电影以综合艺术的形式从视、听、触觉全方位满足人们的内在需求。如今，看电影似乎已经具备了物种美学所讲的"仪式"的作用。在前现代仪式缺乏的今天，再也找不到比涌入电影院看电影更具仪式感的行为了。因此，通俗艺术很多时候并非绝对意义上的，它也有值得肯定的一面。

尽管具有以上几个方面的价值，物种美学依旧有着缺乏审美主体的巨大缺陷。即便是在生物学领域内部，社会文化和生物遗传之间孰轻孰重的问题也没有一个定论。进化论本身是一种对生物起源具有猜想性质的假说，不同的达尔文主义者对它的理解又各有侧重。与马林诺夫斯基同时期的生物学家朱利安·索雷尔·赫胥黎就在致力于推动一种进化论的人文主义学派："在《知识、道德和宿命论》（1957）中，他说道，未来，文化而非生物因素是决定进化论的方向。他将人类文化看作决定性的唯一要素，文化使生命能够超越生命，使除了外在基因染色体的第二类机制能够持续或改变。"① 也就是说，文化能够获得与遗传基因相同甚至更大程度的对主体的影响力，进化论并没有完全排除文化与生物性共同作用于人的主体性的可能性。反观迪萨纳亚克的美学，它从进化决定论的一元论出发，漠视了社会文化对于艺术和审美的影响，这导致她无法回答有关其理论缺乏审美价值判断的质疑。

在这个问题上，我认为应该中和拉康的观点，即对人性的理解并不应该单纯从身体和本能这一极出发，而是应该同时考虑主体由社会文化所建构的那个维度。就此，审美和艺术的主体在文化的社会符号语境之中被铸就，它是被文化所深深烙印的，这种文化既有维护个体生存的一面，也有个体因坚持其非功利的文化价值而为之牺牲的另一面。鉴于拉康的主体理论深受黑格尔哲学的影响，我想说的是，黑格尔哲学有关精神的作用机制的解释对于理解人性和艺术有着特殊的价值。举例来说，拉普（rap）这种艺术形式就作为一种说唱结合体而言能够满足大众对于音乐的需要，但是拉普说唱内容的粗俗以及对于主流文化的反抗使它超出了单纯的"感觉良好"的范畴。就社会文化这个向度而言，物种中心主义对它的解释力十分有限。我也在尽力避免一种非此即彼的思维方式。西方理论总是喜好把对事物的理解推向极端，仿佛不采取这种策略就不够

---

① 马威、哈正利：《在科学与人文之间：马林诺夫斯基的现代性人类学》，《西北民族研究》2020 年第 2 期。

"颠覆"，但常识却是，有可能两个极端之间都有几分道理，因此需要"执其中"。正如彭锋在《实用主义美学》一书的中译者导言里所讲到的：

> "非此即彼"的析取也有排除的意思，其中一个选择严格地排除另一个，就像生活和逻辑中有时真的所做的那样。但是，采用实用主义的包括立场，我们应该姑且认为：选择的价值能够以某种方式被调和与实现，直到我们有了好的理由解释它们为什么相互排斥。这似乎是在追求生活的多重价值中，充分重视我们的好处的最佳方式。不幸的是，由于析取的排除意义似乎更为精确和惹人注目，它经常在哲学理论中获得无意识的统治地位，激发思想的二元习惯，其中肯定一个选择必然要否定另一个选择，一个人可以拥有酒或者水，但不能二者都有。[①]

只有采用实用主义的思维方式，才能在认清物种中心主义美学弊端的同时，避免走向与之对立的另一个极端。物种中心主义美学的对立面是完全从形而上学出发杜绝人的身体性的美学思路。当前，彻底的观念论哲学由于排斥身体而在知识的有效性方面大打折扣，因此采取一种身体和精神相结合的折中观点就成了最终的选

[①]　［美］理查德·舒斯特曼：《实用主义美学》，前引书，第22页。

择。在这方面，杜威的实用主义美学早在 20 世纪 30 年代就已经在朝着这个方向努力。而他的可贵之处在于，其将审美的文化属性置于一个非常显眼的位置："杜威对艺术的全面功能性的认可，与另一个他与绝大多数分析哲学家明显不同的观点——艺术和审美的文化首要性和哲学中心性——联系起来了。"①"文化……品质的最后尺度，是艺术的繁荣兴旺。"② 上述这番话极容易令人联想到中国古典艺术繁荣兴旺背后的文化原因，道家文化的高度发展促进了中国古典文人画以及书法艺术的兴盛。

　　本书对迪萨纳亚克美学理论的弊端进行了批评，但这很容易导致从一种绝对唯物的美学走向一种对唯心主义的推崇。毕竟，我在文章当中提到了黑格尔、谢林、费希特、德国早期浪漫派等人物。这并不等于说，由于物种中心主义有缺陷，唯心主义有真理，就要彻底倒向旧的唯心论哲学和美学。而是说，身体是人进行审美和艺术创作的基础，它自有其意义和价值，但不可过高地估计这种价值。在阐述观点的过程中，我时时感到一种走向非此即彼思维的危险，因此，在本书的最后，我不得不申明正确看待物种中心主义美学的态度。

　　尽管迪萨纳亚克一再强调其理论的开放性、包容性，但其对身体一元论的绝对强调不可能容纳人的精神性以及形而上冲动。她对于西方 18 世纪以来的德国古典美学观、浪漫主义艺术观以及现代

---

① ［美］理查德·舒斯特曼：《实用主义美学》，前引书，第 25 页。
② ［美］理查德·舒斯特曼：《实用主义美学》，前引书，第 26 页。

主义的精英化倾向都不满意。尽管并不完全认同后现代主义的艺术观念，但其物种中心主义艺术观与后现代主义整体上反主体、反精英的大方向相一致。在对艺术有什么用以及艺术的本质特征进行论述的过程中，迪萨纳亚克将焦点主要放置在视觉艺术上，而对语言文字艺术，尤其是文学这一门类的进化历史所谈较少。归根结底，文字艺术更多地涉及人的精神性，涉及刻苦训练得来的少数人理解上的"特权"，因此更接近于她所极力反对的精英主义。西方有文字记录的历史非常短暂，从生物进化的角度来看，在如此短暂的时间内，很难说人类物种能够进化出文字的适应性。如此一来，物种中心主义美学在视觉、听觉以及文字艺术这几个门类中最推崇的就是前两者，它们从前现代到现代有着悠久的承续性，最有利于说明人性的进化特性。针对后现代状况中艺术定义的多元化倾向，迪萨纳亚克秉持一种类似于分析哲学的乐观心态，并且与分析哲学一样对于事物的本质有着强烈的认可和孜孜不倦的追求。只不过她认为，能够彻底解决问题的并非通过概念的澄清，而是以达尔文主义为核心的"行为学"方法。不得不说，西方哲学传统对本质的信念能激发研究者从某一特殊视角出发来解决问题。但是，脱离了形而上学的宇宙论，脱离了审美思辨传统的所谓"科学"方法，究竟能获得多少有关艺术的真理？对科学滥用的最终结果就是使得对于"人"的理解陷入更深层次的危机之中。

迪萨纳亚克的理论就陷入了一种将人"去主体"化的危险之中。如果人只不过是进化造就的产物，一切人类活动都可以被纳入到生存、求偶和交配这些与动物无异的活动当中去，那么作为人类行为之一的"艺术"就会是一种被动性的、受本能支配的行为，而当代西方美学中"审美经验"这一概念也被简化为物种美学中的"感觉良好"。"审美经验"是主体性哲学框架下对于审美本质问题进行探讨的核心概念，它承认艺术创作和欣赏的主体性原则，而"感觉良好"则是反主体性的经验科学视角下对于艺术何为的回答——它给予人情绪方面的激励，从而在自然选择中固化为物种的普遍行为。在从主体性哲学到科学的转移中，美学问题从哲学的论域逐渐下降到形而下的科学的论域，但这种下降或说转移的价值却是可疑的。物种中心主义美学对于经验科学的依赖导致它丝毫无法涉及形而上的领域，无法对审美过程中意识内部主体体验的复杂性做出精细的概念化的解释。如果说分析美学已经意识到自身方法的内在局限性，并开始考虑采纳某些形而上学的方法，以至发展到更具有兼容性的"后分析美学"，那么物种中心主义美学仍然固守这种身体的一元论就显得过于极端和囿于偏见了。

迪萨纳亚克竭尽所能构建出的"审美的人"其实是科学主义视角下功利的、享乐的人。人的艺术活动被还原为有机体为求生存的"有用的"行为。"审美"一词的近代意涵是在主体性哲学那里固定下来的，它饱含对人的主体性的坚信，对人的精神力量的赞美。主体性确切地说就是指人的精神能量以及精神性的主宰作用，这可谓是人与动物之间最大的区别。就审美的高级阶段而言，它是一种属人的、高度自由的精神性活动。就"审美"作为一种真实存在着的属于人类精神活动的现象来说，它所要具备的条件是一种感性和理性高度融合的具有主体性的情感机能。而在迪萨纳亚克所赋予"审美的人"这一概念的内涵当中，近代主体性哲学里那个高度精神化的、能够自我主宰的、拥有自我同一性的主体已经不存在了，剩下的只有完全听任本能摆布的机械唯物论意义上的人。"审美"这一概念在近代美学中的精神性内涵已经丧失了大半，物种中心主义美学意义上"审美的人"不过是只能遵从本能而面对艺术"感觉良好"的人。艺术不再是最高意义上的精神游戏，它跌落为一种人类本能性的情绪调节机制，通过"做点什么"的活动来使人身心舒畅。人的确有动物性的一面，但这一面不应当被构建为人的本质属性。黑格尔作为主体性哲学和美学的集大成者也主张人性当中被动性的那个部分并不关涉人的本质。

如果说解构主义和分析哲学都拒斥传统的形而上学，那么问题则在于，形而上学思维本身是否完全一无是处，以及，有没有与西方形而上学不同的别样的形而上学思维方式，能够更适宜于对艺术和美学问题的展开。西方传统哲学的二元对立思维贻害无穷，对以往强调精神性的拨乱反正意味着走到身体性这另外一个极端。西方哲学始终无法将身与心融贯成一个和谐的整体，近代主体性哲学从一开始就对身、心原本并非一体进行了预设。这反映在后来的美学当中，就是在精神性与身体性两极之间的左右摇摆，而从未能将二者视为彼此不相隔膜、不相对立的事物。与之相比，中国传统艺术哲学有儒、释、道三家相融通，对人与自然、宇宙之间的关系，以及心与身之间的关系有着极为精辟的见解。就美学和艺术哲学而论，道家哲学实现了从形而下身体的感觉，到形而上对"道"的体悟之间的贯通，在个体的人与宇宙精神之间建立起明晰的关系，这是西方美学所欠缺的。而在这样的哲学建构当中，最值得注意的是中国传统艺术哲学所体现出来的对人的主体性的重视，人是凭借身－心一体的主体而体悟天地宇宙之道，进而将之施展在艺术之中的。在中国古人看来，理性与感性，精神与身体之间其实是不可分的。这就是说，不同的文化形式和哲学类型对同一问题的处理方式实际上存在着高下之分，探讨美学问题必须具备广阔的视野。

结
语

迪萨纳亚克的物种中心主义美学意在通过破除人类中心主义以反对近代西方的精英艺术观。要破除人类中心主义，就必须将人类与动物等同，于是达尔文主义便自然而然地进入她的视野当中。根据达尔文主义和行为学的基本理论，人类任何具有普遍性的行为皆是通过选择的适应性进化而来，那么艺术作为一切人类社会都具有的现象便具有了行为学上的研究价值。在经过一番细致而复杂的分析之后，我们得出了物种中心主义美学严重缺乏主体性的结论，也就是说，由于一种进化和身体的一元论，物种美学不承认脱离"有用性"的人类审美经验以及艺术非功利的观点。主体的精神力量以及不同个体之间的差异性均被抹杀，浪漫主义提倡的天才、想象在此都成为不切实际的话语建构。不得不说，物种美学对传统精英艺术观的反对已经达于极致。事实上，反对精英主义艺术观，就是反对精英艺术，那么她为何会形成如此排斥主体性和精英的局限性呢？

这主要是因为迪萨纳亚克长久以来关注的是艺术的起源问题，而她主要的研究对象则是原始艺术。她将艺术的起源等同于艺术的现实。由于曾有在世界各地的前现代小型社会生活的经历，迪萨纳亚克开始用人类学的眼光思考为何如此多的社会都有"艺术"这种现象，以及为什么西方的近现代艺术会与之如此不同。最终，她将部落社会原始艺术的特征当作艺术的本质，原因是它们如此广泛地分布，如此紧密地贴合人的日常生活，如此多样化地调节着人的欲望和恐惧，总而言之，看起来如此地必不可少。再与进化论稍作结合，就会得出艺术对人"有用"的结论。但是，原始艺术对人类有用，以及艺术是进化而来的，是否就意味着这样的艺术形态应当仅止于此，不该朝向新的可能性发展？物种美学认为艺术可以是任何事物，以及为艺术而艺术的观念是文明的发展强加给艺术的，是语言逻辑高度发展的后果，因此它带有很强的迷惑性，是一种没有根基的观念。对此，我的看法是，事物从诞生起就处于不断地发展变化之中，语言和理性的发展会使其得到命名，也就是获得一个能指，但是这种命名的行为是根本无法将所指固定下来的。能指和所指之间，或者说艺术和它的对应物之间是一种动态发展的关系。甚至可以说，当语言第一次为对象命名时，对象的命运就进入了动荡的不确定性中。艺术作为一个抽象概念，它的意义便更加难以确定。如果说我们今天所使用的艺术概念是两百年前固定下来的，那么为什么一定要用原始艺术的含义去替换掉呢？即便是原始艺术这一概念也是基于近代艺术的观念而形成的。原始艺术与近代艺术之间为什么非得是真艺术和伪艺术的关系，而不能是非艺术与艺术之间的关系？就艺术需要对艺术概念的自觉来说，原始艺术就不能算是艺术。

上述分析表明，对任何概念的理解，都得将其放入特定的语境当中，脱离了那个语境，就会陷入对象是一个不变实体的错觉之中。例如，当我们用"艺术"这个概念指称中国古典的诗、书、画、乐、舞这些对象时，很多时候虽然只不过是语言上的方便，但我们已经先入为主地拥有了艺术是一种无关功利的存在这样一种认

识。但是，这些艺术形式在历史当中皆有其"功利性"的一面，无
关功利只是这些艺术发展到成熟阶段所具备的特性。当它们从原始
的粗糙状态发展至需要高超技巧的阶段，文化就参与了对其价值的
评判。就书法艺术而言，其最高境界并不在于技巧的熟练，而在于
人品的难得，真情的流露。技巧很重要，但它只是基础。如对于苏
轼的《寒食帖》，西方的概念"美"根本没有办法形容它带给人的
感受，"审美快感"这一说法也不甚恰当，西方艺术对画作时间和
精力投入、技巧高妙的衡量标准也都没有体现出来。整篇作品中有
很多修改、涂抹的地方，但正是这样一幅处于草稿状态的书法却获
得了至高的评价。对此，我反思，中国艺术和西方艺术是差异大于
共性。功利和非功利的区分在我们的艺术这里并不是衡量其高下的
积极因素。同时，也很难想象如何用达尔文的进化论和最近几十年
的行为学思想来看我们中国的传统艺术，这种去掉文化语境来分析
艺术的行为是极其怪异的。假设说西方的精英主义是有问题的，它
通过高度发展的文化将艺术限定在极小范围的人群中，那么中国的
精英文化是比西方更加早熟且成熟的，它的门槛更高，但是能因此
就说这是一种有害的、虚假的艺术吗？尽管浪漫主义和现代主义艺
术观存在着某些问题，但这并不意味着精英艺术观就是绝对的
错误。

　　就此，我认为迪萨纳亚克试图寻找到一个能解释一切艺术共性
的做法是成问题的。事实上，正因为在成熟发达的文明当中艺术观
念、艺术类型和艺术作品都是如此的不同，物种美学才要以原始艺

术为底本来建构艺术何为的基本理论。在研究中，我发现迪萨纳亚克的态度颇为偏激。2015 年在佛罗伦萨大学召开的"审美心灵与艺术起源"国际会议上，迪萨纳亚克提交了《"美学原语"：自然主义美学的基本生物学要素》一文，在该文中，她表达了对当前生物美学和进化美学研究的强烈不满："尽管神经美学、进化美学和认知美学是以生物学和人类进化史为基础的，但他们的许多研究都使用了近代欧洲艺术作品——而不是前现代或祖先群体的艺术——来说明艺术是什么以及审美体验是如何起作用的。"① 为什么绝对不能用近代欧洲艺术作品作为例子？如果说审美体验的前提是一种审美的态度，而前现代的祖先们面对我们今天认为的"艺术"作品时根本就没有所谓的"审美态度"，那么又如何去研究其审美体验起作用的方式呢？

　　最近二十年，迪萨纳亚克都在发展一种被她称为"自然主义"的美学。从她对这一美学的定义来看，这是一种比物种中心主义更为彻底的还原论："自然主义的观点将艺术视为一种适应性或进化的行为，一种普遍的倾向，如母婴依恋、玩耍、求爱、成人配对或群体结合以及语言。审美行为（作为一个总括性的术语）关注的是作为接受（知觉的、情感的、认知的）的欣赏，但也包括艺术创作和参与。另一方面，抽象的类别'艺术'，模糊地指的是具有美、技能或创造力等品质的作品或物体，是一个'自上而下'的归因，

<hr>

① Ellen Dissanayake, "'Aesthetic Primitives': Fundamental Biological Elements of a Naturalistic Aesthetics", in *Aisthesis* (*Florence, Italy*), Vol. 8, No. 1, 2015.

对与进化的行为倾向有关的自然主义美学没有帮助。"① 从理论方法
上来看，它的理论基础依旧是行为学，不过是更为精细化的、偏生
理学的行为学。在上述解释中，迪萨纳亚克对"自上而下"美学的
反对其实就蕴含着对"自下而上"美学的建构，自然主义美学就是
这种建构。这种新的美学通过将史前社会的艺术民族志与行为学相
结合来解释早期人类为何要制造艺术。这种自下而上美学的基本设
想使我们很自然地联想到 19 世纪德国美学家费希纳的"归纳美
学"。此前我们已讲到克罗齐对归纳美学的批评，如今这种研究思
路虽有东山再起之势，却难再有振聋发聩的批评声音。这不得不让
我们感叹历史是一个轮回的过程。

　　由于不断地遭到质疑，物种美学也不得不面对"什么是好的艺
术"这一价值判断的问题。事实上，由行为学所主导的物种中心主
义美学无力完成属于文化层面的价值判断。如果强行判断，那也只
能是从生物学的神经反应这个角度进行一种客观计量化的评价，考
察它在情感安慰和改善压力方面的神经生理学数据，而这已经大大
远离了美学研究的常规领域。迪萨纳亚克似乎已经意识到价值判断
的任务根本无法完成，索性放弃了这一任务："什么是好的艺术？
这是其他学者的问题，我认为很大程度上取决于文化背景。各种艺
术组成部分的通用标准，如'好'比例、形式和色彩之美、影响和
声进展或旋律轮廓等，与美学价值相关，但超出了我目前存在的自

① 　Ellen Dissanayake，"'Aesthetic Primitives'：Fundamental Biological Elements of a
Naturalistic Aesthetics"，in *Aisthesis*（*Florence*，*Italy*），Vol. 8，No. 1，2015.

然主义美学进化方案的范围。"① 这一放弃恰恰表明了物种中心主义艺术观在寻求艺术的普遍性时所无法回避的问题：过度的强调普遍性导致了艺术价值等级差异的消泯。普遍性是不是一定与特殊性相对立，二者只能存其一？我认为并非如此，只不过达尔文主义以及行为学是自然科学领域极具封闭性的理论，它们从根本上无法与涉及价值的艺术和美学很好地融为一体。某种程度上，封闭就意味着强势和暴力，意味着一方对另一方的支配。

目前，我们已经全面了解了物种中心主义美学思想，从最初的新奇到现如今的批判，所拥有的最大收获就是对一种科学的实证主义以及进化论思想方法的警惕。从前，我会认为科学能够为美学带来更多的可能性，但现在我更倾向于认为极端的科学还原论会破坏美学研究自身的节奏，将美学研究肢解成生理学、物理学研究。任何一个真正对审美充满激情、对艺术充满热爱的人都不会希望看到这种情况发生。

① Ellen Dissanayake, "'Aesthetic Primitives': Fundamental Biological Elements of a Naturalistic Aesthetics", in *Aisthesis* (*Florence, Italy*), Vol. 8, No. 1, 2015.

参考文献

一、中文论著

A.C. 费比恩：《剑桥年度主题讲座 进化》，王鸣阳译，北京：华夏出版社，2006 年。

A.C. 费比恩：《剑桥年度主题讲座 起源》，王鸣阳译，北京：华夏出版社，2006 年。

阿尔弗雷德·C. 哈登：《艺术的进化》，阿噶佐诗译，桂林：广西师范大学出版社，2011 年。

阿诺尔德·范热内普：《过渡礼仪》，张举文译，北京：商务印书馆，2012 年。

阿瑟·丹托：《艺术的终结之后：当代艺术与历史的界限》，王春辰译，南京：江苏人民出版社，2007 年。

阿瑟·丹托：《寻常物的嬗变》，陈岸瑛译，南京：江苏人民出版社，2012 年。

阿瑟·丹托：《艺术的终结》，欧阳英译，南京：江苏人民出版社，2005 年。

埃克伯特·法阿斯：《美学谱系学》，阎嘉译，北京：商务印书馆，2011 年。

埃伦·迪萨纳亚克：《审美的人：艺术来自何处及原因何在》，户晓辉译，北京：商务印书馆，2004 年。

艾尔伯特·鲍尔格曼：《跨越后现代的分界线》，孟庆时译，北京：商务印书馆，2003 年。

爱德华·托尔曼：《动物和人的目的性行为》，李维译，北京：北京大学出版社，2010 年。

B. F. 斯金纳：《超越自由与尊严》，方红译，北京：中国人民大学出版社，2018 年。

B. 鲍桑葵：《美学史》，张今译，北京：中国人民大学出版社，2010 年。

柏拉图：《柏拉图文艺对话集》，朱光潜译，北京：人民文学出版社，2008 年。

鲍姆嘉通：《诗的哲学默想录》，王旭晓译，滕守尧校，北京：中国社会科学出版社，2014 年。

彼得·巴里：《理论入门：文学与文化理论导论》，杨建国译，南京：南京大学出版社，2014 年。

达尔文：《人类的由来》，潘光旦、胡寿文译，北京：商务印书馆，1983 年。

达尔文：《物种起源》，周建人、叶笃庄、方宗熙译，北京：商务印书馆，1995 年。

戴维·哈维：《后现代的状况》，阎嘉译，北京：商务印书馆，2003 年。

丹纳：《艺术哲学》，傅雷译，南京：江苏文艺出版社，2012 年。

德斯蒙德·莫里斯：《裸猿的艺术：三百万年人类艺术史》，赵成清、鲁凯译，北京：中国友谊出版公司，2016 年。

德斯蒙德·莫里斯：《亲密关系》，何道宽译，上海：复旦大学出版社，2010 年。

恩斯特·贝勒尔：《德国浪漫主义文学理论》，李棠佳、穆雷译，南京：南京大学出版社，2017 年。

菲利普·拉库-拉巴尔特，让-吕克·南希：《文学的绝对：德国浪漫派文学理论》，张小鲁、李伯杰、李双志译，南京：译林出版社，2012 年。

弗莱德·R. 多尔迈：《主体性的黄昏》，万俊人、朱国钧、吴海针译，上海：上海人民出版社，1992 年。

弗里德里希·尼采：《人性的，太人性的：一本献给自由精灵的书》，杨恒达译，北京：中国人民大学出版社，2011 年。

弗里德里希·席勒：《审美教育书简》，冯至、范大灿译，上海：上海人民出版社，2022 年。

福柯、哈贝马斯、布尔迪厄等：《激进的美学锋芒》，周宪译，北京：中国人民大学出版社，2003 年。

高宣扬：《福柯的生存美学》，北京：中国人民大学出版社，2015 年。

高宣扬：《后现代：思想与艺术的悖论》，北京：北京大学出版社，2013 年。

格罗塞：《艺术的起源》，蔡慕晖译，北京：商务印书馆，1984 年。

贡布里希：《艺术发展史》，范景中译，天津：天津人民美术出版社，2006 年。

郭庆藩撰，王孝鱼点校：《庄子集释》，北京：中华书局，2019 年。

H. G. 布洛克：《现代艺术哲学》，滕守尧译，成都：四川人民出版社，1998 年。

韩王韦：《自然与德性：尼采伦理思想研究》，北京：中国社会科学出版社，2020年。

汉斯·贝尔廷：《艺术史的终结?》，常宁生译，北京：中国人民大
　　学出版社，2004年。

黑格尔：《法哲学原理》，范扬等译，北京：商务印书馆，1961年。

黑格尔：《精神现象学》，先刚译，北京：人民出版社，2016年。

J. 瓦西纳：《文化和人类发展》，孙晓玲、罗萌等译，上海：华东师
　　范大学出版社，2007年。

吉尔·德勒兹：《福柯·褶子》，于奇智、杨洁译，长沙：湖南文艺
　　出版社，2001年。

吉尔·德勒兹：《尼采与哲学》，周颖、刘玉宇译，北京：社会科学
　　文献出版社，2001年。

吉尔·德勒兹：《哲学与权力的谈判》，刘汉全译，南京：译林出版
　　社，2012年。

今道友信：《关于爱和美的哲学思考》，王永丽、周浙平译，北京：
　　生活·读书·新知三联书店，1997年。

卡斯比特：《艺术的终结》，吴啸雷译，北京：北京大学出版社，
　　2009年。

凯瑟琳·埃弗雷特·吉尔伯特、赫尔穆特·库恩：《美学史》，夏乾
　　丰译，上海：上海译文出版社，1989年。

凯文·奥顿奈尔：《黄昏后的契机：后现代主义》，王萍丽译，北
　　京：北京大学出版社，2004年。

康德：　《判断力批判》上卷，宗白华译，北京：商务印书馆，

1963 年。

克莱夫·贝尔:《艺术》,周金环、马钟元译,北京:中国文联出版
　公司,1984 年。

克利福德·格尔茨:《文化的解释》,韩莉译,南京:译林出版社,
　1999 年。

克罗齐:《美学的历史》,王天清译,袁华清校,北京:商务印书
　馆,2018 年。

雷蒙·威廉斯:《关键词:文化与社会的词汇》,刘建基译,北京:
　生活·读书·新知三联书店,2015 年。

理查德·道金斯:《自私的基因》,卢允中等译,长春:吉林人民出
　版社,1998 年。

理查德·利基:《人类的起源》,吴汝康、吴新智、林圣龙译,上
　海:上海科技出版社,2007 年。

理查德·舒斯特曼:《生活即审美:审美经验和生活艺术》,彭锋
　译,北京:北京大学出版社,2007 年。

理查德·舒斯特曼:《实用主义美学:生活之美,艺术之思》,彭锋
　译,北京:商务印书馆,2002 年。

刘小枫选编:《尼采在西方》,上海:华东师范大学出版社,2014 年。

陆扬:《德里达·解构之维》,武汉:华中师范大学出版社,1996 年。

陆扬:《中世纪文艺复兴美学》,北京:北京师范大学出版社,2013 年。

路德维希·维特根斯坦:《逻辑哲学论》,贺绍甲译,北京:商务印
　书馆,1996 年。

路德维希·维特根斯坦：《哲学研究》，涂纪亮译，北京：北京大学
　　出版社，2012 年。

罗宾·邓巴等：《进化心理学——从猿到人的心灵演化之路》，万美
　　婷译，北京：中国轻工业出版社，2011 年。

罗宾·乔治·科林伍德：《艺术原理》，王至元、陈华中译，北京：
　　中国社会科学出版社，1987 年。

罗伯特·诺齐克：《合理性的本质》，葛四友、陈昉译，上海：上海
　　译文出版社，2012 年。

罗伊·阿斯科特：《未来就是现在：艺术、技术和意识》，袁小滢
　　编，周凌、任爱凡译，北京：金城出版社，2012 年。

马丁·海德格尔：《海德格尔论尼采：作为艺术的强力意志》，秦
　　伟、余虹译，石家庄：河北人民出版社，1990 年。

马丁·海德格尔：《尼采》，孙周兴译，北京：商务印书馆，2002 年。

马丁·海德格尔：《谢林论人类自由的本质》，薛华译，沈阳：辽宁
　　教育出版社，1999 年。

马克思、恩格斯：《马克思恩格斯选集》第一卷，北京：人民出版
　　社，1995 年。

马里奥·佩尔尼奥拉：《仪式思维：性、死亡和世界》，吕捷译，北
　　京：商务印书馆，2006 年。

马歇尔·伯曼：《一切坚固的东西都烟消云散了》，张辑、徐大建
　　译，北京：商务印书馆，2003 年。

迈克尔·扬：《马林诺夫斯基：一位人类学家的奥德赛》，宋奕等

　　译，北京：北京大学出版社，2013年。

迈克·费瑟斯通：《消解文化：全球化、后现代主义与认同》，杨渝
　　东译，北京：北京大学出版社，2009年。

米歇尔·福柯：《词与物：人文科学的考古学》，莫伟民译，上海：
　　上海三联书店，2016年。

米歇尔·福柯：《疯癫与文明》，刘北成、杨远婴译，北京：生活·
　　读书·新知三联书店，2017年。

牟宗三：《中国哲学十九讲》，上海：上海古籍出版社，2005年。

纳尔逊·古德曼：《艺术的语言：通往符号理论的道路》，彭锋译，
　　北京：北京大学出版社，2013年。

南茜·艾克夫：《美之为物》，张美慧译，贵州：贵州人民出版社，
　　2011年。

乔纳森·卡勒：《论解构：结构主义之后的理论与批评》，陆扬译，
　　北京：中国社会科学出版社，1998年。

让-保罗·萨特：《什么是主体性》，吴子枫译，上海：上海人民出
　　版社，2017年。

让·波德里亚：《完美的罪行》，王为民译，北京：商务印书馆，
　　2000年。

让-弗朗索瓦·利奥塔等：《后现代主义》，赵一凡等译，北京：社
　　会科学文献出版社，1999年。

让-弗朗索瓦·利奥塔：《非人：时间漫谈》，罗国祥译，北京：商
　　务印书馆，2000年。

让－弗朗索瓦·利奥塔：《后现代道德》，莫伟民等译，上海：学林
　　出版社，2000 年。

让－弗朗索瓦·利奥塔：《后现代性与公正游戏：利奥塔访谈、书
　　信录》，谈瀛州译，上海：上海人民出版社，2018 年。

让－弗朗索瓦·利奥塔：《话语·图形》，谢晶译，上海：上海人民
　　出版社，2011 年。

让－马里·费舍尔：《现代艺术：18 世纪至今艺术的美学和哲学》，
　　生安锋、宋丽丽译，北京：商务印书馆，2011 年。

史蒂芬·平克：《心智探奇：人类心智的起源与进化》，郝耀伟译，
　　杭州：浙江人民出版社，2016 年。

斯蒂文·贝斯特、道格拉斯·凯尔纳：《后现代理论：批判性的质
　　疑》，张志斌译，北京：中央编译出版社，1999 年。

苏珊·朗格：《情感与形式》，刘大基、傅志强、周发祥译，北京：
　　中国社会科学出版社，1986 年。

苏珊·朗格：《艺术问题》，滕守尧译，南京：南京出版社，2006 年。

特里温·科普勒斯顿：《西方现代艺术》，郭虹、徐韬滔译，合肥：
　　安徽美术出版社，1990 年。

特里·伊格尔顿：《后现代主义的幻象》，华明译，北京：商务印书
　　馆，2000 年。

特里·伊格尔顿：《人生的意义》，朱新伟译，南京：译林出版社，
　　2012 年。

特里·伊格尔顿：《审美意识形态》，王杰、傅德根、麦永雄译，桂

林：广西师范大学出版社，2001 年。

特里·伊格尔顿：《文学事件》，阴志科译，陈晓菲校译，郑州：河南大学出版社，2015 年。

滕守尧：《审美心理描述》，北京：中国社会科学出版社，1985 年。

涂尔干：《宗教生活的基本形式》，渠东、汲喆译，北京：商务印书馆，2011 年。

瓦迪斯瓦夫·塔塔尔凯维奇：《西方六大美学观念史》，刘文泽译，上海：上海译文出版社，2006 年。

瓦尔特·本雅明：《德国浪漫派的艺术批评概念》，王炳钧、杨劲译，北京：北京师范大学出版社，2014 年。

汪民安、陈永国：《尼采的幽灵：西方后现代语境中的尼采》，北京：社会科学文献出版社，2001 年。

王乃耀、申晓若：《欧洲文艺复兴史经济卷》，北京：人民出版社，2010 年。

威廉·狄尔泰：《体验与诗》，胡其鼎译，北京：生活·读书·新知三联书店，2003 年。

维克多·特纳：《仪式过程：结构与反结构》，黄剑波、柳博赟译，北京：中国人民大学出版社，2006 年。

翁贝托·艾柯：《丑的历史》，彭淮栋译，北京：中央编译出版社，2011 年。

翁贝托·艾柯：《美的历史》，彭淮栋译，北京：中央编译出版社，2011 年。

吴琼、刘学义：《黑格尔哲学思想诠释》，北京：人民出版社，2006 年。

吴琼：《雅克·拉康——阅读你的症状》，北京：中国人民大学出版社，2011 年。

雅各布·布肯哈特：《意大利文艺复兴时期的文化》，何新译，商务印书馆，1988 年。

雅克·德里达：《书写与差异》，张宁译，北京：生活·读书·新知三联书店，2001 年。

亚里士多德：《诗学》，陈中梅译，北京：商务印书馆，1996 年。

亚里士多德：《形而上学》，苗力田译，北京：中国人民大学出版社，2003 年。

伊夫·米肖：《当代艺术的危机：乌托邦的终结》，王名南译，北京：北京大学出版社，2013 年。

约翰·伯格：《观看之道》，戴行钺译，桂林：广西师范大学出版社，2005 年。

约翰·布鲁德斯·华生：《行为心理学》，俞凌娣译，北京：北京理工大学出版社，2020 年。

约翰·布鲁德斯·华生：《行为主义》，李维译，北京：北京大学出版社，2012 年。

约翰·杜威：《艺术即经验》，北京：商务印书馆，2010 年。

约翰·凯里：《艺术有什么用？》，刘洪涛、谢江南译，南京：译林出版社，2007 年。

约翰·罗尔斯：《正义论》，何怀宏、何包钢、廖申白译，北京：中国社会科学出版社，1999 年。

约翰·塞尔：《社会实在的建构》，李步楼译，上海：上海人民出版社，2008 年。

约翰·塞尔：《心灵、语言和社会：实在世界中的哲学》，李步楼译，上海：上海译文出版社，2006 年。

约翰·塞尔：《心、脑与科学》，杨音莱译，上海：上海译文出版社，2006 年。

约翰·西顿：《维特根斯坦与精神分析》，徐向东译，北京：北京大学出版社，2005 年。

詹姆斯·F. 布伦南、基斯·A. 霍德：《剑桥心理学史》（第七版），颜雅琴、谢晴译，上海：东方出版中心，2021 年。

詹姆斯·威廉姆斯：《利奥塔》，姚大志、赵雄峰译，哈尔滨：黑龙江人民出版社，2002 年。

张冰：《丹托的艺术终结观研究》，北京：中国社会科学出版社，2012 年。

张国清：《中心与边缘——后现代主义概论》，北京：中国社会科学出版社，1998 年。

张文喜：《自我同一问题之现代哲学史嬗变》，北京：中国社会科学出版社，2020 年。

张彦远：《历代名画记》，秦仲文、黄苗子点校，北京：人民美术出版社，2016 年。

张玉能、陆扬、张德兴：《十九世纪美学》，北京：北京师范大学出版社，2013 年。

赵毅衡：《符号学》，南京：南京大学出版社，2012 年。

周宪：《审美现代性批判》，北京：商务印书馆，2005 年。

周宪：《艺术理论基本文献》（西方当代卷），北京：生活·读书·
　　新知三联书店，2014 年。

朱狄：《当代西方艺术哲学》，北京：人民出版社，1994 年。

朱立元、张德兴：《二十世纪美学》（上），北京：北京师范大学出
　　版社，2013 年。

朱谦之：《中国哲学对欧洲的影响》，上海：上海人民出版社，
　　2006 年。

朱志荣：《中国艺术哲学》，上海：华东师范大学出版社，2012 年。

二、中文论文

阿·豪泽尔：《文艺复兴时期艺术家的社会地位》，《新美术》，朱琦
　　译，1995 年第 3 期。

阿列西·埃尔耶维奇、席格：《艺术：死亡抑或终结?》，《郑州大学
　　学报（哲学社会科学版)》，2009 年第 4 期。

埃伦·迪萨纳亚克《口头、书面与后现代心理》，户晓辉译，《民族
　　文学研究》，2004 年第 3 期。

曹忠：《唐宋佛学的符号学思想及其伦理价值》，《符号与传媒》，
　　2021 年第 1 期。

陈池瑜：《西方现代美学中的艺术概念》，《外国文学研究》，1989

年第 4 期。

陈也奔：《论康德的我思与黑格尔的自我意识》，《理论学刊》，2016
　　年第 1 期。

陈中梅：《试论古希腊思辨体系中的 Techne》，《哲学研究》，1995
　　年第 2 期。

高冀：《夏尔·巴托与 18 世纪"美的艺术"概念》，《社会科学战
　　线》，2022 年第 2 期。

韩王韦：《尼采与 19 世纪达尔文主义》，《自然辩证法研究》，2021
　　年第 1 期。

韩王韦：《以"自然"为伦理学奠基——尼采自然思想中的伦理维
　　度》，《哲学评论》，2020 年第 26 辑。

胡春光：《规训化的身体：思想根源、社会建构与管制技术》，《重
　　庆师范大学学报（哲学社会科学版）》，2011 年第 5 期。

户晓辉：《美学：从形而上学到知识——埃伦·迪萨纳亚克〈审美
　　的人〉评介》，《哲学动态》，2005 年第 2 期。

户晓辉：《审美人类学如何可能——以埃伦·迪萨纳亚克〈审美的
　　人〉为例》，《广西民族学院学报（哲学社会科学版）》，2004 年
　　第 5 期。

姬志闯：《美学的"认识论转向"："构造世界"视阈内的艺术诊断：
　　纳尔逊·古德曼的美学思想及其当代意蕴》，《哲学动态》，2010
　　年第 3 期。

姜耕玉：《艺术学与美学的界限》，《江苏社会科学》，2012 年第

4 期。

金惠敏：《主体的浮沉与我们的后现代性》，《外国文学》，2001 年
　　第 6 期。

李辉芳、魏屹东：《迈尔对达尔文主义理论内核的诠释》，《山西大
　　学学报（哲学社会科学版）》，2009 年第 3 期。

刘怀玉：《论法国尼采主义的激进现代性批判意义》，《马克思主义
　　与现实》，2021 年第 6 期。

刘阳：《美学的进化论——兼评〈艺术的起源〉、〈审美的人〉》，《美
　　与时代》（下），2013 年第 4 期。

马威、哈正利：《在科学与人文之间：马林诺夫斯基的现代性人类
　　学》，《西北民族研究》，2020 年第 2 期。

潘斌：《黑格尔自我意识的辩证进路及其批判》，《贵州大学学报
　　（社会科学版）》，2020 年第 5 期。

彭城、盛晓明：《神经美学能做什么？不能做什么?》，《浙江学刊》，
　　2021 年第 4 期。

彭锋：《什么是中国美学》，《中国高校社会科学》，2019 年第 1 期。

彭锋：《艺术与美的纠葛》，《云南大学学报（社会科学版）》，2021
　　年第 4 期。

彭锋：《艺术中的常量与变量——兼论进化论美学的贡献与局限》，
　　《文艺争鸣》，2020 年第 4 期。

秦德祝：《近代西方唯理论哲学关于身心关系学说的流变》，《华中
　　师范大学学报（人文社会科学版）》，2003 年第 4 期。

邵金峰：《埃伦·迪萨纳亚克的生物学美学与艺术价值的重构》，《云南艺术学院学报》，2017 年第 3 期。

史蒂芬·J. 戴维斯、李世武：《艾伦·迪萨纳亚克的进化论美学》，《民族艺术》，2015 年第 1 期。

史风华：《分析美学的衰落和形而上学的复兴》，《山东大学学报（哲学社会科学版）》，2000 年第 6 期。

舒德干：《达尔文学说问世以来生物进化论的发展概况及其展望》，《自然杂志》，2014 年第 1 期。

苏东晓：《评埃伦·迪萨纳亚克的审美本质观》，《社会科学家》，2004 年第 6 期。

滕守尧：《略谈 20 世纪美学与艺术的转型》，《江苏社会科学》，2000 年第 5 期。

田朝晖：《行为学、行为科学与行为主义辨析》，《湖南大学学报（社会科学版）》，1999 年第 4 期。

王拥军：《西方艺术观念的历史变迁》，《艺术百家》，2005 年第 4 期。

王宗峰：《穿越文明的休克疗法——浅论埃伦·迪萨纳亚克的物种中心主义艺术观》，《重庆三峡学院学报》，2010 年第 1 期。

吴德凯：《认识主体性理论的逻辑进路：从笛卡尔到伽达默尔》，《北京理工大学学报（社会科学版）》，2014 年第 2 期。

吴增定：《没有主体的主体性——理解尼采后期哲学的一种新尝试》，《哲学研究》，2019 年第 5 期。

伍晓明：《理论何为?》，《文艺研究》，2022 年第 1 期。

夏尔·巴托、高冀：《归结为同一原理的美的艺术（节选）》，《外国美学》，2020 年第 1 期。

徐子方：《艺术定义与艺术史新论——兼对前人成说的清理和回应》，《文艺研究》，2008 年第 7 期。

许波：《国外关于进化心理学的研究》，《心理学探新》，2004 年第 1 期。

喻仲文：《论后现代主义艺术和现代主义艺术的界限》，《重庆大学学报（社会科学版)》，2006 年第 5 期。

袁春红：《生物学美学：物种中心主义艺术观——埃伦·迪萨纳亚克〈审美的人〉简析》，《云南师范大学学报（哲学社会科学版)》，2006 年第 6 期。

张增一：《美国反进化论运动探源》，《科学文化评论》，2005 年第 3 期。

朱青生：《艺术史在中国——论中国的艺术观念》，《文艺研究》，2011 年第 10 期。

三、英文论著

A. Runehov. *Encyclopedia of Sciences and Religions*. Berlin：Springer Netherlands，2013.

Andrew Bowie. *Aesthetics and Subjectivity：from Kant to Nietzsche*. Manchester：Manchester University Press，2003.

Barbara AnnKipfer. *Encyclopedic Dictionary of Archaeology*. Second ed. Cham: Springer International, 2021.

Ellen Dissanayake. *Art and Intimacy: How the Arts Began*. Seattle: University of Washington Press, 2000.

Ellen Dissanayake. *What Is Art For*. Seattle: University of Washington Press, 1988.

Ellen Dissanayake. *Early Rock Art of the American West: the Geometric Enigma*. Seattle: University of Washington Press, 2018.

Marc D. Binder, Uwe Windhorst, Nobutaka Hirokawa. *Encyclopedia of Neuroscience*. New York: Springer Berlin Heidelberg, 2009.

四、英文论文

André E. X. Brown, Benjamin De Bivort, "Ethology as a Physical Science", in *Nature Physics*, Vol. 14, No. 7, 2018.

Denis Dutton, "A Naturalist Definition of Art", in *The Journal of Aesthetics and Art Criticism*, Vol. 64, No. 3, 2006.

Ellen Dissanayake, "Art as a human behavior: toward an ethological view of art", in *Journal of Aesthetics and Art Criticism*, Vol. 38, No. 4, 1980.

Ellen Dissanayake, "Doing Without the Ideology of Art", in *New Literary History*, Vol. 42, No. 1, 2011.

Ellen Dissanayake, "Fons et Origo: a Darwinian view of self-object theory and the arts", in George Hagman & Carl Rothenberg eds. *Art, Creativity, and Psychoanalysis: Current Perspectives*, Vol. 26, No. 3, 2006.

Ellen Dissanayake, "Komar and Melamid discover Pleistocene taste", in *Philosophy and Literature*, Vol. 22, No. 2, 1998.

Ellen Dissanayake, "Prelinguistic and Preliterate Substrates of Poetic Narrative", in *Poetics Today*, Vol. 32, No. 1, 2011.

Ellen Dissanayake, "The Artification Hypothesis and Its Relevance to Cognitive Science, Evolutionary Aesthetics, and Neuroaesthetics", in *Cognitive Semiotics*, Vol. 9, No. 5, 2009.

Ellen Dissanayake, David Miall, "The poetics of babytalk", in *Human Nature*, Vol. 14, No. 4, 2003.

Ellen Dissanayake, "'Aesthetic Primitives': Fundamental Biological Elements of a Naturalistic Aesthetics", in *Aisthesis* (*Florence, Italy*), Vol. 8, No. 1, 2015.

Ellen Dissanayake, "Aesthetic experience and human evolution", in *Journal of Aesthetics and Art Criticism*, Vol. 41, No. 2, 1982.

Ellen Dissanayake, "Art in global context: an evolutionary/ functionalist perspective for the 21st century", in *International Journal of Anthropology*, Vol. 18, 2003.

Ellen Dissanayake, "Ritual and Ritualization: Musical Means of

Conveying and Shaping Emotion in Humans and Other Animals", in Steven Brown and Ulrich Voglsten, eds. *Music and manipulation: on the social uses and social control of music*, 2006.

K. Higgs-Coulthard, "Artistic animals", in *Jack and Jill*, Vol. 71, No. 2, 2009.

Marga Vicedo, "The 'Disadapted' Animal: Niko Tinbergen on Human Nature and the Human Predicament", in *Journal of the History of Biology*, Vol. 51, No. 2, 2018.

N. Tinbergen, "On aims and methods of Ethology", in *Zeitschrift für Tierpsychologie*, Vol. 55, No. 4, 1963.

R. B. Perry, "A Behavioristic View of Purpose," in *Journal of Philosophy*, Vol. 18, No. 4, 1921.

Richard W. Burkhardt, "Commentary: New Directions in the History of Ethology", in *Berichte Zur Wissenschaftsgeschichte*, Vol. 45, No. 1−2, 2022.

S. Gräfe, C. Stuhrmann, "Histories of Ethology: Methods, Sites, and Dynamics of an Unbound Discipline", in *Berichte Zur Wissenschaftsgeschichte*, Vol. 45, No. 1−2, 2022.